SIX ANS DÉJÀ

DU MÊME AUTEUR

Ne le dis à personne…, Belfond, 2002 et 2006 ;
   Pocket, 2003
Disparu à jamais, Belfond, 2003 ; Pocket, 2004
Une chance de trop, Belfond, 2004 ; Pocket, 2005
Juste un regard, Belfond, 2005 ; Pocket, 2006
Innocent, Belfond, 2006 ; Pocket, 2007
Promets-moi, Belfond, 2007 ; Pocket, 2008
Dans les bois, Belfond, 2008 ; Pocket, 2009
Sans un mot, Belfond, 2009 ; Pocket, 2010
Sans laisser d'adresse, Belfond, 2010 ; Pocket, 2011
Sans un adieu, Belfond, 2010 ; Pocket, 2011
Faute de preuves, Belfond, 2011 ; Pocket 2012
Remède motel, Belfond, 2011 ; Pocket 2012
Sous haute tension, Belfond, 2012 ; Pocket, 2013
Ne t'éloigne pas, Belfond, 2013 ; Pocket, 2014

Vous pouvez consulter le site de l'auteur
à l'adresse suivante :
www.harlancoben.com

HARLAN COBEN

SIX ANS DÉJÀ

Traduit de l'américain
par Roxane Azimi

belfond

Titre original :
SIX YEARS
Publié par Dutton, un membre de Penguin Group (USA)
Inc., New York

Retrouvez-nous sur
www.belfond-noir.fr
ou www.facebook.com/belfond

Éditions Belfond,
12, avenue d'Italie, 75013 Paris
Pour le Canada,
Interforum Canada, Inc.,
1055, bd René-Lévesque-Est,
Bureau 1100,
Montréal, Québec, H2L 4S5.

ISBN : 978-2-7144-5074-6

Belfond | un département **place des éditeurs**

place
des
éditeurs

À Brad Bradbeer
Sans toi, cher ami, Win n'existerait pas

1

ASSIS DANS LA RANGÉE DU FOND, j'assistais au mariage de la femme de ma vie. Avec un autre.

Natalie était en blanc, bien sûr, et tout simplement sublime. Sa beauté semblait me narguer. Elle avait toujours eu ce côté vulnérable, mélange de force et de douceur, mais ce jour-là, je lui trouvais un air évanescent, presque irréel.

Elle se mordit la lèvre. Je repensai à ces grasses matinées où nous faisions l'amour, après quoi elle enfilait ma chemise bleue, et nous descendions prendre le petit déjeuner. On lisait le journal, puis elle sortait son carnet de croquis et commençait à griffonner. Pendant qu'elle me dessinait, elle se mordait la lèvre comme maintenant.

Mais qu'est-ce qui m'avait pris de venir ?

Croyez-vous au coup de foudre ? Moi non plus. Je crois, en revanche, à une attirance profonde, pas seulement physique, au premier regard. Je crois qu'une fois – peut-être deux – dans sa vie, on se sent attiré par quelqu'un d'une manière viscérale, immédiate... plus puissante qu'un aimant. C'est ce qui m'était arrivé avec Natalie. Quelquefois, ça s'arrête là. Quelquefois, ça grandit, prend de l'ampleur et se mue en un raz de marée parti pour durer éternellement.

Et quelquefois, on se met le doigt dans l'œil jusqu'au coude.

J'avais pensé naïvement que nous deux, c'était pour toujours. Moi qui fuyais toute forme d'engagement, j'avais su d'emblée – enfin, au bout d'une semaine – que cette femme-là, je me réveillerais à ses côtés chaque jour que Dieu fait. Que je donnerais ma vie pour elle. Que je ne pourrais plus me passer d'elle, et qu'avec elle, le quotidien deviendrait inoubliable.

Pitoyable, n'est-ce pas ?

Le révérend au crâne rasé était en train de parler, mais le sang qui palpitait dans mes oreilles m'empêchait de suivre son discours. Je fixais Natalie. Je voulais qu'elle soit heureuse. Ce n'était pas un vœu pieux, un bobard qu'on se raconte. Car, pour être honnête, quand l'autre ne veut plus de nous, on aurait tendance à lui souhaiter tous les malheurs du monde, non ? Moi, je le pensais vraiment. Si j'avais été convaincu que Natalie serait plus heureuse sans moi, je l'aurais laissée partir, quitte à en souffrir comme un damné. Mais je n'étais pas convaincu, quoi qu'elle dise ou fasse. Ou alors je me cherchais des justifications, je me mentais à moi-même.

Natalie n'avait même pas regardé dans ma direction, mais je vis sa bouche se crisper. Elle savait que j'étais là. Ses yeux étaient rivés sur son futur époux. Qui, je l'avais appris récemment, se prénommait Todd. Je déteste ce prénom, Todd. Todd. À tous les coups, on le surnommait Toddy, Toddman ou le Toddster.

Todd avait les cheveux longs et une barbe de quatre jours... Certains trouvaient ça cool, et d'autres, comme moi, auraient plutôt eu envie de le baffer. Son regard glissa subrepticement sur l'assistance avant de s'arrêter, eh bien, oui, sur moi. L'espace d'une seconde, il parut me jauger, puis décida que je n'étais pas digne d'intérêt.

Pourquoi Natalie avait-elle renoué avec lui ?

La demoiselle d'honneur était sa sœur Julie. Elle se tenait sur l'estrade, un bouquet dans les mains et un sourire éteint, mécanique, aux lèvres. Nous ne nous étions jamais rencontrés, mais j'avais vu des photos et les avais entendues parler au téléphone. Julie aussi semblait frappée de stupeur. Je cherchai ses yeux, mais elle regardait obstinément dans le vague.

Me tournant vers Natalie, j'eus l'impression qu'une série d'explosions se déclenchait dans ma poitrine. Bang, bang, bang. Franchement, ce n'était pas une bonne idée. Lorsque le témoin sortit les alliances, je sentis mes poumons se contracter. L'air commençait à me manquer.

J'en avais assez vu.

J'étais venu, je pense, pour m'assurer que c'était bien vrai. J'avais appris à mes dépens qu'il fallait que j'en passe par là. Mon père était mort d'un infarctus massif quand j'avais dix-huit ans. Il n'avait jamais eu de problèmes cardiaques et dans l'ensemble se portait plutôt bien. Je me revois dans la salle d'attente : le médecin m'appelle dans son bureau et m'annonce la terrible nouvelle. Sur ce, on me demande – à l'hôpital, puis dans la maison funéraire – si je veux voir son corps. Je refuse. Je n'avais sans doute pas envie de garder cette image de lui, gisant sur un chariot ou dans un cercueil. Je voulais me souvenir de lui tel que je l'avais connu.

Mais, les mois passant, j'eus de plus en plus de mal à me faire à l'idée de sa mort. Lui si dynamique, si vivant. Deux jours avant sa disparition, nous avions assisté à un match de hockey – papa avait un abonnement pour les New York Rangers ; cela s'était terminé par des prolongations, et nous avions hurlé, exulté... Comment était-ce possible qu'il soit mort ? J'en vins à me demander s'il n'y avait pas eu erreur ou bien si tout cela n'était pas un énorme coup monté, et si finalement papa n'était pas toujours en vie. Je sais que ça ne tient pas debout, mais le désespoir, ça peut vous jouer des tours, et si vous lui laissez le champ libre, il trouvera toujours une alternative.

Quelque part, je suis toujours hanté par le fait de n'avoir jamais vu le corps de mon père. Je ne tenais pas à commettre la même erreur ici. Pour filer la bancale métaphore, je venais de voir le cadavre de mes propres yeux. Inutile de tâter son pouls, de le toucher du doigt ou de m'attarder plus longtemps à ses côtés.

J'essayai de m'éclipser le plus discrètement possible. Pas facile quand on mesure un mètre quatre-vingt-quinze et qu'on est, selon l'expression de Natalie, « taillé comme un bûcheron ». J'ai de grandes mains. Natalie avait aimé ça. Elle avait aimé les tenir dans les siennes et tracer des lignes dans ma paume. Elle disait que c'étaient de vraies mains, des mains d'homme. Elle les avait dessinées également car, selon elle, elles en disaient long sur moi... sur le fait que j'étais issu du milieu ouvrier, que j'avais travaillé comme videur dans un night-club pour payer mes études à Lanford College, et aussi que j'étais maintenant le plus jeune professeur de leur département de sciences politiques.

J'émergeai en titubant de la petite chapelle blanche dans l'air tiède de l'été. L'été. C'était donc ça ? Une simple amourette estivale ? Non pas entre deux ados survoltés cherchant à tuer le temps dans un camp de vacances, mais entre deux adultes en quête de solitude dans une retraite… elle pour peindre, moi pour rédiger ma thèse de doctorat. Deux adultes qui s'étaient rencontrés, qui s'étaient aimés, et maintenant que septembre n'était pas loin, eh bien, toutes les bonnes choses ont une fin, c'est ça ? À elle seule, notre liaison avait quelque chose d'irréel, arrachés comme nous l'étions l'un et l'autre à la routine du quotidien. C'était peut-être ce qui l'avait rendue si extraordinaire. Le fait de vivre dans une bulle hors de la réalité. Ou peut-être que je déraillais.

De l'intérieur de la chapelle me parvint un bruit d'applaudissements. Cela me tira de ma prostration. La cérémonie était terminée. Todd et Natalie étaient à présent M. et Mme Barbe-de-quatre-jours. Ils n'allaient pas tarder à descendre la travée centrale. Est-ce qu'on leur jetterait du riz ? Todd n'apprécierait sûrement pas. Ça risquait de le décoiffer et de se coincer entre ses poils.

Je contournai la chapelle blanche juste au moment où ses portes s'ouvraient à la volée. Je contemplai la clairière. Il n'y avait rien à voir de précis. C'était juste une clairière. Avec des arbres au loin. Les chalets étaient de l'autre côté de la colline. La chapelle faisait partie de la résidence d'artistes où logeait Natalie. Moi, j'habitais un peu plus loin, dans une résidence pour écrivains. L'une et l'autre étaient de vieilles fermes du Vermont où l'on pratiquait encore un peu d'agriculture biologique.

— Salut, Jake.

Je pivotai en direction de la voix familière. Natalie était là, à une dizaine de mètres de moi. Je jetai un rapide coup d'œil sur son annulaire gauche. Comme lisant dans mes pensées, elle leva la main pour me montrer son alliance toute neuve.

— Félicitations, dis-je. Je suis très heureux pour toi.

Elle ne releva pas.

— Je n'en reviens pas que tu sois là.

J'écartai les bras.

— On m'a dit que les petits-fours seraient délicieux. Je n'ai pas pu résister.

— Très drôle.

Je haussai les épaules tandis que mon cœur tombait en poussière et s'envolait au vent.

— Tout le monde disait que tu ne viendrais pas, fit Natalie. Mais moi, je savais que je te verrais.

— Je t'aime encore.

— Je sais.

— Et toi aussi, tu m'aimes.

— Non, Jake. Tu vois ceci ?

Elle agita le doigt avec l'alliance sous mon nez.

— Chérie ?

Todd et sa pilosité faciale surgirent à l'angle de la chapelle. En me voyant, il fronça les sourcils.

— Qui est-ce ?

Mais il était clair qu'il savait.

— Jake Fisher, répondis-je. Tous mes vœux de bonheur.

— Je ne vous ai pas déjà vu quelque part ?

Je laissai à Natalie le soin de s'expliquer. Elle posa une main rassurante sur son épaule.

— Jake a posé pour bon nombre d'entre nous. Tu l'as sans doute reconnu d'après nos dessins.

Il continuait à froncer les sourcils. Natalie se plaça devant lui.

— Tu peux nous laisser deux secondes ? J'arrive tout de suite.

Todd me regarda. Je ne bronchai pas.

— OK, acquiesça-t-il à contrecœur. Mais fais vite.

L'œil noir, il rebroussa chemin. Je pointai le doigt dans sa direction.

— Voilà un gai luron ou je ne m'y connais pas.

— Pourquoi es-tu venu ?

— Il fallait que je te dise que je t'aime. Que je t'aimerai toujours.

— C'est fini, Jake. Tu as la vie devant toi. Tu t'en remettras.

Je ne dis rien.

— Jake ?

— Oui ?

Elle pencha légèrement la tête. Sachant très bien l'effet que cela me faisait.

— Promets-moi de nous laisser tranquilles.

Je ne réagis pas.

— Promets-moi de ne pas nous suivre, de ne pas appeler ni même envoyer des mails.

La douleur dans ma poitrine s'accrut, devint lourde et lancinante.

— Promets-moi, Jake. Promets-moi de nous laisser tranquilles.

Son regard accrocha le mien.

— OK, dis-je. Je promets.

Sans un mot de plus, Natalie retourna vers l'entrée de la chapelle, vers l'homme qu'elle venait d'épouser. Je restai là à tenter de reprendre mon souffle. J'essayai la colère, j'essayai la désinvolture, j'essayai de lui dire que, dans l'histoire, c'était elle qui avait le plus à perdre. J'essayai même de me conduire en adulte, tout en sachant pertinemment que c'était reculer pour mieux sauter… pour éviter d'admettre que j'étais tout simplement anéanti.

J'attendis derrière la chapelle que tout le monde s'en aille. Puis je revins sur mes pas. Le pasteur au crâne rasé se tenait sur les marches. Avec Julie, la sœur de Natalie. Elle posa la main sur mon bras.

— Ça va, Jake ?

— Super, lui répondis-je.

Le pasteur me sourit.

— Belle journée pour un mariage, ne trouvez-vous pas ?

Je clignai des yeux au soleil.

— Sûrement.

Et je tournai les talons.

Je ferais ce que Natalie m'avait demandé. Je la laisserais tranquille. Je penserais à elle tous les jours, mais je ne chercherais pas à la joindre ni même à la localiser sur le Net. Je tiendrais ma promesse.

Pendant six ans.

2

Six ans plus tard

LE TOURNANT DÉCISIF DANS MA VIE, même si je l'ignorais sur le moment, allait survenir quelque part entre
15 h 29 et 15 h 30.

Mon cours de première année sur l'analyse du raisonnement moral venait juste de se terminer. Je venais
de quitter Bard Hall. La journée était idéale. Le soleil
brillait haut dans le ciel. Une âpre partie de Frisbee se
disputait sur la pelouse. Les étudiants étaient allongés
un peu partout sur le gazon, comme éparpillés par une
main géante. La musique beuglait. On se serait cru
dans une brochure de luxe sur la vie au campus.

J'adore les journées comme celle-là, mais qui ne les
aime pas, hein ?

— Professeur Fisher ?

Je me retournai. Sept étudiants étaient assis en
demi-cercle sur l'herbe. La fille qui m'avait interpellé
était au centre.

— Vous ne voulez pas vous joindre à nous ?

Je déclinai d'un sourire.

— Merci, mais j'ai de la paperasse à faire.

Et je repris mon chemin. De toute façon, je ne serais
pas resté. Ce n'était pas que l'envie m'en manquait

– qui n'aurait pas envie de lézarder avec eux par une journée aussi radieuse ? –, mais il y a une frontière ténue entre enseignant et étudiant, et… désolé, ce n'est pas charitable, mais je ne voulais pas être le genre de prof qui passe trop de temps en compagnie de ses étudiants, participe à des soirées et parfois même offre une bière avant un match de foot. Un professeur se doit d'être bienveillant et abordable, mais ce n'est ni un parent ni un pote.

Lorsque j'arrivai à Clark House, Mme Dinsmore me salua d'un air renfrogné comme à son habitude. Un vrai dragon, elle tenait l'accueil du département de sciences politiques depuis, je pense, l'administration Hoover. Elle devait avoir au moins deux cents ans, mais elle était aussi hargneuse et irascible que si elle avait eu seulement la moitié de son âge.

— Bonjour, beauté, lui lançai-je. Il y a des messages pour moi ?

— Sur votre bureau.

Elle grognait plus qu'elle ne parlait.

— Et la queue habituelle devant votre porte.

— OK, merci.

— On se croirait à une audition des Rockettes.

— Je vois ça.

— Votre prédécesseur n'a jamais été disponible comme ça.

— Allons bon, madame Dinsmore, je venais le voir tout le temps quand j'étais étudiant ici.

— Oui, mais au moins, votre short était d'une longueur convenable.

— À votre grande déception, hein ?

Elle fit de son mieux pour dissimuler son sourire.

— Allez, ouste, hors de ma vue.

— Reconnaissez-le.

— Vous voulez mon pied quelque part ? Allez, disparaissez.

Je lui envoyai un baiser et passai par la porte de derrière pour éviter la file des étudiants qui attendaient d'être reçus durant mes heures de bureau. J'avais deux heures « non programmées » chaque vendredi, de 15 à 17 heures. Neuf minutes par étudiant, sans rendez-vous préalable. Premiers arrivés, premiers servis. Neuf minutes, pas une de plus. Une minute pour sortir, et on laisse la place au suivant. S'il vous faut plus de temps, si je suis votre directeur de mémoire ou autre, vous prenez rendez-vous auprès de Mme Dinsmore pour un entretien plus long.

À 15 heures pile, je fis entrer la première étudiante. Elle voulait discuter des théories de Locke et de Rousseau, plus connus aujourd'hui grâce à la série *Lost* que pour leur discours philosophique. La deuxième étudiante n'avait pas d'autre raison de venir me voir que – pour parler crûment – le besoin de faire de la lèche. Par moments, j'avais envie de lever la main et de lui dire : « Va donc me tricoter des moufles. » La troisième était venue mendier une meilleure note, convaincue que son B+ aurait dû être un A-, alors qu'en réalité son devoir ne valait guère plus qu'un B.

Et ainsi de suite. Certains venaient dans mon bureau pour apprendre, d'autres pour frimer, d'autres encore pour pleurer ou pour tailler une bavette. Moi, tout m'allait. Je ne les juge pas là-dessus. Chaque étudiant qui franchit cette porte est traité de la même façon car nous sommes là pour *enseigner*, sinon les sciences politiques, du moins un semblant d'esprit critique, voire – oh, le gros mot ! – la vie. Si les étudiants arrivaient chez nous entièrement formés et dénués de doutes, à quoi tout cela servirait-il ?

— Ça reste un B+, décrétai-je quand elle eut terminé son laïus. Mais je suis sûr que vous serez capable de décrocher une meilleure note au prochain contrôle.

L'alarme de la pendule se mit à bourdonner. Comme je l'ai déjà dit, l'heure, c'est l'heure. Il était exactement 15 h 29. C'est comme ça qu'en repensant à ce qui est arrivé depuis, je sais à quel moment précis tout a commencé : entre 15 h 29 et 15 h 30.

— Merci, professeur, dit-elle en se levant.

Je me levai aussi.

Mon bureau n'avait pas changé d'un iota depuis que j'avais pris la tête du département quatre ans plus tôt, à la suite de mon maître, le Pr Malcolm Hume, ancien ministre des Affaires étrangères dans un gouvernement et chef de cabinet dans un autre. Il y régnait toujours le parfum de nostalgie d'un merveilleux et savant désordre : antiques globes terrestres, énormes volumes, manuscrits jaunis, affiches à moitié décollées du mur, portraits d'hommes barbus encadrés. Il n'y avait pas de bureau à proprement parler, juste une grande table en chêne qui pouvait accueillir jusqu'à douze personnes, le nombre exact de mes étudiants thésards.

Il y avait du fouillis partout. Je n'avais pas pris la peine de redécorer la pièce, pas tant par respect pour mon prédécesseur et maître comme le croyaient la plupart des gens, mais parce que, *primo*, je suis quelqu'un de paresseux et ça me fatiguait ; *secundo*, je n'avais pas vraiment de style à moi ni de photos de famille à exhiber et me fichais pas mal de l'aspect « le lieu est le reflet de l'individu », à supposer que ce soit vrai, et si oui, alors c'était le cas ; *tertio*, je trouvais que le fouillis favorisait la communication. Il y a quelque chose dans un environnement stérile et ordonné qui inhibe la spontanéité chez l'étudiant, alors que le fouillis l'incite à s'exprimer librement. Au milieu d'une telle pagaille, doit-il se dire, mes idées absurdes passeront comme une lettre à la poste.

Enfin, c'était surtout parce que je suis paresseux et que ça me fatiguait.

Nous nous éloignâmes de la grande table en chêne et nous serrâmes la main. Elle garda ma main un peu plus longtemps que de raison, si bien que je m'empressai de me dégager. Non, ça n'arrive pas tout le temps. Mais ça arrive. Aujourd'hui j'ai trente-cinq ans, mais quand j'ai débuté ici – jeune professeur de vingt ans et quelques –, cela arrivait plus souvent. Vous vous rappelez cette scène des *Aventuriers de l'arche perdue* où une étudiante avait écrit *LOVE YOU* sur ses paupières ? J'avais vécu quelque chose de similaire durant mon premier semestre. Sauf que le premier mot n'était pas *LOVE*, et le second était *ME*. Je n'en tire aucune gloire. Nous, les enseignants, détenons un sacré pouvoir. Les hommes qui se laissent piéger par ça (sans vouloir être sexiste, ce sont presque toujours des hommes) manquent généralement d'affection et de confiance en eux, bien plus que n'importe quelle petite jeune fille qui aurait des problèmes relationnels avec son papa.

Je me rassis et, en attendant l'étudiant suivant, jetai un œil sur l'écran de l'ordinateur. Il affichait la page d'accueil de l'université. Avec, du côté gauche, un diaporama de la vie sur le campus, des jeunes de toute race, croyance, religion et de tous les sexes, heureux d'étudier ensemble, travaillant avec des professeurs, s'adonnant à des activités sportives et autres... vous voyez le genre. Le tout surmonté du logo de Lanford College et de ses édifices les plus remarquables, dont la prestigieuse Johnson Chapel, une version agrandie de la chapelle où Natalie s'était mariée.

Dans la partie droite de l'écran, il y avait un fil d'actualités et, au moment où Barry Watkins, le suivant sur la liste, entrait et me lançait : « Yo, prof, ça roule ? », j'aperçus une notice nécrologique qui retint mon attention.

— Salut, Barry, répondis-je sans quitter l'écran des yeux. Prends une chaise.

Il s'assit et posa les pieds sur la table. Il savait que ça ne me gênait pas. Barry venait chaque semaine. Nous parlions de tout et de rien. Ses visites relevaient plus d'un ersatz de thérapie que d'un cadre purement académique, mais cela ne me dérangeait pas non plus.

Je scrutai l'écran de près. Ce qui avait accroché mon regard, c'était la photo, format Photomaton, du défunt. Je ne l'avais pas reconnu de loin, mais il avait l'air jeune. En un sens, ce n'était pas inhabituel pour une nécrologie. Souvent, plutôt que de se procurer une photo récente, l'université en reproduisait une tirée de son annuaire, mais même au premier coup d'œil, ce n'était pas le cas ici. La coiffure ne datait pas des années soixante ou soixante-dix. Et la photo n'était pas en noir et blanc, comme toutes celles des annuaires d'avant 1989.

Cependant, nous sommes un petit établissement, environ quatre cents étudiants par promotion. Les décès n'étaient pas rares, mais peut-être à cause de la taille de notre université ou de mes liens avec elle, à la fois en tant qu'étudiant et membre du corps enseignant, je me sentais personnellement concerné chaque fois que quelqu'un mourait.

— Dites, prof...

— Une seconde, Barry.

J'étais en train de rogner sur le temps qui lui était imparti. J'utilise une horloge chronomètre, comme on en voit dans les salles de basket, avec des chiffres géants affichés en rouge. C'est un ami qui me l'avait offerte, pensant, à cause de ma taille, que j'avais peut-être joué au basket. Ce n'était pas le cas, mais, cette horloge, je l'adorais. Comme elle était réglée sur un compte à rebours à partir de neuf minutes, je vis qu'on en était à huit minutes et quarante-neuf secondes.

Je cliquai sur la petite photo et, la voyant agrandie, ravalai une exclamation.

Le nom du défunt était Todd Sanderson.

Je n'avais pas retenu le nom de famille de Todd – sur le carton d'invitation, il était écrit seulement « Le mariage de Todd et Natalie » –, mais j'aurais reconnu ce visage entre mille. Le look fashion avait disparu. Il était rasé de près, les cheveux coupés presque à ras. Était-ce l'influence de Natalie – elle se plaignait toujours que ma barbe naissante lui irritait la peau – et, bon sang, c'était quoi, ces idées à la noix ?

— Le temps file, prof.

— Une seconde, Barry. Et cesse de m'appeler prof.

L'âge indiqué était quarante ans. Un peu plus vieux que je ne l'aurais cru. Natalie avait trente-deux ans, soit trois de moins que moi. J'avais imaginé que Todd aurait à peu près notre âge. D'après la nécro, il avait participé avec l'équipe de foot à des championnats nationaux et était arrivé en finale de la prestigieuse bourse Rhodes qui permet à des étrangers

23

d'aller étudier à l'université d'Oxford. Impressionnant. Diplômé avec mention honorable du département d'histoire, il avait fondé une association caritative baptisée Nouveau Départ et, lors de sa dernière année ici, il avait présidé Psi U, ma fraternité.

Non seulement Todd avait étudié ici, mais nous avions appartenu à la même frat. Comment avais-je pu ignorer tout cela ?

Il y en avait plus, beaucoup plus, mais je passai directement à la dernière ligne.

Les obsèques auront lieu à Palmetto Bluff, Caroline du Sud, près de Savannah, Géorgie. M. Sanderson laisse derrière lui une femme et deux enfants.

Deux enfants ?

— Professeur Fisher ?

La voix de Barry avait une drôle d'inflexion.

— Désolé, j'étais juste…

— Mais non, ne soyez pas désolé. Tout va bien ?

— Oui, oui, ça va.

— Sûr ? Vous êtes tout pâle.

Barry reposa ses baskets par terre et posa les mains sur la table.

— Dites, je peux revenir à un autre moment.

— Non.

Je détournai les yeux de l'écran. Cela devrait attendre. Le mari de Natalie était mort jeune. C'était triste, tragique même, mais ça n'avait rien à voir avec moi. Ce n'était pas une raison pour interrompre mon travail ou snober mes étudiants. Ça m'avait fichu un coup… non seulement la mort de Todd, mais le fait que nous ayons fréquenté la même université. Une curieuse coïncidence, certes, mais rien de renversant.

24

Peut-être que Natalie avait un faible pour les gars de Lanford.

— Alors, quoi de neuf ? demandai-je à Barry.

— Vous connaissez le Pr Byrner ?

— Bien sûr.

— C'est un gros naze.

Effectivement, mais je n'allais pas lui dire ça.

— C'est quoi, le problème ?

Je n'avais pas vu la cause du décès. On les mentionnait rarement dans les nécros du campus. Je chercherais plus tard. Et, s'il n'y avait rien, peut-être que je trouverais une nécrologie plus complète sur le Net ?

Mais une fois encore, à quoi bon ? Qu'est-ce que ça pouvait faire ?

Mieux valait rester en dehors de tout ça.

De toute façon, j'allais devoir attendre la fin de mes heures de bureau. J'en terminai avec Barry et tâchai de me concentrer sur les rendez-vous restants. Personne ne se rendit compte que j'étais à côté de mes pompes. Les étudiants ont du mal à imaginer que leurs profs ont une vie privée, de même qu'ils n'imaginent pas leurs parents en train de faire l'amour.

Mon esprit vagabondait. Je regardais l'horloge égrener les minutes comme le pire des cancres au fond de la classe. À 17 heures, je retournai à l'écran de l'ordinateur et affichai l'intégralité de la notice.

Non, la cause du décès n'était pas indiquée.

Étrange. Quelquefois, on trouvait un indice dans la rubrique des dons aux œuvres caritatives. Genre : « N'envoyez pas de fleurs, mais faites un don à la Ligue contre le cancer. » Rien de tel ici. Aucune mention non plus de la profession exercée par Todd, mais bon, et après ?

La porte de mon bureau s'ouvrit à la volée. C'était Benedict Edwards, professeur de lettres et mon meilleur ami. Il ne frappait jamais… il n'en avait pas besoin. Nous nous retrouvions souvent le vendredi à 17 heures et allions au bar où j'avais travaillé comme videur au temps de mes études. À l'époque, le lieu était flambant neuf et branché. Aujourd'hui, il était vieux, délabré et aussi branché qu'une Betamax.

Physiquement, Benedict était mon opposé : petit, frêle et afro-américain. Ses yeux étaient grossis façon homme-fourmi par une énorme paire de lunettes semblable à un masque de protection dans le département de chimie. Pour sa grosse moustache et son abondante tignasse afro, il avait dû s'inspirer d'Apollo Creed. Il avait les doigts fuselés d'un pianiste, des pieds à faire pâlir d'envie une danseuse de ballet, et même un aveugle ne risquait pas de le confondre avec un bûche-ron.

Malgré tout ça – ou peut-être à cause de –, Benedict était un vrai tombeur et ramassait plus de filles qu'un rappeur à la mode.

— Qu'est-ce qui t'arrive ? demanda-t-il.

Je passai sur le « Rien » ou le « Pourquoi tu dis ça ? » et allai droit au but.

— Tu as déjà entendu parler d'un dénommé Todd Sanderson ?

— Je ne crois pas. Qui est-ce ?

— Un ancien élève. Il y a sa nécro sur le Net.

Je tournai l'écran vers lui. Benedict rajusta ses lunettes d'homme-fourmi.

— Sa tête ne me dit rien. Pourquoi ?

— Tu te souviens de Natalie ?

Une ombre traversa son visage.

— Je ne t'ai pas entendu prononcer son nom depuis…

— Oui, bon. Bref, c'est… ou plutôt c'était son mari.

— Le gars pour lequel elle t'avait plaqué ?

— Oui.

— Et maintenant il est mort.

— Ça m'en a tout l'air.

— Donc, fit Benedict en arquant un sourcil, elle est à nouveau libre.

— Très fin.

— Je m'inquiète, figure-toi. Tu es mon meilleur faire-valoir. J'ai la tchatche pour baratiner les filles, mais toi, tu as le physique. Je ne veux pas te perdre.

— Très fin, répétai-je.

— Tu vas l'appeler ?

— Qui ça ?

— Condoleezza Rice. De qui parle-t-on, là ? Natalie.

— Évidemment. Je lui dirai : « Tiens, le mec pour lequel tu m'as largué est mort. On se fait une toile ? »

Benedict était en train de lire la nécro.

— Attends un peu.

— Quoi ?

— Ça dit qu'elle a deux gosses.

— Et alors ?

— Voilà qui complique les choses.

— Tu vas t'arrêter, oui ?

— Non mais, deux gosses. Elle a dû prendre du poids.

Benedict posa sur moi ses yeux surdimensionnés.

— Deux gosses. Elle a peut-être l'air d'une barrique.

— Comment le saurais-je ?

— Euh… comme tout le monde. Par Google, Facebook, tout ça.

Je secouai la tête.

— Je n'ai pas cherché.

— Quoi ? Tout le monde fait ça. Voyons, je le fais avec toutes mes anciennes amours.

— Et Internet supporte ce genre de flux ?

Benedict sourit.

— J'ai besoin d'un serveur personnel.

— Eh, j'espère que ce n'est pas un euphémisme.

Mais il y avait de la tristesse derrière son sourire. Je me souvins d'un soir au bar, Benedict avait picolé plus que d'ordinaire et je l'avais surpris en train de fixer une vieille photo usée qu'il cachait dans son portefeuille. Je lui avais demandé qui c'était. « La seule femme que j'aie jamais aimée », m'avait-il répondu d'une voix pâteuse. Puis il avait glissé la photo derrière sa carte bancaire et, malgré toutes les perches que je lui avais tendues, n'en avait plus jamais reparlé.

Je lui avais vu le même sourire triste ce soir-là.

— J'ai promis à Natalie, déclarai-je.

— Promis quoi ?

— De les laisser tranquilles. De ne pas les importuner.

Benedict marqua une pause.

— Eh bien, tu as tenu ta promesse, Jake.

Je ne répondis pas. Il lui était déjà arrivé de mentir. Il ne visitait pas la page Facebook de ses ex, ou alors de loin en loin. Mais une fois, j'avais fait irruption dans son bureau – comme lui, je ne frappais jamais – et l'avais trouvé sur Facebook. J'avais entrevu le profil de la femme dont il gardait la photo dans son portefeuille. Benedict avait fermé la page aussitôt, mais je parie qu'il la consultait souvent. Tous les jours même. Il devait regarder chaque nouvelle photo de la femme aimée. Il regardait sa vie actuelle, sa famille peut-être, l'homme qui partageait son lit, comme il contemplait cette photo dans son portefeuille. Je n'ai aucune preuve de ce que j'avance, c'est juste une intuition, mais je ne dois pas être très loin de la vérité.

— Qu'essaies-tu de me dire ? lui demandai-je.

— Que toute cette histoire autour d'eux deux, c'est fini maintenant.

— Ça fait un bail que Natalie ne fait plus partie de ma vie.

— Et tu y crois, à ça ? demanda-t-il. Est-ce qu'elle t'a fait promettre d'oublier tes sentiments aussi ?

— Je croyais que tu craignais de perdre ton faire-valoir.

— Tu n'es pas si canon que ça, au fond.

— Bâtard, va.

Il se leva.

— La nature humaine n'a aucun secret pour un prof de lettres.

Benedict sortit, me laissant seul. Je m'approchai de la fenêtre. Dehors, les étudiants vaquaient à leurs occupations et, comme souvent en cas de problème, je me demandai quel conseil je donnerais à l'un d'entre eux s'il se trouvait dans la même situation. Soudain, sans crier gare, les souvenirs affluèrent. La chapelle blanche, la coiffure de Natalie, l'anneau à son doigt, la douleur, le désir, les émotions, l'amour, la blessure. Je me sentis flageoler. Je croyais avoir tourné la page. Elle m'avait piétiné, certes, mais j'avais recollé les morceaux et repris le cours de ma vie.

Non, mais quel égoïsme ! Quelle indécence ! Cette femme-là venait de perdre son mari et moi, mufle que j'étais, je ne pensais qu'à ma pomme. Lâche l'affaire, me dis-je. Oublie. Oublie-la. Va de l'avant, bordel.

Sauf que ce n'était pas dans mon caractère.

La dernière fois que j'avais vu Natalie, c'était à son mariage. J'allais maintenant la revoir à un enterrement. D'aucuns trouveraient ça cocasse… mais pas moi.

Je retournai à mon ordinateur et réservai une place sur le premier vol à destination de Savannah.

3

LA PREMIÈRE ANOMALIE, je la relevai au moment des éloges funèbres.

Palmetto Bluff était moins une commune qu'une immense résidence gardiennée. Le « village » nouvellement construit était beau, propre, joliment entretenu, historiquement correct... d'où une impression de carton-pâte à la Disneyland. Tout était un peu trop parfait. La chapelle d'une blancheur immaculée – eh oui, encore une – était perchée sur un promontoire tellement pittoresque qu'on aurait dit un tableau. La chaleur cependant était bien réelle – une chose qui vivait, qui respirait, avec une humidité si dense qu'elle en avait presque la consistance d'un rideau de perles.

Dans un éclair de lucidité, je me demandai ce que je faisais là. Mais bon, j'y étais, la question ne se posait plus. L'Auberge de Palmetto Bluff ressemblait à un décor de cinéma. J'entrai dans son bar coquet et commandai un scotch à la coquette barmaid.

— Vous venez pour l'enterrement ? interrogea-t-elle.

— Oui.

— C'est malheureux, hein ?

Je hochai la tête et fixai le fond de mon verre. La coquette barmaid reçut le message et n'insista pas.

Je me targue d'être un homme éclairé. Je ne crois ni au sort, ni au destin, ni à tout ce fatras de superstitions, et pourtant, c'est ainsi que je justifiais ma décision impulsive. Il *fallait* que je vienne. Je devais prendre ce vol. J'avais vu de mes propres yeux Natalie épouser un autre homme, et malgré ça, je n'arrivais toujours pas à me faire à cette idée. Voilà six ans, Natalie avait rompu par une lettre où elle m'annonçait qu'elle se mariait avec son ancien soupirant. Le lendemain, je recevais une invitation à leur mariage. Pas étonnant qu'il reste encore des zones d'ombre. J'étais ici sinon pour accepter, du moins pour éclaircir la situation.

C'est fou, les prétextes qu'on peut invoquer quand on veut vraiment quelque chose.

Mais qu'est-ce que je voulais, au juste ?

Je terminai mon verre, remerciai la coquette barmaid et me dirigeai précautionneusement vers la chapelle. J'essayai de me faire discret, bien sûr. Tout cynique et égocentrique que je suis, je n'allais pas me précipiter sur une veuve en train d'enterrer son mari. Je me postai derrière un grand arbre – un palmetto, je présume –, sans même oser jeter un œil sur l'assistance.

Quand j'entendis le premier chant, je décidai que la voie était libre, et, en effet, tout le monde s'était engouffré dans la chapelle. C'était une chorale de gospel qui chantait. Merveilleusement bien, soit dit en passant. Ne sachant trop que faire, je poussai la porte. Elle céda (surprise !), et je me faufilai à l'intérieur. En entrant, je baissai la tête et portai la main à mon visage comme pour me gratter.

Le camouflage du pauvre.

Qui se révéla parfaitement inutile. La chapelle était bondée. Je demeurai au fond avec d'autres retardataires qui n'avaient pas trouvé de place assise. La chorale acheva son cantique entraînant, et un homme – j'ignorais si c'était un pasteur, un curé ou autre – monta en chaire. Il parla de Todd comme d'un « médecin dévoué, bon voisin, ami généreux et formidable père de famille ». Médecin. Ça alors. L'officiant en rajouta une couche sur les innombrables qualités de Todd : son engagement humanitaire, son tempérament de battant, son ouverture d'esprit, sa capacité d'écoute, sa disponibilité chaque fois que quelqu'un, ami ou étranger, avait besoin d'un coup de main. Naturellement, je l'attribuai à la coutume qui veut que nous chantions les louanges de nos morts, mais l'assistance avait les larmes aux yeux. Les gens ponctuaient son discours de fervents hochements de tête.

De mon poste d'observation tout au fond, je m'efforçais de repérer Natalie, mais trop de têtes nous séparaient. Ne voulant pas me faire remarquer, je renonçai. J'étais entré dans la chapelle, j'avais même écouté l'éloge du défunt.

Il était temps de partir.

— La parole, déclara l'officiant, est à Eric Sanderson.

Un adolescent pâle, dans les dix-sept ans, monta en chaire. Ma première pensée fut qu'Eric devait être le neveu de Todd Sanderson (et, par extension, de Natalie), mais sa phrase d'introduction eut vite fait de dissiper le malentendu.

— Mon père était mon héros…

Son père ?

Je mis plusieurs secondes à assimiler. Lorsqu'on a une certaine idée en tête, il est difficile de s'en débarrasser. Quand j'étais petit, mon père m'avait posé une devinette, croyant me piéger. Un père et son fils ont un accident de voiture. Le père meurt. Le garçon est transporté à l'hôpital. Le chirurgien dit : « Je ne peux pas opérer cet enfant. C'est mon fils. » Comment est-ce possible ? C'est ça que j'entends par idée préconçue. Pour les gens de la génération de mon père, la réponse n'allait pas forcément de soi, mais pour quelqu'un de mon âge, elle était tellement évidente – le chirurgien est sa mère – que je me souviens d'avoir éclaté de rire.

— Et maintenant, papa ? Tu vas remettre en route ton mange-disque ?

Ici, c'était pareil. Comment, m'étais-je étonné, un homme marié à Natalie depuis six ans seulement pouvait-il avoir un fils adolescent ? Réponse : Eric était le fils de Todd, pas de Natalie. Ou Todd avait été marié une première fois, ou tout au moins il avait eu un fils avec une autre femme.

À nouveau, j'essayai de distinguer Natalie au premier rang. Je me démanchai le cou, mais la femme à côté de moi poussa un soupir exaspéré : j'empiétais sur son espace. Là-haut, sur l'estrade, le jeune Eric était en train d'achever son discours. Un discours beau et émouvant. Il n'y avait pas un œil de sec dans toute l'assemblée. À part les deux miens.

Bon, et maintenant ? Aller présenter mes condoléances à la veuve au risque de la perturber encore plus ? Quant à moi… avais-je vraiment envie de revoir son visage, de la voir pleurer l'homme qu'elle aimait ?

Je consultai ma montre. J'avais réservé mon billet de retour pour le soir même. Ni vu ni connu. Pas de note d'hôtel à régler. La page était tournée, et à moindres frais.

Même si je ne comprenais toujours pas ce qui nous était arrivé, à Natalie et moi.

Pendant qu'Eric retournait à sa place, on entendait renifler et sangloter doucement un peu partout dans la chapelle immaculée. L'officiant remonta en chaire et, d'un geste de la main, fit lever ses ouailles. J'en profitai pour m'éclipser. Je me réfugiai derrière le palmetto et m'adossai au tronc, histoire de ne pas être vu depuis la chapelle.

— Ça va ?

Me retournant, je vis la coquette barmaid.

— Oui, merci.

— C'était un mec génial, le toubib.

— Oui.

— Vous l'avez bien connu ?

Je ne répondis pas. Quelques minutes plus tard, les portes de la chapelle s'ouvrirent. Le cercueil fut sorti sous le soleil de plomb. Parmi les porteurs, il y avait son fils Eric. Juste derrière lui venait une femme coiffée d'un grand chapeau noir. Son bras reposait sur les épaules d'une fille âgée de quatorze ans peut-être. Un homme de haute taille les accompagnait. Elle s'appuyait sur lui. L'homme ressemblait vaguement à Todd. Son frère et sa sœur sans doute, mais ça restait une simple supposition. Les porteurs soulevèrent le cercueil et l'installèrent à l'arrière du corbillard. La femme au chapeau noir et la jeune fille furent escortées jusqu'à la première limousine. Le supposé frère leur ouvrit la portière. Eric monta avec elles. Je surveillais le flot de gens à la sortie de la chapelle.

Toujours aucun signe de Natalie.

Cela ne me surprenait qu'à moitié. Il n'y avait pas de règle à proprement parler. Quelquefois, la veuve sortait la première et suivait le cercueil, posant même la main dessus. Et quelquefois, elle venait en dernier, attendant que la nef se vide pour trouver la force de redescendre la travée. Ainsi, ma propre mère n'avait voulu voir personne à l'enterrement de mon père. Elle était allée jusqu'à filer par une porte latérale afin d'éviter la foule des parents et amis.

Je regardais les gens se disperser. Leur peine, comme cette chaleur étouffante, était devenue une chose qui vivait, qui respirait. Elle était sincère et palpable. Ils n'étaient pas venus par simple courtoisie. Cet homme-là était manifestement aimé de tous. D'un autre côté, Natalie m'aurait-elle plaqué pour un tocard ? Ne valait-il pas mieux qu'elle soit partie avec le docteur miracle plutôt qu'avec un sombre abruti ?

Bonne question.

La barmaid se tenait toujours à côté de moi.

— Comment est-il mort ? chuchotai-je.

— Vous n'êtes pas au courant ?

Je secouai la tête. Elle se taisait. Je me tournai vers elle.

— Assassiné, dit-elle.

Le mot resta en suspens dans l'air moite.

— Assassiné ? répétai-je.

— Oui.

J'ouvris la bouche, la refermai, m'y reprenant à deux fois.

— Comment ? Par qui ?

— On lui a tiré dessus, je crois. La police ne sait pas qui c'était. Un cambriolage qui aurait mal tourné. Un type serait entré par effraction, pensant qu'il n'y avait personne à la maison.

Une sorte de torpeur m'envahit. Le flot de gens s'était tari à l'entrée de la chapelle. Je ne la quittais pas des yeux, attendant que Natalie fasse son apparition.

36

Mais toujours pas de Natalie.

L'officiant sortit, referma la porte. Il monta à l'avant du corbillard et celui-ci démarra, suivi de la première limousine.

— Il y a une porte latérale ? m'enquis-je.

— Quoi ?

— Dans cette chapelle. Y a-t-il une autre porte ?

Elle fronça les sourcils.

— Non. Il n'y a que celle-là.

Le cortège s'éloignait déjà. Où diable était Natalie ?

— Vous n'allez pas au cimetière ? me demanda la barmaid.

— Non.

Elle posa la main sur mon bras.

— On dirait que vous avez besoin d'un remontant.

Difficile de le contester. Je revins d'un pas chancelant dans le bar et m'effondrai sur le même tabouret. Elle me servit un autre whisky soda. Mon regard errait sur la petite place, sur la chapelle, sur le cortège.

Pas de Natalie.

— Au fait, je m'appelle Tess.

— Jake, répondis-je.

— Alors, comment avez-vous connu le Dr Sanderson ?

— Nous avons étudié dans la même université.

— Ah bon ?

— Oui, pourquoi ?

— Vous avez l'air plus jeune.

— Je suis plus jeune. C'est une histoire d'anciens élèves.

— Oh, je vois.

— Tess ?

— Oui ?

— Vous connaissez la famille du Dr Sanderson ?

— Son fils Eric est sorti avec ma nièce. Un gentil petit gars.

— Quel âge a-t-il ?

— Dix-sept, je crois. Ou dix-huit. Il est en terminale. Quel malheur... Lui et son père étaient tellement proches.

Ne sachant par quel biais aborder le sujet, je demandai tout de go :

— Et la femme du Dr Sanderson, vous la connaissez ?

Tess pencha la tête.

— Pas vous ?

— Non, mentis-je. Je ne l'ai jamais rencontrée. Nous nous voyions seulement aux réunions d'anciens. Il venait toujours seul.

— Vous avez l'air drôlement chamboulé pour quelqu'un qui l'avait croisé occasionnellement.

Je bus une longue gorgée, histoire de gagner du temps. Puis :

— C'est juste que... enfin, je ne l'ai pas vue à l'enterrement.

— Comment le savez-vous ?

— Pardon ?

— Puisque vous ne l'avez jamais rencontrée.

Mon Dieu, j'étais vraiment nul à ce jeu-là.

— J'ai vu des photos.

— Elles ne devaient pas être très bonnes.

— Comment ça ?

— Elle était là. Juste derrière le cercueil, avec Katie.

— Katie ?

— Leur fille. Eric portait le cercueil. Et le frère du Dr Sanderson accompagnait Katie et Delia.

Je me souvenais très bien d'elles.

— Delia ?

— La femme du Dr Sanderson.

Je sentis la tête me tourner.

— Je croyais qu'elle s'appelait Natalie.

Tess croisa les bras en fronçant les sourcils.

— Natalie ? Non, son prénom, c'est Delia. Elle et le Dr Sanderson se fréquentaient depuis le lycée. Ils ont grandi tout près d'ici. Ça fait plus de vingt ans qu'ils étaient mariés.

Je me bornai à la regarder fixement.

— Jake, vous êtes sûr de ne pas vous être trompé d'enterrement ?

4

JE REGAGNAI L'AÉROPORT pour prendre le vol du retour. Que pouvais-je faire d'autre ? J'aurais certes pu aborder la veuve éplorée au cimetière et lui demander pourquoi son cher disparu avait épousé la femme de ma vie six ans plus tôt, mais le moment aurait été mal choisi. Je suis aussi quelqu'un de sensible.

Donc, avec un billet non remboursable payé sur un salaire d'enseignant, plus des cours à assurer le lendemain et des étudiants à voir, j'embarquai à contrecœur sur un de ces ExpressJets trop petits pour les hommes de mon gabarit et, les genoux sous le menton, m'envolai pour Lanford. J'habite un logement de fonction sans âme en brique délavée. L'appartement, si on est optimiste, pourrait être qualifié de fonctionnel. Il est propre et confortable, avec un ensemble canapé-fauteuil comme on en voit en promo dans les magasins de meubles pour 699 $. Ce n'est pas vraiment moche, plutôt fade, mais peut-être que c'est juste une vue de l'esprit. La petite cuisine est équipée d'un micro-ondes-gril. Il y a un vrai four également, mais je crois que je ne m'en suis jamais servi. Le lave-vaisselle n'arrête pas de tomber en panne. Comme vous vous en doutez, je ne reçois pas beaucoup.

Cela ne veut pas dire que je ne sors pas ou que je n'ai pas de relations avec des femmes. Mais ces relations ont une date d'expiration de trois mois. D'aucuns diraient que c'est parce que Natalie et moi, ç'avait duré trois mois. Mais la vérité, à mon sens, est à la fois plus simple et plus complexe. Je pense que mon histoire avec Natalie m'a rendu exigeant. Oui, je sais... reprends-toi en main. Non, je ne pleure pas toutes les nuits dans mon oreiller. C'est fini, ça. Mais il me reste comme un vide. Et, que ça vous plaise ou non, je continue à penser à elle jour après jour.

Et maintenant ?

L'homme qui avait épousé l'amour de ma vie était, semblait-il, marié à une autre femme... et qui plus est, il était décédé. Pour le formuler autrement, Natalie n'avait pas assisté à l'enterrement de son mari. J'étais en droit de réagir, non ?

Natalie m'avait dit : « Promets-moi de nous laisser tranquilles. » Nous. Pas lui ou elle. Nous. Au risque de passer pour un cynique archipointilleux, il n'y avait plus de « nous ». Todd était mort. Autrement dit, ma promesse était caduque.

Je mis l'ordinateur en marche – oui, c'était un vieux modèle – et entrai *Natalie Avery* dans le moteur de recherche. Une liste de liens s'afficha. J'entrepris de les consulter, mais le résultat fut décevant. Sur sa page galerie, il y avait toujours quelques-unes de ses toiles. Mais rien de nouveau depuis, eh bien, six ans. Je trouvai plusieurs articles sur des vernissages et des expositions, mais ils dataient tous. Je cherchai des informations plus récentes. Il y avait bien deux entrées dans les Pages blanches, mais la première Natalie Avery avait soixante-dix-neuf ans et était mariée à un dénommé Harrison. Quant à l'autre, elle avait soixante-six ans et était mariée à un Eric. Plus tous les renseignements habituels qu'on peut trouver en tapant n'importe quel nom : sites généalogiques, réseaux d'anciens élèves et ainsi de suite.

Mais rien qui puisse m'éclairer.

Qu'était-elle donc devenue, ma Natalie à moi ?

Je décidai de taper *Todd Sanderson* sur Google pour essayer d'en savoir plus. Il était effectivement médecin. Chirurgien, plus précisément. Son cabinet se trouvait à Savannah et il était rattaché au Memorial University Medical Center. Sa spécialité, c'était la chirurgie plastique. Est-ce qu'il réparait des becs-de-lièvre ou bien implantait des prothèses mammaires, je n'en savais rien. Et je ne voyais pas à quoi ça pouvait m'avancer. Le Dr Sanderson n'était pas un grand fan des réseaux sociaux. Il n'avait pas de compte Facebook, LinkedIn, Twitter, ni rien de tout cela.

Il y avait bien plusieurs mentions de Todd Sanderson et sa femme Delia en lien avec l'organisation caritative nommée Nouveau Départ, mais ça ne m'apprit pas grand-chose. J'essayai d'associer son nom à celui de Natalie. Avec zéro succès. Me laissant aller en arrière, je réfléchis un instant. Puis je tapai le nom du fils, Eric Sanderson. C'était un gamin, il devait au moins avoir un profil Facebook. Bien des adultes préféraient ne pas s'inscrire sur Facebook, mais je ne connaissais pas un seul jeune qui n'y soit pas.

Pari gagné. Eric Sanderson, Savannah, Géorgie.

La photo du profil montrait, tristement, Eric avec son père. Tous deux souriaient jusqu'aux oreilles et brandissaient avec effort une espèce de gros poisson. Une partie de pêche entre père et fils, pensai-je avec le pincement au cœur de celui qui rêve d'être papa. Le soleil se couchait derrière eux. Les visages étaient dans l'ombre, mais on sentait leur joie sourdre à travers l'écran de l'ordinateur. Une pensée étrange me traversa l'esprit.

Todd Sanderson était un homme bon.

Certes, ce n'était qu'une photo, et certes, il était facile de contrefaire un sourire, voire le scénario de toute une vie, mais on sentait de la bonté chez lui.

Je consultai les autres photos d'Eric. On le voyait surtout avec ses copains – c'était un ado, après tout – au lycée, dans des fêtes, lors de manifestations sportives, vous connaissez la chanson. Pourquoi, de nos jours, tout le monde se sent-il obligé d'avancer les lèvres vers l'objectif ou de faire un signe de la main ? C'est quoi, le message ?

Il y avait aussi un album simplement intitulé « Famille ». On y voyait Eric bébé, puis l'arrivée de sa sœur, le voyage à DisneyWorld, d'autres parties de pêche, repas de famille, confirmation à l'église, matchs de foot. Je les examinai toutes.

Todd n'avait jamais eu les cheveux longs... sur aucune photo. Et il était toujours rasé de près.

Qu'est-ce que cela signifiait ?

Je n'en avais pas la moindre idée.

Je cliquai sur le mur d'Eric ou quel que soit le nom qu'on donne à la page d'accueil. Il y avait là des dizaines de messages de condoléances.

Ton papa était le meilleur, je suis tellement désolée...

Si je peux faire quelque chose...

RIP, Dr S. Vous étiez rock'n'roll...

Je n'oublierai jamais la fois où ton papa s'est occupé de ma sœur...

L'un de ces messages me fit marquer un temps d'arrêt.

Quel drame absurde. Je ne comprendrai jamais la cruauté de la nature humaine.

Je cliquai pour afficher les « anciens posts ». Six messages plus loin, un autre retint mon attention.

J'espère qu'ils vont choper l'enfoiré qui a fait ça et le passer à la rôtissoire.

Je cherchai ensuite du côté des titres de la presse. Très vite, je tombai sur un article :

MEURTRE À SAVANNAH

Chirurgien et humanitaire connu, le Dr Todd Sanderson a été assassiné chez lui dans la soirée d'hier. La police penche pour un cambriolage qui aurait mal tourné...

Quelqu'un tenta d'ouvrir ma porte d'entrée, mais elle était fermée à clé. J'entendis qu'on soulevait le paillasson – dans un accès d'inspiration, j'avais caché ma clé de secours dessous –, puis la clé tourna dans la serrure, et la porte s'ouvrit sur Benedict.

— Salut, fit-il. On surfe sur les sites pornos ?

Je fronçai les sourcils.

— Ça ne se dit plus, « surfer ».

— Je suis de la vieille école, moi.

Benedict alla vers le frigo et prit une bière.

— C'était comment, ton voyage ?

— Déconcertant, répondis-je.

— Raconte.

Benedict savait écouter comme personne. Il faisait partie de ces gens qui intègrent chaque mot, se concentrent sur vous seul et ne vous coupent pas la parole. Ce n'était pas une posture, et il ne réservait pas ce traitement à ses amis les plus proches. Les gens le passionnaient. J'aurais mis ça sur la liste de ses meilleurs atouts en tant que prof, mais il aurait été plus pertinent de le lister comme son meilleur atout en tant que don Juan. Une femme célibataire peut déjouer bien des techniques de drague, mais quelqu'un qui s'intéresse sincèrement à ce que vous racontez... ? Apprentis gigolos, prenez note.

Lorsque j'eus terminé mon récit, Benedict but une gorgée de bière.

— Eh ben ! C'est tout ce que j'ai à dire.

— Tu ne serais pas prof de littérature, par hasard ?

— Tu te rends compte, dit-il lentement, qu'il doit y avoir une explication logique à tout ça, non ?

— Genre ?

Il se frotta le menton.

— Peut-être que Todd était de ces mecs qui ont une double vie, et aucune famille n'était au courant de l'existence de l'autre.

— Hein ?

— Un Casanova avec pléthore de femmes et d'enfants. L'une vit, mettons, à Denver, et l'autre à Seattle. Le gars partage son temps entre les deux, et elles ne se doutent de rien. On entend ça souvent aux infos. Des mecs bigames. Ou polygames. Ça peut durer des années.

Je grimaçai.

— Si c'est ça, ton explication logique, j'ai hâte d'entendre l'autre, la farfelue.

— Bon, d'accord. Et que dirais-tu de la plus évidente ?

— L'explication la plus évidente ?

45

— Oui.

— Vas-y.

Benedict écarta les mains.

— Ce n'est pas le même Todd.

Je ne répondis pas.

— Tu ne te souviens pas de son nom de famille, n'est-ce pas ?

— Exact.

— Et tu es sûr que c'est le même bonhomme ? Todd est un prénom courant. Penses-y, Jake. Tu vois une photo six ans après, ton imagination te joue des tours, et hop, tu décides que c'est lui, ton ennemi juré.

— Ce n'est pas mon ennemi juré.

— *N'était* pas ton ennemi juré. Il est mort, rappelle-toi. Donc, il se conjugue au passé. Non mais, sérieusement, tu veux savoir quelle est l'explication la plus évidente ?

Il se pencha en avant.

— C'est un simple cas d'erreur sur la personne.

J'y avais songé, bien sûr. J'avais même envisagé l'hypothèse de la bigamie. Les deux versions tenaient la route... et après ? Que pouvait-il y avoir d'autre ? Quelles étaient les autres explications possibles... évidentes, logiques ou farfelues ?

— Alors ? dit Benedict.

— Ça se tient.

— Tu vois !

— Ce Todd-ci – Todd Sanderson, le toubib – était différent du Todd de Natalie. Il avait les cheveux courts. Et le visage glabre.

— Et voilà.

Je détournai les yeux.

— Quoi ?

— Je ne prends pas.

— Pourquoi ?

— Pour commencer, cet homme-là a été assassiné.

— Et ? À la limite, ça confirme la théorie de la polygamie. Il est tombé sur un os, et paf.

— Allez, tu n'y crois pas toi-même, à cette histoire.

Benedict tira avec deux doigts sur sa lèvre inférieure.

— Elle t'a quitté pour un autre homme.

J'attendis la suite, mais comme il se taisait, je finis par répliquer :

— Et sinon, à part enfoncer les portes ouvertes ?

— Tu en as souffert.

Sa voix se fit mélancolique.

— Je comprends. Mieux que tu ne l'imagines.

Je repensai à cette photo, à son amour perdu, aux peines de cœur que nous trimballons tous sans rien montrer.

— Vous étiez amoureux. Du coup, tu n'arrives pas à accepter… qu'elle ait pu te larguer pour un autre.

Je fronçai les sourcils, mais il y avait comme un poids sur ma poitrine.

— Tu es sûr que tu n'es pas prof de psycho ?

— Tu la désires si fort – cette seconde chance, la chance d'une vraie rédemption – que tu es incapable de voir la réalité en face.

— Quelle réalité, Benedict ?

— Elle est partie, dit-il simplement. Elle t'a plaqué. Et ceci n'y change rien.

Je déglutis, m'efforçant de surnager dans cette évidence claire comme de l'eau de roche.

— Je crois qu'il y a autre chose.

— Quoi ?

— Je ne sais pas, avouai-je.

Benedict marqua une pause, puis :

— Mais tu ne renonceras pas à chercher, n'est-ce pas ?

— Si, répondis-je. Un jour. Mais pas aujourd'hui. Et probablement pas demain.

Il haussa les épaules, se leva, alla prendre une autre bière.

— Soit. Alors, quel est le plan ?

5

JE N'AVAIS PAS DE RÉPONSE À CETTE QUESTION, et il commençait à se faire tard. Benedict suggéra d'aller faire la tournée des bars. Voilà qui aurait fait une excellente distraction, mais j'avais des copies à corriger et je déclarai forfait. Je réussis à aller au bout de trois copies avant de me rendre compte que j'avais l'esprit ailleurs et que les noter maintenant serait injuste vis-à-vis de mes étudiants.

Je me préparai donc un sandwich et cherchai à nouveau Natalie, cette fois dans la rubrique images. En voyant une vieille photo d'elle, je ressentis un coup au cœur, si violent que je cliquai sur l'image pour la faire disparaître. Je retrouvai quelques-unes de ses peintures, dont plusieurs représentaient mes mains et mon torse. Les souvenirs douloureux ne filtrèrent pas, non... ils pesèrent sur mes barrières, tous en même temps, et le barrage céda. Sa façon de pencher la tête, le soleil ruisselant par la lucarne de son atelier, sa mine concentrée, son sourire espiègle au moment de la pause. J'étais presque plié en deux de douleur. Natalie me manquait trop. Le manque était bien sûr physique mais allait bien au-delà. Je l'avais occulté avec plus ou moins de succès pendant six ans, mais tout à coup, cela me revenait, aussi fort que le dernier jour où nous avions fait l'amour dans ce chalet à la résidence.

Et puis zut.

J'avais envie de la revoir, et au diable les conséquences. Si elle me congédiait encore une fois en me regardant droit dans les yeux, eh bien, j'en prendrais mon parti. Mais pas aujourd'hui. Pas ce soir. Là, tout de suite, j'avais simplement besoin de la retrouver.

OK, ne nous emballons pas. Réfléchissons. Par où commencer ? Déjà, il faudrait savoir si Todd Sanderson était le Todd de Natalie. À bien des égards, cela semblait être, comme Benedict l'avait clairement exposé, un simple cas d'erreur sur la personne.

Mais comment prouver l'une ou l'autre hypothèse ?

Il fallait que j'en sache davantage sur lui. Par exemple, que faisait le Dr Todd Sanderson, marié et père de famille, dans une résidence d'artistes au fin fond du Vermont il y a six ans de cela. Il fallait que je voie d'autres photos. Que je me renseigne sur le personnage, en commençant par...

En commençant par ici. Par Lanford College.

Voilà, j'y étais. L'établissement conservait les dossiers de tous ses étudiants, consultables uniquement par l'intéressé ou avec son autorisation. J'avais parcouru le mien quelques années plus tôt. Il ne contenait rien d'extraordinaire, à part le commentaire de mon prof d'espagnol en première année – un cours que j'avais fini par sécher –, selon lequel j'avais un problème d'« adaptation » et gagnerais peut-être à aller voir le psychologue du campus. N'importe quoi. J'étais nul en espagnol. Les langues étrangères sont mon talon d'Achille, et, de toute façon, on avait le droit de laisser tomber un cours en première année sans que cela joue sur la moyenne générale. La note avait été rédigée de la main même du professeur, ce qui m'avait vexé encore plus.

L'intérêt de tout ceci ?

Il pouvait y avoir quelque chose dans le dossier de Todd, si j'arrivais à y accéder, qui me mettrait sur une piste. Laquelle, je n'en savais fichtrement rien. Mais au moins, c'était un début.

Quoi d'autre ?

La réponse allait de soi : m'informer sur Natalie. Si je découvrais qu'elle était toujours heureuse en ménage avec son Todd, je laisserais tomber aussitôt. C'était la voie la plus simple et la plus directe, non ? La question était : où aller pêcher ces informations ?

Je repris mes recherches sur Internet, mais il n'y avait absolument rien. Aujourd'hui, notre vie entière est censée se dérouler en ligne, mais quelqu'un qui veut rester dans l'ombre peut y parvenir. Au prix de quelques efforts.

Reste à savoir ce qui motive ces efforts.

Je pensai appeler sa sœur, si jamais je trouvais son numéro, mais pour lui dire quoi ? « Bonjour… euh, ici Jake Fisher, l'ancien… euh, flirt de votre sœur. Savez-vous… hmm, si le mari de Natalie est toujours en vie ? »

Pas terrible comme approche.

Je me souvins d'avoir écouté une conversation télé-phonique entre les deux sœurs, Natalie déclarant avec effusion à Julie : « Attends un peu de rencontrer mon amoureux, c'est quelqu'un d'absolument génial… » Nous avions fini par nous rencontrer. Façon de parler. Au mariage de Natalie.

Son père était mort. Sa mère, eh bien, risquait de poser le même problème que sa sœur. Quant à ses amis, il n'y avait rien à attendre de ce côté-là non plus. Natalie et moi avions passé tout notre temps dans nos résidences respectives à Kraftboro, dans le Vermont. Mon séjour devait durer six semaines. J'y étais resté le double du délai initial parce que, *primo*, j'avais rencontré Natalie, et *secundo*, je n'avais plus la tête à mes écrits après avoir rencontré Natalie. Je n'étais jamais allé chez elle, dans le New Jersey. Notre relation s'était cantonnée à notre bulle dans le Vermont.

Je vois d'ici les hochements de tête. Ah, ah, pensez-vous, ceci explique cela. C'était une idylle d'été, éclose en dehors du réel. Dans ces conditions, l'amour fleurit facilement sans prendre racine, pour se flétrir et mourir aux premiers froids de septembre. Natalie, la plus perspicace des deux, l'avait senti et accepté. Pas moi.

Je peux comprendre ce point de vue. Mais je ne le partage pas.

La sœur de Natalie se nommait Julie Pottham. À l'époque, elle était mariée et mère d'un petit garçon. Je la cherchai en ligne. Cette fois, ce fut un jeu d'enfant. Julie vivait à Ramsey, dans le New Jersey. Je notai le numéro de téléphone sur un bout de papier… Comme Benedict, je pouvais être très vieille école. Derrière ma fenêtre, j'entendais des rires d'étudiants. Il était minuit. Trop tard pour téléphoner, de toute façon. Et puis, la nuit portait conseil. En attendant, j'avais des copies à corriger. Et un cours à préparer pour le lendemain. La vie continuait.

Les dissertations étaient pour la plupart ennuyeuses et prévisibles, comme si elles suivaient les règles édictées par un prof de lycée. Ces étudiants-là avaient brillé en matière de rédaction scolaire, thèse, antithèse, synthèse, bref, tout ce qui contribue à rendre un texte consistant et désespérément plat. Comme je l'ai déjà dit, mon boulot est de leur inculquer le sens critique. C'est bien plus important que de retenir la philosophie propre, mettons, à Hobbes ou à Locke. Au fond, j'espérais que mes étudiants apprendraient à la fois à respecter et à conchier Hobbes et Locke. Je voulais que non seulement ils quittent le moule, mais qu'ils le fassent voler en éclats.

Je me couchai vers 4 heures en faisant comme si le sommeil allait me trouver. À 7 heures du matin, ma décision était prise : j'appellerai la sœur de Natalie. Je me souvins du sourire mécanique dans la chapelle blanche, de sa pâleur, de sa façon de me demander si ça allait, comme si elle comprenait. Julie pourrait bien être une alliée.

Et puis, qu'avais-je à perdre ? Je pris une douche et me préparai pour mon cours de 8 heures sur l'État de droit à Vitale Hall. Je passerais mon coup de fil à la fin du cours.

Je croyais faire le cours en mode somnambule car je n'étais vraiment pas dans mon assiette et, franchement, 8 heures, c'est beaucoup trop tôt pour la plupart des étudiants de première année. Mais pas ce matin. Ce matin, ils étaient plus que réveillés : les mains s'agitaient ; arguments et contre-arguments ricochaient sous forme de tir croisé sur les murs de la salle. Je ne prenais pas parti, bien sûr. J'orchestrais le débat, ravi de ce qui m'arrivait. Normalement, dans un cours aussi matinal, la grande aiguille de l'horloge avance comme engluée dans de la mélasse. Aujourd'hui, j'avais envie de l'arrêter dans sa course. Les quatre-vingt-dix minutes passèrent sans que je m'en rende compte, et je songeai à nouveau à la chance que j'avais de faire ce métier.

Heureux au travail, malheureux en amour. Ou quelque chose comme ça.

Je me rendis à mon bureau à Clark House pour téléphoner. Au passage, je fis une halte devant le bureau de Mme Dinsmore et lui adressai mon sourire trente-trois *bis*. Elle fronça les sourcils.

— Ça marche avec les femmes célibataires, de nos jours ?

— Quoi, le sourire ?

— Oui.

— Quelquefois.

Elle secoua la tête.

— Et on nous dit de ne pas nous inquiéter pour l'avenir.

Mme Dinsmore soupira, redressa une pile de papiers.

— Bien, admettons que je frétille d'impatience. Qu'est-ce qu'il vous faut ?

Je tentai de chasser l'image d'elle frétillant d'impatience. Ce ne fut pas facile.

— J'ai besoin de consulter le dossier d'un étudiant.

— Et vous avez l'autorisation de cet étudiant ?

— Non.

— D'où le sourire enjôleur.

— Exact.

— C'est un de vos étudiants actuels ?

Je montai le sourire d'un cran.

— Non. Il n'a jamais fait partie de mes étudiants.

Elle haussa un sourcil.

— En fait, il a terminé ses études il y a vingt ans.

— C'est une plaisanterie ?

— Ai-je l'air de plaisanter ?

— À dire vrai, avec ce sourire, vous avez plutôt l'air constipé. Quel est le nom de cet étudiant ?

— Todd Sanderson.

Se calant dans son siège, elle croisa les bras.

— N'ai-je pas lu sa nécrologie dans la rubrique des anciens élèves ?

— En effet.

Mme Dinsmore scruta mon visage. Je ne souriais plus. Finalement, elle chaussa ses lunettes de lecture.

— Je vais voir ce que je peux faire.

— Merci.

J'entrai dans mon bureau et fermai la porte. Assez tergiversé. Il était presque 10 heures maintenant. Je sortis le bout de papier et contemplai le numéro que j'avais griffonné la veille. Puis je décrochai le téléphone.

J'avais répété ce que j'allais lui dire, mais comme cela paraissait insensé, je décidai d'improviser. Deux sonneries, trois. Julie ne répondrait sans doute pas. Plus personne ne répondait au téléphone fixe aujourd'hui, surtout si l'appel provenait d'un numéro inconnu. L'identité affichée serait « Lanford College ». J'ignorais si cela allait la rassurer ou au contraire éveiller sa méfiance.

À la quatrième sonnerie, quelqu'un finit par décrocher. J'agrippai le combiné.

— Allô ? fit, hésitante, une voix de femme.

— Julie ?

— Qui est à l'appareil ?

— Je suis Jake Fisher.

Pas de réaction.

— J'ai fréquenté votre sœur autrefois.

— C'est comment, votre nom, déjà ?

— Jake Fisher.

— Je vous connais ?

— Façon de parler. Nous nous sommes rencontrés au mariage de Natalie...

— Je ne comprends pas. Qui êtes-vous exactement ?

— Avant que Natalie n'épouse Todd, nous étions... euh, ensemble.

Silence.

— Allô ? dis-je.

— C'est une blague ou quoi ?

— Pas du tout. Dans le Vermont. Votre sœur et moi...

— Je ne sais pas qui vous êtes.

— Vous bavardiez souvent au téléphone toutes les deux. Je vous ai même entendues parler de moi. Après le mariage, vous avez posé la main sur mon bras et m'avez demandé si ça allait.

— Je ne vois absolument pas à quoi vous faites allusion.

Je serrais le combiné si fort que j'eus peur de le casser.

— Comme je vous l'ai dit, on était ensemble, Natalie et moi...

— Qu'est-ce que vous voulez ? Pourquoi m'appelez-vous ?

Ah. Bonne question.

— Je voudrais parler à Natalie.

— Quoi ?

— J'aimerais juste m'assurer qu'elle va bien. J'ai vu un avis de décès pour Todd et j'ai eu envie de la contacter, je ne sais pas, pour présenter mes condoléances.

Nouveau silence. Je laissai passer un peu de temps.

— Julie ?

— Je ne sais pas qui vous êtes ni de quoi vous parlez, mais n'appelez plus jamais ici. Vous avez compris ? Plus jamais.

Et elle raccrocha.

6

J'ESSAYAI DE RAPPELER, mais Julie ne répondit pas.

Je ne comprenais pas. Avait-elle réellement oublié qui j'étais ? Cela me semblait peu plausible. Lui avais-je fait peur avec mon coup de fil inopiné ? Je ne savais que penser. Toute la conversation avait eu un côté glauque, surréaliste. Si encore elle m'avait dit que Natalie ne voulait pas entendre parler de moi ou que je m'étais trompé, que Todd était toujours en vie... N'importe. Mais dire qu'elle ne savait même pas qui j'étais.

Comment était-ce possible ?

Et que faire maintenant ? Me calmer, déjà. Respirer profondément. Je devais poursuivre ma double mission : découvrir ce qu'il en était de feu Todd Sanderson et retrouver Natalie. La seconde tâche annulant la première, bien sûr. En retrouvant Natalie, j'aurais toutes les explications. La question était : comment ? Rien sur Internet, rien du côté de sa sœur. En même temps, était-ce si difficile que ça d'obtenir une adresse de nos jours ?

J'eus soudain une idée. J'ouvris le site du campus et consultai l'emploi du temps des professeurs. Shanta Newlin avait cours dans une heure.

Je composai le numéro du poste de Mme Dinsmore.

— Vous ne croyez tout de même pas que j'ai déjà votre dossier ?

— Non, il ne s'agit pas de ça. Vous ne sauriez pas où je peux trouver le Pr Newlin ?

— De mieux en mieux. Vous êtes au courant qu'elle a un fiancé ?

J'aurais dû m'en douter.

— Madame Dinsmore...

— Ne vous mettez donc pas la rate au court-bouillon. Elle petit-déjeune avec ses étudiants en thèse chez Valentine.

Valentine était la cafétéria du campus. Je sortis à la hâte. C'est curieux. Un professeur d'université se doit d'être toujours au top. On garde la tête haute, on sourit, on salue chaque étudiant. On doit se souvenir de tous les noms. On est un peu comme une célébrité quand on traverse le campus. Je pourrais faire mine de m'en moquer, mais j'avoue que j'aime bien toute cette attention et que je prends ça très au sérieux. En cet instant même, tout pressé et anxieux que j'étais, je fis en sorte qu'aucun étudiant ne se sente négligé.

J'évitai les deux grandes salles à manger : elles étaient réservées aux étudiants. Les collègues qui, certains jours, se joignaient à eux, je trouvais ça assez pathétique. Même si les frontières sont quelquefois floues et mouvantes, je mettais un point d'honneur à ne pas franchir la ligne. Le Pr Newlin, qui était quelqu'un de classe, devait faire de même ; j'étais donc sûr de la trouver dans un des petits salons privés réservés à ce genre de rendez-vous.

Elle était au salon Bradbeer. Sur le campus, chaque bâtiment, salle, chaise, table, étagère et carreau de céramique porte le nom d'un donateur. Cette tradition en exaspère certains. Moi, j'aime bien. Notre établissement est déjà assez isolé dans son cocon protecteur. Le contact avec la réalité, la dure loi de l'argent, ne peut pas nous faire de mal.

Je jetai un œil par la vitre. Shanta Newlin croisa mon regard et me fit signe de patienter. Je hochai la tête et attendis. Cinq minutes plus tard, la porte s'ouvrit, et les étudiants sortirent en trombe. Shanta s'arrêta sur le pas de la porte. Une fois tout le monde parti, elle dit :

— Venez avec moi. Il faut que j'aille quelque part.

Shanta Newlin avait un CV impressionnant. Diplômée de Stanford et bénéficiaire de la bourse Rhodes, elle avait étudié à l'université de Columbia. Puis elle avait travaillé pour la CIA et le FBI avant d'entrer au gouvernement en tant que sous-secrétaire d'État.

— Alors, quoi de neuf ?

Elle avait des manières brusques. Peu après son arrivée sur le campus, nous avions dîné en tête à tête. Nous ne sortions pas ensemble, c'était plutôt du genre « voyons si ça pourrait coller ». La nuance est de taille. Là-dessus, elle avait choisi de ne pas donner suite, et je n'en avais pas été contrarié plus que ça.

— J'ai besoin d'un service, commençai-je.

D'un geste, Shanta m'invita à expliciter.

— Je cherche quelqu'un. Une vieille amie. J'ai essayé toutes les méthodes habituelles... Google, contacter sa famille, tout. Je n'arrive pas à avoir son adresse.

— Et vous vous êtes dit qu'avec mes anciennes relations, je pourrais vous aider.

— Quelque chose comme ça, acquiesçai-je. En fait oui, c'est exactement ça.

— Son nom ?

— Natalie Avery.

— Quand l'avez-vous vue ou avez-vous eu son adresse pour la dernière fois ?

— Il y a six ans.

Shanta marchait vite, d'un pas martial, raide comme la justice.

— C'était donc elle, Jake ?

— Pardon ?

Un petit sourire jouait sur ses lèvres.

— Savez-vous pourquoi je n'ai pas donné suite à notre premier rendez-vous ?

— Ce n'était pas un rendez-vous à proprement parler, rectifiai-je. C'était plutôt : « Voyons si on a envie d'aller plus loin. »

— Hein ?

— Peu importe. J'ai cru que c'était parce que vous n'étiez pas intéressée.

— Faux. Voici ce que j'ai constaté ce soir-là : vous êtes un type formidable, drôle, intelligent, vous avez un bon job et des yeux bleus à tomber par terre. À votre avis, combien d'hétéros célibataires répondent à ces critères-là ?

Ne sachant trop comment je devais prendre ça, je m'abstins de tout commentaire.

— Mais je l'ai senti. Peut-être à cause de mon passé d'enquêteuse. J'étudie le langage du corps. Je m'attache aux petits détails.

— Senti quoi ?

— Que vous êtes une planche pourrie.

— Eh bien, je vous remercie.

Elle haussa les épaules.

— Il y a des hommes qui entretiennent leur flamme pour un ancien amour, et il y en a – pas beaucoup, il est vrai – qui se laissent totalement consumer par cette flamme. Ce qui complique considérablement les choses pour toutes celles qui viennent après.

Je gardai le silence.

— Donc, cette Natalie Avery que vous recherchez désespérément, reprit Shanta, c'est elle, la flamme ?

À quoi bon mentir ?

— Oui.

Elle s'arrêta, leva les yeux sur moi.

— Et ça vous a fait mal ?

— Vous n'avez pas idée.

Shanta Newlin hocha la tête et s'éloigna, me laissant seul.

— Vous aurez son adresse d'ici la fin de la journée.

7

À LA TÉLÉ, LE FLIC CHARGÉ DE L'ENQUÊTE retourne toujours sur la scène de crime. À moins que ce soit le criminel. Peu importe. Comme j'étais dans une impasse, je décidai d'aller là où tout avait commencé.

Dans le Vermont.

Lanford n'était qu'à trois quarts d'heure de la frontière du Vermont, mais ensuite il fallait compter deux heures de plus pour arriver à l'endroit où j'avais rencontré Natalie. Le nord du Vermont est une région rurale. J'ai grandi à Philadelphie, et Natalie venait du New Jersey. La ruralité, on ne connaissait pas.

Le jour commençait à baisser quand je passai devant mon ancienne résidence sur la route 14. L'exploitation agricole « de subsistance » de deux hectares et demi était gérée par « l'auteur en résidence » Darly Wanatick qui donnait son avis sur le travail des autres pensionnaires. Pour ceux qui ne le savent pas, l'agriculture de subsistance fournit de quoi vivre à l'exploitant et à sa famille sans qu'il y ait de surplus commercialisables. En d'autres termes, on cultive, on mange, on ne vend pas. Pour ceux qui ignorent ce qu'est « un auteur en résidence » et ce qui l'autorise à juger la qualité de votre travail, cela signifie que Darly était la propriétaire du domaine et rédigeait la rubrique shopping dans le journal gratuit du coin, *L'Épicier de Kraftboro*. La maison accueillait jusqu'à six écrivains à la fois. Chacun disposait d'une chambre dans le bâtiment principal et d'un chalet ou « cottage de travail » pour écrire. Tout le monde se retrouvait le soir au dîner. Et c'était tout. Pas d'Internet, pas de télé, pas de téléphone, du papier recyclé, pas de voiture, pas le moindre luxe. Vaches, moutons et poules déambulaient dans la cour. Au début, c'était apaisant et relaxant, et j'avais savouré cette solitude déconnectée pendant, disons, trois jours, après quoi mes cellules grises s'étaient mises à rouiller. Le principe était qu'un auteur poussé à l'extrême limite de l'ennui se précipite en quête de salut sur son bloc ou son ordinateur portable et ponde des pages. Cela avait marché quelque temps, puis j'eus l'impression d'être placé à l'isolement. Je passai tout un après-midi à observer une colonne de fourmis transportant une miette de pain à travers le « cottage ». Passionné par cet épisode distrayant, je déposai même d'autres miettes dans divers endroits stratégiques pour lancer une course de relais entre insectes.

Le dîner avec mes confrères scribouillards ne m'était pas d'un grand secours. Ces pseudo-intellos précieux écrivaient tous le prochain chef-d'œuvre de la littérature américaine, et quand on aborda le sujet tout sauf littéraire de ma thèse, il retomba sur la vieille table de cuisine avec le bruit mat du crottin d'âne. Certains jours, ces grands romanciers américains organisaient la lecture de leurs œuvres. Des œuvres prétentieuses, assommantes, un charabia nombriliste dont la prose se résumait à : « Regardez-moi !

S'il vous plaît, regardez-moi ! » Je ne l'avais jamais dit tout haut, bien sûr. J'assistais à ces lectures avec mon air le plus studieux et appliqué, hochant régulièrement la tête pour marquer mon intérêt et surtout pour éviter de m'endormir. Un dénommé Lars était en train d'écrire un poème de six cents pages sur les derniers jours d'Hitler dans le bunker, du point de vue du chien d'Eva Braun. Sa première lecture se composait de dix minutes d'aboiements.

— C'est pour vous mettre dans l'ambiance, expliqua-t-il.

Très juste, si l'ambiance était à l'envie de lui casser la figure.

La résidence d'artistes de Natalie était très différente. Elle s'appelait « Centre de ressourcement créatif », et il y régnait une atmosphère beaucoup plus hippie, genre céréales complètes, chanvre et *peace and love.* Durant leurs pauses, ils travaillaient dans le potager bio (et je ne parle pas seulement de légumes). Le soir, ils se réunissaient autour d'un feu de bois et chantaient la paix et l'harmonie à filer la nausée à Joan Baez. Curieusement, ils se méfiaient des étrangers (peut-être bien en raison de leurs « cultures bio »), et certains membres du personnel avaient un côté réservé, un peu sectaire. La propriété comptait une quarantaine d'hectares, une maison principale, de vrais cottages avec terrasse et cheminée, une piscine conçue en forme d'étang, une cafétéria avec un café exquis et un large choix de sandwichs qui tous avaient un goût de chou de Bruxelles saupoudré de copeaux de bois… et, à la frontière avec la bourgade de Kraftboro, une chapelle blanche où l'on pouvait se marier, pour ceux que ça intéressait.

La première chose que je remarquai, c'est qu'il n'y avait plus le panneau à l'entrée. Le panneau « Ressourcement créatif » aux couleurs vives, un peu comme dans une pub pour un camp de vacances. Une grosse chaîne empêcha ma voiture de s'engager dans l'allée. Je me garai, coupai le contact et descendis. Il y avait plusieurs écriteaux « Accès interdit », mais ils étaient déjà là à l'époque. Avec la chaîne en plus et sans l'accueillant « Ressourcement créatif », ils avaient cependant une allure bien plus dissuasive.

Je ne savais pas quoi faire.

La grande maison se trouvait à quatre cents mètres de la route. Je pouvais laisser ma voiture sur le bas-côté et y aller à pied. Pour voir de quoi il retournait. Mais quel intérêt ? Voilà six ans que je n'étais pas venu ici. Ils avaient probablement vendu le terrain, et le nouveau propriétaire tenait à préserver sa tranquillité. Ceci expliquerait cela.

N'empêche, je trouvais ça louche.

Quel mal y aurait-il, pensai-je, à aller frapper à la porte de la grande maison ? D'un autre côté, la grosse chaîne et les panneaux d'interdiction d'entrer n'encourageaient pas vraiment le visiteur. J'hésitais toujours quand une voiture de police s'arrêta à ma hauteur. Deux flics en sortirent. L'un était petit et trapu, les muscles dilatés par la gonflette. L'autre était un grand échalas avec des cheveux noirs lissés et la fine moustache d'un acteur de cinéma muet. Tous deux portaient des lunettes d'aviateur qui leur cachaient les yeux.

Musclor remonta son pantalon.

— Je peux vous aider ?

Ils me fusillèrent du regard. Enfin, j'imagine… puisque je ne pouvais voir leurs yeux.

— Je voulais visiter le centre de ressourcement créatif.

— Le quoi ? s'enquit Musclor. Pour quoi faire ?

— J'ai besoin de ressourcer ma créativité.

— Vous vous foutez de moi ?

Sa voix était un peu trop cassante à mon goût. Je n'aimais pas son attitude. Et je ne me l'expliquais pas non plus, sinon qu'ils étaient flics dans une petite ville et que j'étais le premier qu'ils pouvaient alpaguer pour autre chose que la vente d'alcool aux mineurs.

— Non, monsieur l'agent, répondis-je.

Musclor regarda Échalas. Qui ne dit rien.

— Vous devez vous tromper d'adresse.

— Je suis sûr que c'est là.

— Il n'y a pas de centre de ressourcement créatif ici. Il a fermé.

— C'est quoi, la bonne version ? demandai-je.

— Excusez-moi ?

— Je me trompe d'adresse ou bien le centre a fermé ?

Musclor apprécia modérément. Arrachant ses lunettes de soleil, il les pointa sur moi.

— Vous êtes en train de vous payer ma tête, hein ?

— Je cherche la résidence d'artistes.

— Je ne connais aucune résidence d'artistes. Cette propriété est dans la famille Drachman depuis quoi, Jerry, cinquante ans ?

— Au moins, répondit Échalas.

— J'étais là il y a six ans, dis-je.

— Je ne suis au courant de rien, déclara Musclor. Je sais seulement que vous êtes sur une propriété privée, et que, si vous ne partez pas, je serai obligé de vous embarquer.

Je regardai mes pieds. Je n'étais pas dans l'allée ni sur aucune propriété privée. J'étais au bord de la route.

Musclor s'approcha un peu trop de moi. J'avoue, je n'en menais pas large, mais mon expérience de videur dans les bars m'avait appris une chose. Ne jamais montrer qu'on a peur. C'est ce qu'on entend toujours à propos du règne animal, et, croyez-moi, il n'y a pas d'animal plus sauvage que l'être humain venu « décompresser » dans un bar ouvert la nuit. Du coup, même si je n'étais guère rassuré par la tournure que prenaient les événements, je ne bougeai pas d'un pouce. Musclor n'aimait pas ça. Je le regardai de haut. De très haut. Il n'aimait pas ça du tout.

— Vos papiers, monsieur le crâneur.

— Pour quoi faire ?

Musclor se tourna vers son collègue.

— Jerry, va contrôler sa plaque minéralogique sur le fichier central.

Jerry hocha la tête et retourna à la voiture.

— Pourquoi ? demandai-je. Je ne comprends pas. Je suis juste venu voir la résidence.

— Vous avez le choix, déclara Musclor. Un…

Il brandit un doigt boudiné.

— … vous me montrez vos papiers sans faire d'histoires. Deux…

Eh oui, un autre petit boudin.

— … je vous arrête pour violation de propriété privée.

De plus en plus louche. Je jetai un œil sur l'arbre derrière moi et aperçus une sorte de caméra de surveillance pointée sur nous. Non, décidément, cela ne me plaisait pas, mais d'un autre côté, je n'avais rien à gagner à m'attirer les foudres d'un flic. Mieux valait fermer ma grande bouche.

Je plongeai la main dans ma poche à la recherche de mon portefeuille, mais Musclor m'interrompit d'un geste.

— Du calme. Allez-y doucement.

— Quoi ?

— Pas de mouvements brusques.

— Vous plaisantez, j'espère ?

Dans le genre fermer ma grande bouche, c'était réussi.

— Ai-je l'air de plaisanter ? Servez-vous de deux doigts. Le pouce et l'index. Doucement.

Le portefeuille était tout au fond de ma poche. L'extraire avec deux doigts n'était pas chose facile.

— J'attends, dit-il.

— Une seconde.

Je finis par attraper le portefeuille et le lui tendis. Il entreprit de le feuilleter comme dans une chasse au trésor. Il tomba sur ma carte de Lanford College, regarda la photo, me regarda et fronça les sourcils.

— C'est vous ?

— Oui.

— Jacob Fisher.

— Tout le monde m'appelle Jake.

Il examina ma photo en plissant le front.

— Je sais, dis-je. Difficile de capter mon magnétisme animal sur papier.

— Ceci est un laissez-passer universitaire.

La phrase n'étant pas interrogative, je ne répondis pas.

— Vous êtes un peu vieux pour un étudiant, non ?

— Je ne suis pas étudiant. Je suis professeur. Regardez, c'est écrit « enseignant ».

Échalas revint vers nous. Il secoua la tête. Le contrôle de la plaque avait dû se révéler négatif.

— Et que fait un professeur émérite dans notre petite ville ?

Je me souvins alors d'une chose vue à la télévision.

— Il faut que je prenne quelque chose dans ma poche. Je peux ?

— Pour quoi faire ?

— Vous verrez.

Je sortis mon smartphone.

— Vous voulez faire quoi avec ça ? s'enquit Musclor.

Je le dirigeai vers lui et appuyai sur la touche enregistrement vidéo.

— Il est en connexion permanente avec mon ordinateur personnel, monsieur l'agent.

C'était un mensonge – l'enregistrement n'était que sur mon téléphone – mais tant pis.

— Tout ce que vous direz ou ferez peut être vu par mes collègues.

Je n'en étais plus à un mensonge près.

— J'aimerais bien savoir pourquoi vous tenez tant à contrôler mon identité et pourquoi vous me posez toutes ces questions.

Musclor remit ses lunettes de soleil comme si elles pouvaient masquer son exaspération. Il serrait les lèvres si fort qu'elles en tremblaient. Puis il me rendit mon portefeuille en disant :

— On nous a appelés pour violation de propriété privée. Malgré ça, et votre histoire à dormir debout à propos d'une résidence qui n'existe pas, nous avons décidé de vous laisser partir avec un simple avertissement. Je vous prie donc de bien vouloir quitter les lieux. Passez une bonne fin de journée.

Échalas et Musclor regagnèrent leur véhicule. Ils prirent place à l'avant et attendirent que je remonte dans la mienne. N'ayant pas d'autre choix, je mis le moteur en marche et redémarrai.

8

JE N'ALLAI PAS BIEN LOIN.

Je me rendis dans la bourgade de Kraftboro. On se serait cru dans un vieux film. Il y avait une épicerie générale (dont l'enseigne disait bien « Épicerie générale »), un vieux « moulin de pierre » avec un « Accueil des visiteurs » sans personne pour les accueillir, une station-service flanquée d'un salon de coiffure avec un unique fauteuil et un café-librairie. Natalie et moi avions passé de longues heures dans ce café. C'était tout petit, et il n'y avait pas vraiment grand-chose à bouquiner, mais nous nous installions dans un coin et buvions du café en lisant le journal. Cookie, une boulangère qui avait fui la grande ville, gérait le lieu avec sa compagne Denise. Elle mettait toujours *Redemption's Son* de Joseph Arthur ou bien *O* de Damien Rice, et au bout d'un moment, Natalie et moi finîmes par les considérer – attention, alerte à la guimauve – comme *nos* albums. Je me demandai si Cookie était toujours là. Elle confectionnait, selon Natalie, les meilleurs scones de l'histoire de l'humanité. Mais bon, Natalie adorait les scones. Pour ma part, je ne faisais pas la différence entre un scone et un quignon de pain dur.

Vous voyez bien que nous n'étions pas d'accord sur tout.

Je me garai sur le bord de la route et repris le sentier que j'avais descendu en titubant six ans plus tôt. Le chemin ombragé était long d'une centaine de mètres. Dans la clairière, j'aperçus la fameuse chapelle blanche. Des gens en sortaient ; il avait dû y avoir un office ou une réunion quelconque. Je les regardai cligner des yeux face au soleil couchant. La chapelle, à ma connaissance, n'était rattachée à aucun culte en particulier. C'était plus un lieu de rassemblement qu'un véritable sanctuaire.

J'attendis, souriant comme si je faisais partie de la congrégation, hochant la tête à l'adresse de la dizaine de personnes qui passaient devant moi pour emprunter le sentier. Aucun de ces visages ne m'était familier. Ce qui, au bout de six ans, n'était pas vraiment une surprise.

Une femme de haute taille coiffée d'un chignon austère se tenait à l'entrée de la chapelle. Je m'approchai, le sourire vissé aux lèvres.

— Puis-je vous aider ? demanda-t-elle.

Bonne question. Qu'espérais-je découvrir ici ? Je n'avais pas de plan à proprement parler.

— Vous cherchez le révérend Kelly ? Parce qu'il n'est pas là pour le moment.

— Vous travaillez ici ? hasardai-je.

— En quelque sorte. Je suis Lucy Cutting, la secrétaire. C'est une activité bénévole.

Je restais là sans bouger.

— Je peux vous être utile ?

— Je ne sais pas comment vous expliquer ça…

Puis :

— Il y a six ans, j'ai assisté à un mariage ici. Je connaissais la mariée, mais pas le marié.

Ses yeux s'étrécirent légèrement, plus par curiosité que par méfiance. Je me jetai à l'eau.

— Bref, je suis tombé récemment sur la nécrologie d'un homme qui s'appelait Todd. Or c'était justement le prénom du marié.

— C'est un prénom très courant, dit-elle.

— Tout à fait, mais il y avait aussi la photo du défunt. On aurait dit – je sais que ça peut sembler bizarre – l'homme qui avait épousé mon amie. Le problème, c'est que je ne connais pas le nom de famille de Todd ; j'ignore donc si c'est lui ou pas. Mais si jamais c'est lui, je voudrais présenter mes condoléances à sa veuve.

Lucy Cutting se gratta la joue.

— Ce ne serait pas plus simple de l'appeler ?

— J'aurais bien voulu, mais non.

J'avais opté pour la franchise, et ça faisait du bien.

— Pour commencer, je ne sais pas où Natalie..., mon amie, habite maintenant. Elle a dû changer de nom, j'imagine. Je n'arrive pas à les retrouver. Et puis, pour ne rien vous cacher, j'ai un passé commun avec cette femme.

— Je vois.

— Alors, si l'homme dont j'ai vu la nécrologie n'est pas son mari...

— Votre coup de fil risque de tomber comme un cheveu sur la soupe, acheva-t-elle à ma place.

— C'est ça.

Elle réfléchit un instant.

— Et si c'était son mari...

Je haussai les épaules. Elle se gratta à nouveau la joue. J'essayai de prendre un air innocent, voire angé-lique, ce qui avec mon physique n'est jamais gagné d'avance. J'étais à deux doigts de battre des cils.

— Je n'étais pas là il y a six ans, dit-elle.

— Ah...

— Mais nous pouvons consulter les registres paroissiaux. Tout y est scrupuleusement consigné... baptêmes, mariages, communions, circoncisions, tout.

Circoncisions ?

— Ce serait formidable.

Elle me précéda sur les marches.

— Vous rappelez-vous la date du mariage ?

Si je me rappelais ? Je lui donnai le jour exact.

Nous arrivâmes dans un petit bureau. Lucy Cutting ouvrit un fichier, fit défiler son contenu et sortit un classeur. Tandis qu'elle le feuilletait, je me rendis compte qu'elle disait vrai. Les registres étaient tenus avec la plus grande minutie. Date, type d'événement, participants, heure du début et de la fin, le tout rédigé à la main avec une précision remarquable.

— Voyons ce que nous avons ici...

D'un geste théâtral, elle chaussa ses lunettes, humecta son index telle une maîtresse d'école, tourna quelques pages et s'arrêta sur celle qu'elle cherchait. La voyant froncer les sourcils, je me dis : « Tiens, tiens... »

— Vous êtes sûr de la date ? s'enquit-elle.

— Sûr et certain.

— Je ne vois aucun mariage ce jour-là. Il y en a eu un deux jours avant. Larry Rosen et Heidi Fleisher.

— Ce n'est pas ça.

— Puis-je vous aider ?

La voix nous fit sursauter tous les deux.

— Ah, bonsoir, révérend, fit Lucy Cutting. Je ne vous attendais pas de sitôt.

Je me retournai vers l'homme et faillis lui sauter au cou. Bingo. C'était le pasteur au crâne rasé qui avait célébré le mariage de Natalie. Il me tendit la main, dégainant le sourire de service, mais lorsqu'il vit mon visage, son sourire vacilla.

— Bonsoir, me dit-il. Je suis le révérend Kelly.

— Jake Fisher. On s'est déjà rencontrés.

La moue sceptique, il se tourna vers Lucy Cutting.

— Que se passe-t-il, Lucy ?

— Je cherchais quelque chose dans le registre pour ce monsieur…

Il écouta patiemment ses explications. Je l'observais, et j'eus l'impression qu'il luttait pour recouvrer son sang-froid. Finalement, il me regarda, levant les deux paumes vers le ciel.

— Si ce n'est pas dans le registre…

— Vous étiez là, dis-je.

— Pardon ?

— Vous avez célébré la cérémonie. C'est là que nous nous sommes rencontrés.

— Je ne m'en souviens pas. Des cérémonies, il y en a tellement. Vous pouvez comprendre ça.

— À la fin, vous vous êtes trouvé à l'entrée de la chapelle avec la sœur de la mariée, Julie Pottham. Quand je me suis approché, vous avez dit que c'était une belle journée pour un mariage.

Il arqua un sourcil.

— Comment ai-je pu oublier cela ?

L'ironie ne sied généralement pas aux ecclésiastiques ; cependant, elle semblait avoir été taillée sur mesure pour le révérend Kelly.

— La mariée s'appelait Natalie Avery, persistai-je. Elle était peintre au centre de ressourcement créatif.

— Le quoi ?

— Ressourcement créatif. Ce terrain est à eux, non ?

— De quoi parlez-vous ? Ce terrain appartient à la ville.

Je ne me sentais pas d'entrer dans le détail du plan cadastral. Du coup, je tentai une autre approche.

— Le mariage. Il a été décidé à la dernière minute. C'est peut-être pour ça qu'il n'est pas dans le registre.

— Je regrette, monsieur... ?

— Fisher. Jake Fisher.

— Monsieur Fisher, premièrement, même s'il avait été décidé à la dernière minute, ce mariage aurait forcément figuré dans nos archives. Et deuxièmement, je ne comprends pas bien ce que vous cherchez, là.

— Le nom de famille du marié, répondit Lucy Cutting à ma place.

Il lui lança un regard noir.

— Nous ne sommes pas un bureau de renseignements, mademoiselle Cutting.

Mortifiée, elle baissa les yeux.

— Vous ne pouvez pas ne pas vous en souvenir, dis-je.

— Je regrette.

Je me rapprochai, le dominant de ma haute taille.

— Vous vous en souvenez, je le sais.

À mon grand dam, j'entendis une note désespérée dans ma propre voix. Le révérend Kelly avait un peu de mal à soutenir mon regard.

— Vous êtes en train de me traiter de menteur ?

— Vous vous en souvenez. Pourquoi refusez-vous de m'aider ?

— Je ne m'en souviens pas. Et vous, pourquoi tenez-vous tant à retrouver la femme d'un autre ou, si votre histoire est vraie, une veuve de fraîche date ?

— Pour lui présenter mes condoléances.

Mes paroles tombèrent à plat dans un silence de plomb. Personne ne bougeait. Le révérend Kelly parla le premier :

— Quelles que soient vos motivations, cela ne nous concerne en rien.

S'écartant, il montra la porte.

— Il vaudrait mieux que vous partiez, tout de suite.

Assommé une fois de plus par un sentiment de trahison, je descendis en trébuchant le sentier jusqu'au centre du bourg. Je pouvais comprendre la réaction du révérend. Il se souvenait du mariage, mais ne voulait pas fournir à un ex de Natalie des informations que ledit ex ne possédait déjà. Un peu tiré par les cheveux comme explication, mais du moins elle paraissait plausible. Ce que je ne comprenais pas, c'est pourquoi Lucy Cutting n'avait rien trouvé dans le registre tenu avec une précision quasi maniaque. Et comment diable se faisait-il que personne n'avait entendu parler du centre de ressourcement créatif ?

Quelque chose ne collait pas.

« Promets-moi, Jake. Promets-moi de nous laisser tranquilles. »

C'étaient là les toutes dernières paroles que la femme de ma vie m'avait adressées. Or me voilà, six ans après, revenu à la case départ pour rompre la promesse que je lui avais faite.

Une faible odeur de pâtisserie fraîche m'arrêta net. Le café-librairie de Kraftboro. Les scones préférés de Natalie. Je décidai de tenter ma chance.

Je poussai la porte, un petit carillon tinta et fut noyé aussitôt : Elton chantait que l'enfant s'appelait Levon et qu'il serait un homme bien. Un frisson de fièvre courut le long de mon échine. Les deux tables étaient prises, dont notre préférée, bien sûr. Je la contemplai, planté là comme un gros benêt, et un instant, j'aurais juré avoir entendu le rire de Natalie. Un homme avec une casquette bordeaux arriva derrière moi. J'étais en train de bloquer l'entrée.

— Hmm… excusez-moi, fit-il.

Je m'effaçai pour le laisser passer. Mon regard chercha le comptoir. Une femme avec une tignasse frisée, vêtue – eh oui – d'une tunique mauve teinte à la main, me tournait le dos. Pas de doute, c'était elle. Cookie. Mon cœur battit plus fort. Elle se retourna et me sourit.

— Je vous sers quelque chose ?

— Salut, Cookie.

— Bonjour.

Il y eut un silence.

— Vous vous souvenez de moi ? demandai-je.

Elle était en train d'essuyer ses mains saupoudrées de sucre glace sur un torchon.

— Je n'ai aucune mémoire des visages, et les noms, c'est encore pire. Qu'est-ce que je vous sers ?

— Je venais souvent ici. Il y a six ans. Mon amie s'appelait Natalie Avery. On s'installait dans le coin, là-bas.

Elle hocha la tête, mais pas comme si elle se souvenait. Plutôt comme quand on ne veut pas contrarier un déséquilibré.

— Des clients, on en voit beaucoup. Vous voulez un café ? Une pâtisserie ?

— Natalie adorait vos scones.

— Un scone alors. Aux myrtilles ?

— Je suis Jake Fisher. À l'époque, j'étais en train de rédiger une thèse sur l'État de droit. Vous me posiez des tas de questions là-dessus. Natalie était peintre, de la résidence d'artistes. Elle étalait son album de croquis dans ce coin, là.

Je pointai le doigt, comme si cela avait une quelconque importance.

— Il y a six ans. En été. Voyons, c'est même vous qui me l'avez fait connaître !

— Mmm, dit-elle, jouant avec son collier comme si c'était un rosaire. Écoutez, c'est l'avantage quand on s'appelle Cookie. Un prénom pareil, ça ne s'oublie pas. L'inconvénient, c'est que les gens s'imaginent que c'est pareil pour eux. Vous voyez ce que je veux dire ?

— Oui, acquiesçai-je.

Puis :

— Vraiment, vous ne vous souvenez pas ?

Elle ne prit pas la peine de répondre. Je jetai un œil sur la salle. Les gens nous regardaient. Le type à la casquette feuilletait les magazines, faisant mine de n'avoir rien entendu. Je me retournai vers Cookie.

— Un café, s'il vous plaît.

— Pas de scones ?

— Non, merci.

Elle attrapa une tasse et commença à la remplir.

— Vous êtes toujours avec Denise ? demandai-je.

Cookie se raidit.

— Elle aussi travaillait à la résidence d'artistes, là-haut, ajoutai-je. C'est comme ça que je l'ai connue.

Je la vis déglutir.

— On n'a jamais travaillé à la résidence.

— Mais bien sûr que si. Le ressourcement créatif, là-haut, tout au bout du sentier. Denise leur apportait du café et vos scones.

Elle finit de verser le café et le posa sur le comptoir devant moi.

— Écoutez, monsieur, j'ai du boulot qui m'attend.

Je me penchai plus près.

— Natalie adorait vos scones.

— Vous l'avez déjà dit.

— Vous en parliez tout le temps avec elle.

— Il y a plein de gens à qui je parle de mes scones. Désolée de ne pas me souvenir de vous. La politesse aurait voulu que je fasse semblant : « Mais oui, bien sûr, vous et votre amie qui aimait les scones, comment ça va chez vous ? » Eh bien, non. Tenez, voici votre café. Vous désirez autre chose ?

Je sortis ma carte avec tous mes numéros de téléphone.

— Si jamais ça vous revient…

— Vous désirez autre chose ? répéta-t-elle, plus sèchement cette fois.

— Non.

— Un dollar cinquante, s'il vous plaît. Passez une bonne soirée.

9

JE COMPRENDS MAINTENANT LES GENS quand ils disent qu'ils se sentent suivis.

Comment le savais-je ? L'intuition peut-être. Mon cerveau reptilien l'avait capté. Une sensation presque physique. Ça, plus le véhicule – une estafette Chevy grise immatriculée dans le Vermont – qui me collait au train depuis que j'avais quitté Kraftboro.

Je ne l'aurais pas juré, mais il me semblait que le conducteur portait une casquette bordeaux.

Je ne savais pas trop comment réagir. J'essayai de lire la plaque, mais il faisait trop sombre à présent. Si je ralentissais, il ralentissait. Si j'accélérais... bref, vous avez compris. Une idée me vint alors. Je m'arrêtai sur une aire de repos pour voir ce qu'il allait faire. Je vis l'estafette ralentir, puis passer son chemin. À partir de là, je ne la revis plus.

Tout compte fait, peut-être qu'elle ne me suivait pas.

J'étais à une dizaine de minutes de Lanford lorsque mon portable sonna. Je l'avais configuré pour qu'il se connecte au système Bluetooth de la voiture – ça m'avait pris un temps fou –, si bien que je vis sur l'écran de la radio que c'était Shanta Newlin. Elle avait promis de m'obtenir l'adresse de Natalie avant la fin de la journée. Je répondis en appuyant sur une touche à côté du volant.

— C'est Shanta, dit-elle.

— Je sais. J'ai la présentation du numéro.

— Et moi qui crois toujours que mon passage au FBI me rend différente des autres. Où êtes-vous ?

— Sur la route. Je rentre à Lanford.

— Vous rentrez d'où ?

— C'est une longue histoire. Vous avez trouvé son adresse ?

— C'est pour ça que j'appelle.

J'entendis un bruit de fond… Ça ressemblait à une voix d'homme.

— Je ne l'ai pas encore.

— Ah ? répondis-je, faute de mieux. Il y a un problème ?

— Donnez-moi jusqu'à demain matin, OK ?

— Bien sûr. Il y a un problème ? répétai-je.

Il y eut une pause qui dura une fraction de seconde trop longtemps.

— Donnez-moi jusqu'à demain.

Et Shanta raccrocha.

Elle me faisait quoi, comme plan ?

Je n'avais pas aimé le ton de sa voix. Je n'avais pas aimé le fait qu'une femme aussi bien introduite au FBI ait besoin de tout ce temps pour trouver une adresse lambda. Un ding me signala l'arrivée d'un nouveau mail. Je l'ignorai. Je ne suis pas un béni-oui-oui, mais je ne consulte jamais mes textos ou mes mails au volant. Il y a deux ans, un étudiant de Lanford avait été grièvement blessé : il était en train d'envoyer un texto en conduisant. Sa passagère, une jeune fille de dix-huit ans, étudiante en première année dans ma classe de sciences politiques, avait perdu la vie dans l'accident. De toute façon, je ne suis pas accro à ce mode de communication. Au risque de passer pour un vieux grincheux, je m'arrache les cheveux quand je vois une tablée de « copains » de fac où chacun échange des textos avec des amis invisibles, en quête, je suppose, de quelque chose de mieux, d'une herbe virtuellement plus verte ailleurs. Moi, je ne me sens jamais aussi en paix, aussi en phase, aussi zen, si vous préférez, que quand je m'oblige à déconnecter.

Je zappai d'une station radio à une autre et m'arrêtai sur une compilation des années quatre-vingt. General Public demandait où est la tendresse. Je me posais la même question. Où est la tendresse ? Et, à ce propos, où est Natalie ?

Voilà que je déraillais.

Je me garai en face de mon logement – je ne disais ni maison ni appartement, car ce n'était rien d'autre qu'un logement de fonction. La nuit était tombée, mais le campus était brillamment éclairé. Je consultai le nouveau mail ; c'était Mme Dinsmore. Objet :

```
Voici  le  dossier  que  vous  avez
demandé.
```

Joli travail, ma belle. Je lus le reste du message.

```
Faut-il  s'étendre  plus  longuement
sur : « Voici  le  dossier  que  vous
avez demandé » ?
```

La réponse était clairement non.

L'écran de mon téléphone étant trop petit pour lire la pièce jointe, je pressai le pas afin d'accéder à ma messagerie sur mon ordinateur portable. Je glissai la clé dans la serrure, poussai la porte, allumai. Je ne sais pas pourquoi, je m'attendais à trouver l'appartement sens dessus dessous, comme après un cambriolage. J'avais dû voir trop de films. Mon lieu de vie restait toujours aussi merveilleusement impersonnel.

Je me ruai sur l'ordinateur pour télécharger la pièce jointe envoyée par Mme Dinsmore. Comme je l'ai déjà dit, j'avais eu accès à mon propre dossier, et cela m'avait quelque peu perturbé de lire des commentaires qui ne m'étaient pas destinés.

Je commençai par la première année de Todd. Rien d'extraordinaire... à part Todd lui-même. Partout des A+. Personne ne collectionne les A+ en première année.

Le Pr Charles Powell notait que Todd était « un étudiant remarquable ». Le Pr Ruth Kugelmass s'extasiait : « Un garçon à part. » Même Malcolm Hume, peu porté sur les compliments, écrivait : « Todd Sanderson est quasi surnaturellement doué. » Incroyable. Moi qui avais été un bon étudiant, le seul avis que j'avais relevé dans mon dossier était négatif. Moi-même, je n'en rédigeais que des négatifs. Quand tout allait bien, les notes suffisaient. Conformément à la règle tacite en vigueur chez les profs : « Si tu n'as rien de négatif à dire, alors ne dis rien. »

Mais apparemment, ils avaient fait une exception pour ce bon vieux Todd.

Le premier semestre de la deuxième année était à l'avenant – des notes invraisemblables –, puis ça s'arrêtait brusquement. Le second semestre portait la mention « Congé exceptionnel ».

Je cherchai la raison. Il était écrit « Personnel ». Bizarre. Les dossiers des étudiants sont confidentiels… ou du moins, ils sont censés l'être. Nous écrivons librement là-dedans.

Alors pourquoi cette soudaine discrétion ?

Normalement, par raison « personnelle » on sous-entend des difficultés financières ou bien une maladie frappant l'étudiant ou l'un de ses proches. Mais ces raisons sont toujours citées dans le dossier. Sauf ici.

Intéressant.

Ou pas. Peut-être qu'à l'époque on était plus discret sur les questions d'ordre privé. Et peut-être que… mais quelle importance ? Quel rapport entre Todd interrompant ses études en deuxième année et son mariage avec Natalie, puis sa mort alors qu'il était marié à une autre ?

Après son retour, les commentaires des enseignants s'étaient multipliés. Le genre de commentaire qui ne fait pas plaisir. « Distrait », disait l'un. « Nettement aigri » et « changé », se plaignait un autre. Un troisième suggérait que Todd prenne plus de temps pour régler l'« affaire ». Personne ne précisait de quelle affaire il s'agissait.

Je cliquai sur la page suivante. Todd était convoqué devant le conseil de discipline. Certains établissements s'en remettent aux étudiants pour les questions disciplinaires, mais chez nous, le conseil se compose de trois professeurs qui changent tous les deux mois. Moi-même, j'en ai fait partie l'année dernière. La plupart des cas qu'on avait eus à traiter relevaient des deux principaux fléaux universitaires : l'alcoolisme et la fraude. Le reste incluait des vols, des menaces et des agressions sexuelles qui ne nécessitaient pas l'intervention de la police.

Dans le cas présent, il s'agissait d'une altercation entre Todd et un autre étudiant nommé Ryan McCarthy. McCarthy avait fini à l'hôpital avec des contusions et un nez cassé. La direction réclamait une suspension de longue durée, voire l'expulsion pure et simple, mais les trois professeurs membres du conseil décidèrent de relaxer Todd. Cela me surprit. Il n'y avait pas de détails, pas de procès-verbal de l'audience ni de compte rendu des délibérations. Ce qui me surprit aussi.

La décision manuscrite avait été scannée et ajoutée au dossier :

Todd Sanderson, un élément brillant du corps estudiantin de Lanford College, a subi un coup dur dans sa vie, mais nous pensons qu'il est en train de remonter la pente. Il a récemment travaillé avec un membre du corps enseignant à la création d'une association caritative pour se racheter après les actes qu'il vient de commettre. Il est conscient de la portée desdits actes et, compte tenu du caractère exceptionnel de sa situation, nous sommes convenus que Todd Sanderson ne mérite pas l'expulsion.

Je cherchai en bas de page le nom du professeur qui avait signé le rapport. Et je grimaçai. Le Pr Eban Trainor. J'aurais dû m'en douter. Je connaissais bien Trainor. Et nous n'étions pas franchement copains.

Si je voulais en savoir plus sur le « coup dur » en question et sur la décision du conseil, j'allais devoir parler à Eban. Perspective qui ne me réjouissait guère.

Il était tard, mais je ne craignais pas de réveiller Benedict. Il n'avait qu'un téléphone portable qu'il éteignait en allant se coucher. Il répondit au bout de la troisième sonnerie.

— Oui ?

— Eban Trainor.

— Eh bien ?

— Il ne peut toujours pas me sacquer ?

— J'imagine. Pourquoi ?

— J'ai des questions à lui poser sur mon pote Todd Sanderson. Tu crois que tu pourrais m'arranger le coup ?

— T'arranger le coup ? Sans problème. Pourquoi, à ton avis, on m'appelle Magic Edwards ?

— Parce que tu arrives à te rendre invisible en classe ?

— Toi, tu sais parler aux gens dont tu attends une faveur. Je te rappelle demain dans la matinée.

Nous raccrochâmes. Je restai assis à réfléchir quand un bip m'avertit de l'arrivée d'un nouveau mail. Je n'avais pas l'intention de l'ouvrir. Comme beaucoup de gens, j'étais bombardé de spams à toute heure du jour et de la nuit. C'en était sûrement un.

Puis je vis l'adresse de l'expéditeur.

RSdeJA@ymail.com

Je contemplai les lettres jusqu'à en avoir les larmes aux yeux. Mes oreilles bourdonnaient. Autour de moi, tout était beaucoup trop calme et silencieux. J'avais beau scruter l'écran, les lettres étaient toujours là.

RSdeJA.

J'avais tout de suite compris ce qu'elles signifiaient. *Redemption's Son* de Joseph Arthur, l'album que Natalie et moi écoutions au café.

L'objet était vide. Ma main trouva la souris. J'essayai d'amener le curseur sur le message pour l'ouvrir, mais d'abord il me fallut maîtriser mon tremblement. Je pris une profonde inspiration. La pièce, plongée dans un silence feutré, semblait retenir son souffle. Je cliquai sur le mail.

Mon cœur s'arrêta de battre.

Trois mots. Rien que trois mots, mais qui me fendirent la poitrine telle la faux d'un moissonneur, me coupant presque la respiration. Je me tassai sur mon siège. Les trois mots me fixaient depuis l'écran.

Tu avais promis.

10

LE MESSAGE N'ÉTAIT PAS SIGNÉ. Aucune importance.
Je cliquai aussitôt sur *Répondre* et tapai :

```
Natalie ? Tu vas bien ? S'il te
plaît, dis-moi juste si ça va.
```

Et je cliquai sur *Envoyer*.
Je vous aurais bien parlé des minutes qui s'écoulaient, interminables, dans l'attente de sa réponse, sauf que trois secondes après, j'entendis un nouveau bip. Mon cœur s'emballa jusqu'à ce que je voie le nom de l'expéditeur.

```
MAILDAEMON
```

J'ouvris le mail, même si je connaissais déjà son contenu.

```
Cette adresse e-mail n'existe pas…
```

De dépit, je faillis taper sur l'ordinateur, comme si c'était un distributeur qui refusait de lâcher mon Milky Way.

— C'est pas possible ! criai-je.

Je me sentais couler. J'étais en train de me noyer et je n'avais même pas la force de me débattre pour remonter à la surface.

Je retournai sur Google. J'essayai l'adresse électronique et ses différentes variantes, mais je ne faisais que perdre mon temps. Je relus alors son mail :

```
Tu avais promis.
```

J'avais promis, oui. Et pourquoi, au fait, étais-je revenu sur ma promesse ? Un homme venait de mourir. Peut-être son mari. Peut-être pas. Mais était-ce une raison pour rompre la promesse que je lui avais faite ? Le message de Natalie était clair. Elle me rappelait à l'ordre parce qu'elle me savait un homme de parole.

Je repensai à l'enterrement, à l'incursion dans le Vermont, au dossier que j'avais sous les yeux. À quoi tout cela rimait-il ? Je n'en avais pas la moindre idée. Mais si, au début, cela m'avait paru justifier mon revirement, j'avais maintenant la preuve que cette excuse n'en était pas une.

```
Tu avais promis.
```

D'un doigt circonspect, je touchai les mots affichés sur l'écran. Mon cœur était en miettes. Tant pis pour toi, mon gars. OK, cœur brisé ou pas, je lâcherais l'affaire. Je tiendrais ma promesse.

J'allai me coucher et m'endormis presque immédiatement. Je sais. J'en fus le premier surpris, mais tous ces coups que j'avais pris depuis que j'avais lu la nécro, la valse des souvenirs et des émotions, la douleur et le désarroi, m'avaient épuisé comme un boxeur qui encaisse des frappes pendant douze rounds d'affilée. À la fin, je m'écroulai purement et simplement.

Contrairement à Benedict, j'oublie souvent d'éteindre mon téléphone portable. Son appel me réveilla à 8 heures.

— Eban accepte à contrecœur de te recevoir.

— Tu lui as dit de quoi il s'agissait ?

— Tu ne m'as pas dit de quoi il s'agissait.

— Ah oui, c'est vrai.

— Tu as cours à 9 heures. Il t'attend chez lui quand tu auras terminé.

Je ressentis un petit pincement au cœur.

— Chez lui ?

— Oui, je pensais bien que tu n'aimerais pas. C'est lui qui a insisté.

— En gros bâtard qu'il est.

— Il n'est pas si mauvais que ça.

— C'est un porc lubrique.

— Et ça, c'est mal parce que… ?

— Tu ne sais pas ce dont il est capable.

— Tu ne sais pas de quoi il est capable. Allez, vas-y. Sois gentil. Trouve ce que tu cherches.

Benedict raccrocha. Je consultai mes mails et mes textos. Rien. Cette étrange parenthèse dans ma vie semblait irréelle, presque comme un rêve. Je m'employai à la chasser de mon esprit. J'avais effectivement cours à 9 heures, un cours de droit constitutionnel. C'était redevenu ma priorité. Oui, oublions tout cela. Je chantai sous la douche. Je m'habillai et traversai le campus, la tête haute et un grand sourire aux lèvres. Je marchais d'un pas élastique. Le soleil baignait le campus d'une clarté chaude, céleste. Je n'arrêtais pas de sourire. Je souriais aux murs de brique qui rêvaient de s'habiller de lierre. Je souriais aux arbres, aux pelouses luxuriantes, aux statues des hommes célèbres qui avaient étudié ici, à la vue des terrains de sport en contrebas. Aux étudiants qui me saluaient, je répondais avec une ferveur qui pouvait faire craindre une soudaine conversion religieuse.

Au début du cours, je me plantai face à la salle et criai : « Bonjour, tout le monde ! » tel un prédicateur évangéliste qui aurait forcé sur le Red Bull. Les étudiants me regardaient d'un drôle d'air. Comme je commençais à me faire peur, je mis un bémol à mon enthousiasme.

`Tu avais promis.`

Et toi, Natalie ? N'y avait-il pas une promesse implicite dans tes paroles et tes actes à mon égard ? Comment peut-on voler un cœur et le piétiner ensuite ? Mais oui, je suis un grand garçon. Je connais les pièges de l'amour. Seulement, on s'était dit des choses. On avait éprouvé des choses. Ce n'était pas du chiqué. Et pourtant. Tu m'as jeté. Tu m'as invité à ton mariage. Pourquoi ? À quoi ça rime, cette cruauté gratuite ? Ou était-ce pour bien me faire comprendre qu'il était temps pour moi de tourner la page ?

Oui, tu as mis mon cœur en pièces, mais j'ai recollé les morceaux, et la vie a repris son cours.

Je secouai la tête. Recollé les morceaux ? Au secours. C'est tout le problème quand on tombe amoureux. On commence à parler comme une chanson country pour les ploucs.

Natalie m'avait écrit. Du moins, je supposais que c'était elle. Qui cela pourrait-il être d'autre ? Elle avait repris contact, même si c'était pour me rappeler à l'ordre. Contact ? En tout cas, à en juger par l'adresse mail, RSdeJA, elle n'avait pas oublié. Ce lointain écho de notre passé me redonna espoir. Et l'espoir, c'est cruel. Ça vous remet en tête tout ce qui aurait pu être. Ça ravive la douleur.

Je donnai la parole à Eileen Sinagra, l'une de mes meilleures étudiantes. Elle entreprit d'expliquer les subtilités du *Fédéraliste* de James Madison, et je hochai la tête pour l'encourager à poursuivre quand quelque chose, dehors, attira mon regard. Je me rapprochai de la fenêtre pour mieux voir.

— Professeur Fisher ?

Une estafette Chevy grise était garée sur le parking. Je vérifiai la plaque. D'ici on ne distinguait pas les chiffres, mais la couleur et le dessin, si.

Elle était immatriculée dans le Vermont.

Je n'hésitai pas une seconde. Sans réfléchir au fait que les estafettes Chevy grises n'étaient pas une rareté, que les plaques minéralogiques du Vermont, ce n'est pas ce qui manque dans l'ouest du Massachusetts. Tout cela ne m'avait même pas effleuré.

Je me précipitai vers la porte en criant :

— Je reviens tout de suite. Ne bougez pas.

Le couloir venait d'être lavé. Je contournai le panneau « sol glissant » et poussai la porte. Le parking se trouvait de l'autre côté du parc. Je sautai par-dessus un buisson et fonçai à travers la pelouse. Mes étudiants devaient me prendre pour un barjo, mais ça m'était égal.

— Allez, professeur Fisher ! Je vous l'envoie !

Un étudiant, se méprenant sur le sens de mon sprint, me lança un Frisbee. Celui-ci retomba sans me ralentir dans ma course.

— Ben, mon vieux, faudra travailler la réception.

Sans me préoccuper de lui, je vis les feux de la Chevy s'allumer.

Le conducteur avait mis le moteur en marche.

J'accélérai. Le soleil se reflétait sur le pare-brise, m'empêchant de voir le conducteur. Je baissai la tête et poussai sur mes jambes, mais la Chevy quittait déjà sa place de parking. J'étais trop loin. Je n'allais pas y arriver.

L'estafette redémarra. Je m'arrêtai et cherchai à apercevoir le conducteur. Rien à faire. Trop de reflets, mais je crus voir...

Une casquette bordeaux ?

Impossible de l'affirmer avec certitude. Toutefois, je mémorisai le numéro de la plaque – comme si cela allait changer quelque chose – et, pantelant, suivis des yeux l'estafette qui s'éloignait.

11

LE PR EBAN TRAINOR TRÔNAIT SUR LA VÉRANDA d'une magnifique demeure Second Empire. Je connaissais bien cette maison. Pendant un demi-siècle, elle avait été habitée par mon mentor, le Pr Malcolm Hume. J'y avais passé beaucoup de bons moments. Soirées, discussions autour d'un dernier verre de cognac, débats, etc. Dieu, hélas, a un sens de l'humour bien à Lui. Quand son épouse était décédée après quarante-huit ans de vie commune, la santé du Pr Hume s'était dégradée. Incapable d'entretenir seul cette grande maison, il vivait aujourd'hui dans un ensemble résidentiel clos à Vero Beach en Floride, et le nouveau maître de céans n'était autre que le Pr Eban Trainor ; or si quelqu'un ici avait une dent contre moi, c'était bien lui.

Mon portable se mit à vibrer dans ma poche. C'était un texto de Shanta :

JUDIE 13 H

Plutôt laconique comme message, mais je compris. Elle me donnait rendez-vous au restaurant Chez Judie dans Main Avenue à 13 heures. Parfait. Je rangeai le téléphone et gravis les marches du perron.

Se levant, Eban m'accueillit d'un sourire condescendant.

— Bonjour, Jacob. Ravi de vous voir.

Il avait les mains grasses. Et les ongles manucurés. Les femmes le trouvaient séduisant avec son côté playboy sur le retour, sa longue tignasse indisciplinée et ses grands yeux verts. Il avait le teint cireux, comme si son visage était en train de fondre ou qu'il se remettait d'un traitement dermatologique. Je pensai au Botox. Il portait un pantalon trop serré et une chemise qui aurait gagné à être moins ouverte sur la poitrine. Son eau de toilette évoquait un groupe d'hommes d'affaires européens tassés le matin dans un ascenseur.

— Ça ne vous dérange pas qu'on reste sur la véranda ? C'est tellement beau, cette vue.

J'acquiesçai avec empressement. Je n'avais pas envie de voir comment il avait transformé l'intérieur. Je savais qu'il avait pratiquement tout refait. Disparues, les boiseries sombres et l'ambiance cigare-cognac ; j'étais sûr qu'il leur avait substitué du bois blond et des canapés « coquille d'œuf » ou « beurre frais ». Aux invités, il devait servir du vin blanc et du Sprite, les seuls breuvages qui ne risquaient pas de tacher le tissu.

Comme par hasard, il m'offrit un verre de vin blanc. Je déclinai poliment. Lui avait le sien à la main, et il n'était même pas midi. Nous nous assîmes chacun dans un fauteuil en rotin avec un gros coussin.

— Alors, que puis-je pour vous, Jacob ? s'enquit-il.

Je l'avais eu comme prof en deuxième année dans un cours sur le théâtre du milieu du XXe siècle. Il n'était pas mauvais. Il était à la fois efficace et affecté, le genre de professeur amoureux du son de sa voix, qui se révèle rarement ennuyeux – le baiser de la mort dans n'importe quel cours –, mais un peu trop centré sur sa propre personne. Il avait passé toute une semaine à nous lire *Les Bonnes* de Genet à voix haute, interprétant chacun des personnages, se délectant de sa performance, sans parler des scènes SM. La performance était réussie, je ne le nie pas, mais hélas, c'était tout lui.

— J'aurais des renseignements à vous demander sur un étudiant.

Eban haussa les sourcils, comme surpris, voire interloqué par ma requête.

— Ah ?

— Todd Sanderson.

— Ah ?

Je le vis se raidir. S'il ne voulait pas que je le remarque, c'était raté. Il caressa son menton et regarda ailleurs.

— Vous vous souvenez de lui, ajoutai-je.

Eban Trainor continuait de se frotter le menton.

— Ce nom me dit vaguement quelque chose, mais…

Deux ou trois frictions supplémentaires, et il haussa les épaules en signe de capitulation.

— Désolé. J'en ai vu passer tellement, des étudiants, depuis tout ce temps.

Pourquoi ne le trouvais-je pas crédible ?

— Vous ne l'avez pas eu en cours personnellement.

— Ah ?

C'était reparti pour les « Ah ».

— Il est passé en conseil de discipline à un moment où vous en faisiez partie. Cela remonte à une vingtaine d'années.

— Et vous croyez que je vais m'en souvenir ?

— Vous l'avez aidé alors qu'il était menacé d'expulsion à la suite d'une bagarre. Tenez, je vais vous montrer.

Je sortis mon ordinateur portable et l'ouvris sur le scan de l'avis rédigé de sa main. Puis je le lui tendis. Eban hésita, comme s'il pouvait contenir une charge explosive. Il chaussa ses lunettes et examina le document.

— Attendez, où est-ce que vous avez eu ça ?

— C'est important, Eban.

— Ceci est tiré d'un dossier confidentiel.

Un petit sourire flotta sur ses lèvres.

— N'est-ce pas enfreindre le règlement que de le lire, Jacob ? N'avez-vous pas l'impression d'avoir dépassé les bornes ?

Nous y voilà. Six ans plus tôt, quelques semaines à peine avant mon séjour dans le Vermont, le Pr Eban Trainor avait organisé une fête pour la remise des diplômes dans la maison où il habitait alors. Tout le monde connaissait sa réputation de fêtard. Quand j'étais en deuxième année, il y avait eu un célèbre incident à Jones College, un établissement cent pour cent féminin : une alarme incendie s'était déclenchée à 3 heures du matin, provoquant l'évacuation de la résidence universitaire, et là, parmi les étudiants le Pr Trainor, à demi dévêtu. D'accord, l'étudiante avec qui il se trouvait cette nuit-là était majeure et ne faisait pas partie de ses ouailles. Mais c'était du Trainor tout craché. C'était un coureur et un ivrogne, et je ne l'aimais pas.

À cette fameuse fête, il y avait surtout des étudiants de premier cycle, dont beaucoup en dessous de l'âge légal[1].

---

1. Dans de nombreux États américains, l'âge légal pour consommer de l'alcool est de vingt et un ans. *(N.d.T.)*

99

L'alcool avait coulé à flots. La police du campus avait dû intervenir. Deux étudiants furent hospitalisés pour intoxication éthylique. Le Pr Trainor fut sommé de répondre de ses actes devant la direction. Certains réclamaient sa démission. Il refusa. Certes, il avait offert à boire, mais il n'avait invité que des étudiants âgés de plus de vingt et un ans. Si des petits jeunes s'étaient incrustés dans la soirée, il n'y était pour rien. Il laissa entendre que bon nombre de convives étaient arrivés chez lui déjà solidement imbibés.

Ici, à l'université, nous pratiquons une justice collégiale. Généralement, du reste, on se contente d'une tape sur les doigts. Comme pour les étudiants, les membres de la commission de discipline tournent. Le hasard voulut que j'en fasse partie au moment des faits. Étant professeur titulaire, Trainor ne pouvait être viré, mais je croyais fermement qu'il méritait une sanction disciplinaire. Il y avait déjà eu trop d'incidents de ce genre. On vota pour savoir s'il devait rester à la tête du département d'anglais. Curieusement, mon maître vénéré, Malcolm Hume, n'était pas favorable au châtiment.

— Tu tiens vraiment à lui faire porter le chapeau pour les beuveries entre étudiants ? m'avait-il demandé.

— Ce n'est pas pour rien que nous avons des règles dans nos rapports avec les étudiants, concernant entre autres la consommation d'alcool.

— Les circonstances atténuantes, ça ne te dit rien ?

Peut-être, mais j'avais déjà vu Eban à l'œuvre. Nous avions expulsé des étudiants pour bien moins que ça… et avec moins de preuves. Passant outre à l'avis de mon maître, je votai pour que Trainor soit démis de ses fonctions, mais mon vote fut largement minoritaire.

C'était une vieille histoire, mais la rancœur était toujours là. J'avais employé ces mêmes termes – « enfreindre le règlement », « dépasser les bornes » – au cours des débats censés se dérouler à huis clos. Sympa de me jeter mes propres paroles en pleine figure, mais bon, c'était peut-être un juste retour des choses.

— L'étudiant en question, répondis-je, est mort.

— Donc son dossier confidentiel est maintenant dans le domaine public ?

— Je ne suis pas venu pour discuter de points de droit.

— Non, Jacob, vous êtes quelqu'un qui voit les choses en grand.

J'étais en train de perdre mon temps.

— Je ne comprends pas bien votre réticence.

— Cela m'étonne de vous, Jacob. Vous qui suivez la loi à la lettre. L'information que vous me demandez est confidentielle. Je protège la vie privée de M. Sanderson.

— Mais enfin, répétai-je, puisqu'il est mort.

Je n'avais pas envie de rester ici, sur cette véranda où j'avais passé tant d'heures inoubliables avec mon cher maître, une minute de plus. Je me levai et tendis la main pour récupérer mon ordinateur. Mais au lieu de me le rendre, Trainor recommença à se frotter le menton.

— Asseyez-vous, fit-il.

J'obtempérai.

— Pouvez-vous me dire en quoi ce dossier vieux de vingt ans vous intéresse ?

— C'est difficile à expliquer.

— Mais visiblement, c'est important pour vous.

— Oui.

— Comment Todd Sanderson est-il mort ?

— Il a été abattu.

Eban ferma les yeux comme si cette révélation aggravait encore plus les choses.

— Par qui ?

— On ne le sait pas encore.

— Quelle ironie, observa-t-il.

— Quoi donc ?

— Qu'il soit mort d'une mort violente. Je me souviens de cette affaire. Todd Sanderson a blessé un de ses camarades au cours d'une altercation. Enfin, ce n'est pas tout à fait exact. À dire vrai, Todd Sanderson a failli tuer un de ses camarades.

À nouveau, Eban Trainor regarda ailleurs et but une gorgée de vin. J'attendais qu'il en dise plus. La pause se prolongea. Finalement, il reprit :

— Ça s'est passé à une soirée bière à Chi Psi.

La fraternité Chi Psi organisait une soirée bière tous les jeudis du plus loin que je m'en souvienne. La direction avait tenté d'y mettre fin il y a une douzaine d'années, mais un ancien élève fortuné avait acquis une maison sur le campus, réservée spécialement à cet usage. Plutôt que de faire don de cet argent à une cause qui en vaille la peine, il avait choisi d'offrir un lieu de beuverie à ses plus jeunes frères de la frat. Allez comprendre.

— Naturellement, les deux protagonistes avaient bu. Il y a eu un échange de mots, mais avec Todd Sanderson, cela a vite tourné au pugilat. Au final, l'autre étudiant – je ne sais plus son nom, McCarthy ou McCaffrey – a dû être hospitalisé avec un nez cassé et une pommette fracturée. Mais ce n'est pas ça, le pire.

Il marqua une nouvelle pause.

— C'est quoi, le pire ? lui soufflai-je.

— Todd Sanderson a failli l'étouffer. Il a fallu cinq de ses camarades pour le retenir. Le garçon en question avait perdu connaissance... On a dû le ranimer.

— Vous m'en direz tant.

— Mais quelle importance maintenant ? fit Trainor. Laissons-le reposer en paix.

— Je ne vous pose pas ces questions par curiosité oiseuse.

Ses lèvres esquissèrent le même sourire pincé.

— Ah, mais j'en suis sûr, Jacob. Vous êtes, à défaut d'autre chose, quelqu'un d'intègre. Je ne doute pas que votre intérêt soit dicté par des considérations de pure bienveillance.

Je ne relevai pas.

— Dans ce cas, demandai-je, pourquoi Sanderson a-t-il été disculpé ?

— Vous avez lu mon avis.

— En effet. Vous parlez du « caractère exceptionnel de sa situation ».

— C'est ça.

La question suivante me semblait couler de source, mais comme Trainor se taisait, je me décidai à la poser quand même :

— Et c'était quoi, cette situation exceptionnelle ?

— Cet étudiant... McCarthy, ça me revient maintenant.

Trainor prit une grande inspiration.

— Il a tenu des propos désobligeants concernant un certain incident. Quand il l'a entendu, Sanderson – ça peut se comprendre – a plus ou moins perdu les pédales.

Il leva la main comme pour couper court à l'objection que je n'avais pas l'intention de formuler.

— Oui, je sais, Jacob, la violence est inexcusable en toute circonstance. C'est l'argument que vous ne manqueriez pas d'employer. Mais nous avons examiné cette affaire inhabituelle sous tous ses angles. Nous avons entendu un certain nombre de défenseurs de Todd Sanderson. Dont un en particulier, qui s'est donné beaucoup de mal.

Croisant son regard, j'y décelai une lueur moqueuse.

— Et qui était-ce, Eban ?

— Devinez. Quelqu'un qui a jadis vécu ici.

— Le Pr Hume a défendu Sanderson ? dis-je, surpris.

— Quel est le terme employé par les avocats ?

Il se frotta à nouveau le menton.

— Avec force. Par la suite, il l'a même aidé à monter une association caritative.

Je m'efforçais d'y voir clair. Hume abhorrait la violence sous toutes ses formes. C'était quelqu'un d'éminemment empathique. Si vous aviez mal, il avait mal pour vous.

— J'avoue, poursuivit Eban, que ça m'a étonné, moi aussi, mais il tenait toujours compte des circonstances atténuantes, n'est-ce pas ?

— Et quelles étaient les circonstances atténuantes dans ce cas précis ?

— Eh bien, d'une part, Todd Sanderson avait manqué tout un semestre pour des raisons personnelles.

Je commençais à en avoir assez.

— Eban, pourrait-on arrêter de tourner autour du pot ? Qu'est-il arrivé à Todd Sanderson ? Pourquoi s'était-il absenté ? Et qu'est-ce qui a poussé un type non violent comme Malcolm Hume à prendre sa défense ?

— Ce n'est pas dans le dossier ?

— Vous savez bien que non. Seule la décision du conseil y figure. Alors, que lui est-il arrivé ?

— Pas à lui, répondit Trainor. À son père.

Il attrapa un verre derrière lui et me le tendit. Sans me demander mon avis. Je pris le verre et le laissai me servir du vin. Ce n'était pas le moment de faire des réflexions sur l'alcool et l'heure matinale. J'acceptai en espérant que ça lui délierait la langue.

Croisant les jambes, Eban Trainor scruta son verre comme si c'était une boule de cristal.

— Vous vous rappelez le scandale de l'équipe des minimes de Martindale ?

Ce fut mon tour de contempler le vin. Je bus une petite gorgée.

— L'affaire de pédophilie ?

— Oui.

C'était il y a quinze ou vingt ans, mais je m'en souvenais car elle avait été fortement médiatisée.

— Le coach ou le président du club avait violé de petits garçons, c'est ça ?

— Du moins, c'est ce dont on l'a accusé.

— Ce n'était pas vrai ?

— Non, répondit Eban lentement en sirotant son vin. Ce n'était pas vrai.

Un ange passa.

— Et alors, quel rapport avec Todd Sanderson ?

— Pas lui, fit Eban d'une voix légèrement pâteuse. Mais le coach ou le président du club, comme vous l'avez décrit.

Je compris soudain.

— C'était son père ?

Eban pointa le doigt sur moi.

— Bingo.

Je ne savais que dire.

— Todd Sanderson a manqué un semestre pour venir en aide à son père. C'est lui qui a fait vivre la famille – son père a été viré de son poste d'enseignant, bien sûr –, qui l'a soutenu moralement… bref, il a fait ce qu'il a pu.

J'étais décontenancé et perplexe, mais toutes ces informations me ramenaient à la question centrale : qu'est-ce que ma Natalie avait à voir là-dedans ?

— Je ne me souviens plus très bien, dis-je. Comment ça s'est terminé ? Le père de Todd a-t-il été incarcéré ?

— Non. Il a été innocenté.

— Ah…

— Cela, les médias n'en ont pas vraiment parlé. Les accusations, ça s'étale à la une. Les rétractations, beaucoup moins.

— Il a donc été reconnu non coupable ?

— C'est ça.

— Il y a une grosse différence entre innocent et non coupable.

— Certes, mais pas dans cette affaire. Durant la première semaine de procès, il est apparu qu'un parent vindicatif avait tout inventé parce que le père de Todd refusait à son fils la place de lanceur. Le mensonge a fait boule de neige. Mais, pour finir, le père de Todd a été lavé de tout soupçon.

— Et Todd a repris ses études ?

— Oui.

— Je suppose que les propos désobligeants de McCarthy portaient sur cette histoire ?

Eban leva une main mal assurée comme pour faire mine de porter un toast.

— Parfaitement, monsieur. Voyez-vous, malgré la nouvelle donne, beaucoup croyaient, un peu comme vous, qu'il n'y a pas de fumée sans feu. M. Sanderson avait forcément fait quelque chose. Peut-être pas ça. Mais *quelque chose*. Surtout compte tenu de ce qui est arrivé après le procès.

— Qu'est-ce qui est arrivé après le procès ?

Il se perdit dans la contemplation de son verre. Manifestement, il avait l'esprit ailleurs.

— Eban ?

— J'y viens.

Ne voulant pas le brusquer, j'attendis.

— Todd Sanderson venait d'une petite ville du Sud. Son père y avait vécu toute sa vie. Alors, vous imaginez un peu. Il ne trouvait pas de travail. Ses amis ne lui parlaient plus. Vous comprenez, personne ne l'avait vraiment cru. On ne tord pas le cou à la rumeur, Jacob. C'est ce que nous enseignons ici, n'est-ce pas ? Il n'y en avait qu'un pour croire encore en lui.

— Todd.

— Oui.

— Et le reste de sa famille ? La mère de Todd ?

— Elle était morte depuis longtemps.

— Que s'est-il passé, alors ?

— Son père était anéanti, certes, mais il a tenu à ce que Todd retourne à l'université. Vous avez lu son dossier en entier ?

— Oui.

— Vous êtes au courant, donc. Todd était un garçon brillantissime, un des meilleurs que Lanford ait jamais connus. Il était promis à un bel avenir. Son père en était conscient. Mais Todd ne voulait pas revenir. Il aurait eu l'impression d'abandonner son père dans un moment difficile. Il a refusé tout net de regagner le campus tant que les choses ne seraient pas réglées. Mais, on le sait bien, ce genre de situation ne va jamais en s'améliorant. Du coup, le père de Todd a fait la seule chose susceptible, selon lui, de mettre fin à son calvaire et de libérer son fils afin qu'il puisse poursuivre ses études.

Nos yeux se rencontrèrent. Les siens étaient humides.

— Oh non, dis-je.

— Oh si.

— Comment ?

— Son père a fait irruption dans l'école où il avait travaillé et s'est tiré une balle dans la tête. Il ne voulait pas que ce soit son fils qui trouve son corps.

12

TROIS SEMAINES AVANT QUE NATALIE NE ME QUITTE, du temps où nous étions fous amoureux, nous avions déserté en douce notre retraite de Kraftboro pour aller visiter Lanford.

— Je veux voir ce lieu qui compte tant pour toi, avait-elle dit.

Je revois son regard s'illuminer pendant que nous flânions sur le campus. Nous nous tenions par la main. Natalie portait un grand chapeau de paille, ce que je trouvais à la fois charmant et bizarre. Et des lunettes de soleil. On aurait dit une star de cinéma incognito.

— Quand tu étais étudiant ici, me demanda-t-elle, où emmenais-tu tes jolies copines de fac ?

— Directement au lit.

Natalie me donna une tape sur le bras.

— Je suis sérieuse. Et j'ai faim.

Nous étions donc allés chez Judie dans Main Avenue. Judie servait de délicieux petits chaussons avec de la compote de pommes maison. Natalie était enchantée, curieuse de tout, la déco, le personnel juvénile, la carte.

— C'est donc là que tu invitais les demoiselles ?

— Celles qui avaient de la classe, oui.

— Et celles qui... euh, n'en avaient pas ?

— Chez Barsolotti. Le boui-boui d'à côté.

Je souris.

— Quoi ?

— On jouait à la roulette avec les capotes.

— Pardon ?

— Pas avec les filles. Je plaisantais, là. On y allait avec des copains. Il y avait un distributeur de capotes dans les toilettes pour hommes.

— Un distributeur de capotes ?

— Ouaip.

Natalie hocha la tête.

— Classe.

— Oui, je sais.

— Et c'est quoi, les règles de votre roulette ?

— C'est bête.

— Ah, mais tu ne vas pas t'en tirer comme ça. Je veux savoir.

Elle avait un sourire à damner un saint.

— D'accord, dis-je. On joue à quatre mecs... Non, c'est trop nul.

— S'il te plaît ! J'adore. Alors, on joue à quatre mecs...

Elle me fit signe de continuer.

— Les capotes existent en quatre couleurs, expliquai-je. Noir nuit, rouge cerise, jaune citron, orange orange.

— Les deux dernières, tu viens de les inventer.

— Oui, enfin, quelque chose comme ça. Le truc, c'est qu'il y a quatre couleurs, mais on ne sait jamais sur laquelle on va tomber. Donc, chacun met trois dollars dans la cagnotte et choisit une couleur. Puis l'un de nous va au distributeur et rapporte la capote dans son emballage. Il faut la déballer pour voir la couleur. Il y en a un qui fait le roulement de tambour. Un autre joue le commentateur sportif. Finalement, on ouvre le paquet, et celui qui a choisi la bonne couleur remporte la mise.

— Impressionnant.

— Tu l'as dit. Évidemment, le vainqueur paie la tournée, si bien que le gain est tout relatif. Pour finir, Barsy – c'était le patron du bar – en a fait un vrai jeu avec des règles, un championnat et un tableau de classement.

Elle me prit la main.

— On joue ?

— Maintenant ? Non.

— S'il te plaît.

— Pas question.

— Et ensuite, chuchota Natalie, me décochant une œillade à faire roussir mes sourcils, on pourrait utiliser la capote.

— Je choisis le noir nuit.

Elle avait ri. Ce rire, je l'entendais encore en entrant chez Judie, comme un écho moqueur. Je n'avais pas remis les pieds ici depuis… six ans, en fait. Je regardai la table que nous avions occupée alors. Elle était vide.

— Jake ?

Je pivotai à droite. Shanta Newlin était assise dans un coin tranquille près de la baie vitrée. Elle ne m'adressa ni signe de la tête ni geste de la main. D'ordinaire si sûre d'elle, elle paraissait cette fois mal à l'aise. Je m'assis en face d'elle. Ce fut à peine si elle me regarda.

— Bonjour, dis-je.

Les yeux rivés sur la table, Shanta répondit :

— Racontez-moi toute l'histoire, Jake.

— Pourquoi ? Que se passe-t-il ?

Son regard se planta dans le mien. Un regard inquisiteur. On reconnaissait bien l'agent du FBI, là.

— C'est vraiment une ex à vous ?

— Comment ? Mais oui, bien sûr.

— Et pourquoi cette soudaine envie de la revoir ?

J'hésitai.

— Jake ?

Tu avais promis.

— Je vous ai demandé une faveur, dis-je.

— Je sais.

— Alors soit vous me racontez ce que vous avez trouvé, soit on laisse tomber et on n'en parle plus. Je ne vois pas bien pourquoi vous voulez en savoir plus.

La jeune serveuse – Judie n'employait que des étudiantes – arriva avec deux chaussons et la fameuse compote de pommes. Elle nous remit les cartes et demanda ce que nous désirions boire. Nous commandâmes deux thés glacés. Après son départ, l'œil noir de Shanta se posa à nouveau sur moi.

— J'essaie de vous aider, Jake.

— Je crois qu'on devrait laisser tomber.

— Vous voulez rire ?

— Non, répliquai-je. Elle m'a prié de la laisser tranquille. J'aurais sans doute mieux fait de l'écouter.

— Quand ça ?

— Quand quoi ?

— Quand est-ce qu'elle vous a prié de la laisser tranquille ?

— Qu'est-ce que ça change ?

— S'il vous plaît, répondez-moi. Ça pourrait être important.

— Comment ?

Oh, et puis ça ne mangeait pas de pain.

— Il y a six ans, déclarai-je.

— Vous dites que vous étiez amoureux d'elle. C'était donc au moment où vous avez rompu ?

Je secouai la tête.

— Non, c'était à son mariage avec un autre.

Ma réponse cingla comme un coup de fouet. Shanta cligna des yeux.

— OK, alors juste pour que les choses soient claires, vous êtes allé à son mariage... Vous étiez toujours amoureux d'elle ? Question bête. Évidemment que vous l'étiez. Vous l'êtes encore. Vous êtes allé à son mariage, et, là, Natalie vous a dit de la laisser tranquille ?

— Quelque chose comme ça.

— Il devait y avoir une sacrée ambiance.

— En fait, non. Nous venions de rompre. Elle m'avait préféré quelqu'un d'autre. Un ancien petit copain à elle. Ils se sont mariés quelques jours plus tard.

Je haussai les épaules avec une nonchalance étudiée.

— Ce sont des choses qui arrivent.

— Vous croyez ? dit Shanta en penchant la tête comme une ado incrédule. Continuez.

— Continuer quoi ? Je suis allé au mariage. Natalie m'a demandé de respecter son choix et de les laisser tranquilles. Je lui ai donné ma parole.

— Je vois. Êtes-vous resté en contact avec elle pendant ces six années ?

— Non.

— Du tout ?

Elle était vraiment trop forte. Moi qui avais décidé de couper court à cette conversation, voilà que j'étais en train de tout lui déballer.

— Du tout.

— Et vous êtes sûr que son nom était Natalie Avery ?

— Je vois mal comment on peut se tromper là-dessus. Assez de questions. Qu'avez-vous trouvé, Shanta ?

— Rien.

— Rien ?

La serveuse revint avec un grand sourire et nos thés glacés.

— Je vous apporte des chaussons tout frais.

Elle avait la voix chantante de la jeunesse. L'arôme des chaussons me ramena six ans en arrière.

— Vous souhaitez des informations sur notre carte ? s'enquit la serveuse d'un ton enjoué.

J'étais incapable de proférer un son.

— Jake ? fit Shanta.

Je déglutis.

— Non, c'est bon.

Shanta commanda un sandwich aux champignons de Paris grillés. Moi, j'en choisis un à la dinde et aux crudités. Une fois que la serveuse eut tourné les talons, je me penchai par-dessus la table.

— Comment ça, vous n'avez rien trouvé ?

— Qu'est-ce qui n'est pas clair dans le mot « rien », Jake ? Je n'ai rien trouvé sur votre ex... zéro, nada, que dalle. Pas d'adresse, pas d'avis d'imposition, pas de compte en banque, pas de carte bancaire. Rien comme rien. Pas le moindre petit indice pour nous prouver que votre Natalie Avery existe encore.

Je m'efforçai de digérer ce que je venais d'entendre.

Shanta posa les mains sur la table.

— Vous imaginez ce qu'il faut faire de nos jours pour passer à travers les mailles du filet ?

— Pas vraiment, non.

— À l'ère de l'informatique et des nouvelles technologies ? C'est presque mission impossible.

— Il y a peut-être une explication, hasardai-je.

— Laquelle ?

— Elle est partie vivre à l'étranger.

— Dans ce cas, il n'y a aucune trace de son supposé départ. Pas de passeport délivré à son nom. Pas de mention de sortie du territoire. Comme je viens de le dire…

— Rien, achevai-je à sa place.

Shanta hocha la tête.

— C'est une personne, Shanta. Elle existe.

— Ou plutôt, elle a existé. Il y a six ans. Sa dernière adresse remonte à cette date. Elle a une sœur qui s'appelle Julie Pottham. Sa mère, Sylvia Avery, est en maison de retraite. Vous le saviez, tout ça ?

— Oui.

— Qui a-t-elle épousé ?

Devais-je répondre à cela ? Au point où j'en étais…

— Todd Sanderson.

Shanta nota le nom.

— Et pourquoi la rechercher maintenant ?

Tu avais promis.

— Peu importe, dis-je. Je préfère laisser tomber.

— Vous êtes sérieux ?

— Oui. C'était juste une lubie. Six ans, voyons. Elle a épousé quelqu'un d'autre et m'a fait promettre de la

115

laisser tranquille. Je ne vois pas ce que je cherche, de toute façon.

— C'est ça qui m'intrigue, Jake.

— Quoi ?

— Vous avez tenu votre promesse pendant six ans. Pourquoi la rompre tout à coup ?

Je n'avais pas envie de lui répondre, et puis il y avait autre chose qui me tracassait.

— En quoi ça vous intéresse ?

Elle ne dit rien.

— Je vous ai demandé de localiser quelqu'un. Vous auriez pu m'annoncer que vous n'aviez rien trouvé, point. Pourquoi me posez-vous toutes ces questions sur elle ?

Shanta eut l'air décontenancée.

— Je voulais seulement vous aider.

— Vous me cachez quelque chose.

— Vous aussi, rétorqua-t-elle. Pourquoi maintenant, Jake ? Pourquoi rechercher votre amour d'antan maintenant ?

Je contemplai le chausson et revis Natalie en train d'arracher de petits morceaux, sa mine concentrée pendant qu'elle le beurrait, ce don qu'elle avait pour tout savourer. Quand nous étions ensemble, chaque petite chose avait un sens. Chaque geste était un plaisir.

Tu avais promis.

Aujourd'hui encore, même après tout ce qui était arrivé, j'étais incapable de la trahir. J'étais stupide ? Eh oui. Naïf ? Oh oui, puissance dix. N'empêche, je ne pouvais pas lui faire ça.

— Parlons-en, Jake.

Je secouai la tête.

— Non.

— Mais pourquoi, bon sang ?

— Le dinde-crudités, c'est pour qui ?

C'était une autre serveuse, moins enjouée et plus pressée. Je levai la main.

— Et les champignons grillés ?

— Ce sera à emporter, fit Shanta en se levant. Je n'ai plus faim.

13

LA PREMIÈRE FOIS QUE J'AVAIS VU NATALIE, elle portait des lunettes noires à l'intérieur. Pire, il faisait nuit.

J'avais grimacé, persuadé que c'était une pose. Qu'elle se prenait pour une Artiste avec un grand A et un *e* final étiré à l'infini. Nous assistions à une sorte de soirée partage, une rencontre entre les pensionnaires de la résidence d'artistes et ceux de la résidence d'écrivains. C'était une première pour moi, mais j'appris rapidement que ces réunions avaient lieu une fois par semaine. Les œuvres d'art étaient exposées au fond de la grange de Darly Wanatick. Et des chaises étaient installées pour les lectures.

La femme aux lunettes noires – je ne savais pas encore qui c'était – était assise au dernier rang, les bras croisés. À côté d'un barbu aux cheveux bruns et bouclés. Je me demandai s'ils étaient ensemble. Vous vous souvenez de Lars, le type à l'ego boursouflé avec son poème sur Hitler écrit du point de vue d'un chien ? Il entreprit de nous le lire. Il lut longtemps. Je commençais à trépigner. La femme aux lunettes noires ne bougeait pas.

N'en pouvant plus, et au diable la politesse, je me réfugiai au fond de la grange pour examiner les œuvres exposées. La plupart… je vais être gentil, je ne les « captais » pas. Il y avait là une installation appelée *Breakfast in America* qui se composait de boîtes de céréales à moitié renversées sur une table de cuisine. Et c'était tout. Il y avait des boîtes de Cap'n Crunch, Cap'n Crunch au beurre de cacahuètes (quelqu'un marmonna, véridique : « Pourquoi le beurre de cacahuètes ? Qu'est-ce que l'artiste a voulu dire par là ? »), Lucky Charms, Cocoa Puffs, Sugar Smacks, même les Quisp, mes préférées. Je regardai les céréales éparpillées sur la table. Elles ne me parlaient pas, même si mon estomac gargouilla un peu.

Lorsqu'on me demanda : « Qu'en pensez-vous ? », je fus tenté de répondre qu'il manquait le bol de lait.

Le travail d'un seul artiste retint mon attention. Je tombai en arrêt devant un tableau représentant un cottage au sommet d'une colline. Le jour naissant le baignait sur le côté d'une douce lueur rosée. Je ne sais pas pourquoi, mais j'en eus le souffle coupé. C'étaient peut-être les fenêtres obscures, comme si le cottage, jadis plein de vie, était à présent abandonné. Planté devant les toiles, je me sentais bouleversé et perdu. Lentement, je passai d'une peinture à l'autre. Chaque fois, ce fut un coup au cœur. Certaines me rendirent mélancolique. D'autres, nostalgique, fantasque, passionné. Aucune ne me laissa indifférent.

Inutile de vous dire que l'artiste, c'était Natalie.

Une femme sourit en voyant ma réaction.

— Vous aimez ?

— Beaucoup. C'est vous, le peintre ?

— Ciel, non. Je tiens la boulangerie et le café au village.

Elle me tendit la main.

— On m'appelle Cookie.

— Cookie qui tient une boulangerie ?

— Je sais. Ça fait apprêté, hein ?

— Un peu.

— Le peintre, c'est Natalie Avery. Elle, là-bas.

Cookie désigna la femme aux lunettes noires.

— Ah, dis-je.

— Quoi, ah ?

Avec son look lunettes noires à l'intérieur, je l'avais cataloguée comme l'auteur de *Breakfast in America*. Lars venait de finir sa lecture. L'auditoire fit semblant d'applaudir, mais Lars, qui arborait un haut-de-forme, salua comme si on l'ovationnait.

Tout le monde se leva rapidement, sauf Natalie. Son voisin barbu lui glissa quelque chose à l'oreille, mais elle ne bougea pas. Les bras croisés, elle paraissait méditer sur l'essence du chien d'Hitler.

Je m'approchai. Son regard parut me traverser.

— Le cottage sur votre tableau. Où se trouve-t-il ?

— Hein ? fit-elle, déconcertée. Quel tableau ?

Je fronçai les sourcils.

— Vous n'êtes pas Natalie Avery ?

— Moi ?

Ma question la prenait visiblement au dépourvu.

— Si, pourquoi ?

— Le tableau avec le cottage. Je l'aime beaucoup. Ça... je ne sais pas... ça m'a touché.

— Le cottage ?

Se redressant, elle ôta ses lunettes et se frotta les yeux.

— Ah oui, bien sûr. Le cottage.

Franchement, je m'attendais à quelque chose de plus démonstratif. Je la regardai. Je ne suis pas toujours un foudre de guerre, mais quand elle se remit à se frotter les yeux, je compris.

— Vous étiez en train de dormir !

— Quoi ? Non, pas du tout.

Mais elle continuait à se frotter les yeux.

— Nom d'une pipe, m'exclamai-je. C'est pour ça que vous portiez des lunettes noires. Pour que personne ne remarque.

— Chut.

— Vous avez dormi pendant tout ce temps !

— Parlez moins fort.

Elle finit par lever la tête, et je me souviens d'avoir pensé qu'elle avait un charmant petit minois. Je n'allais pas tarder à découvrir que Natalie était dotée de ce que j'appellerais une beauté lente ; ça ne vous saute pas aux yeux, mais plus vous la regardez, plus vous la trouvez belle, et, à la fin, vous n'imaginez même pas qu'elle puisse être autre chose que tout simplement sublime.

— Ça se voyait tant que ça ? demanda-t-elle dans un murmure.

— Absolument pas. Je vous ai juste prise pour une bêcheuse.

Elle haussa un sourcil.

— Y a-t-il meilleur déguisement pour se fondre dans cette foule-là ?

Je secouai la tête.

— Dire qu'en voyant vos tableaux, j'ai crié au génie.

— C'est vrai ?

Le compliment l'avait prise de court. Elle s'éclaircit la voix.

— Et maintenant que vous savez que les apparences peuvent être trompeuses ?

— Je dirais que vous êtes un génie *diabolique*.

Voilà qui plut à Natalie.

— Ce n'est pas ma faute. Ce type, Lars, est un Stilnox ambulant. Dès qu'il ouvre la bouche, je m'endors.

— Je suis Jake Fisher.

— Natalie Avery.

— Un café, Natalie Avery ? J'ai l'impression que ça vous ferait du bien.

Elle hésita, scrutant mon visage au point que je crus avoir quelque chose entre les dents. Puis un lent sourire se dessina sur ses lèvres.

— Mais oui, pourquoi pas ?

Ce sourire, je le revis brièvement avant que le souvenir ne s'efface. Nous étions, Benedict et moi, au Bar Bibliothèque. C'était, comme son nom l'indiquait, une ancienne bibliothèque du campus reconvertie en débit de boissons rétro branché. Les nouveaux propriétaires avaient eu la présence d'esprit de ne pas toucher au décor. Les livres étaient toujours sur les rayonnages en chêne, classés par ordre alphabétique ou selon le système décimal Dewey en vogue chez les bibliothécaires. Le « bar » était l'ancien comptoir de prêt. Les dessous de verre, des fiches compressées. Le tout éclairé par des lampes de bibliothèque vertes.

Les jeunes barmaids arboraient des chignons austères, des tenues classiques ajustées et, bien sûr, des lunettes à monture d'écaille. Le fantasme de la bibliothécaire, quoi. Toutes les heures, les haut-parleurs diffusaient un « Chut ! » retentissant, et les filles arrachaient leurs lunettes, dénouaient leurs cheveux et déboutonnaient le haut de leur chemisier.

Ringard, mais ça fonctionnait.

Benedict et moi étions déjà pas mal éméchés. Laissant pendre mon bras autour de ses épaules, je me penchai vers lui.

— Tu sais ce qu'on devrait faire ?

Il esquissa une moue.

— Dessaouler ?

— Ha ! Elle est bonne, celle-là. Non, non. On devrait organiser un tournoi de roulette à capotes. Élimination directe. Je verrais bien soixante-quatre équipes, comme au championnat de basket.

— On n'est pas chez Barsolotti, Jake. Il n'y a pas de distributeur de capotes ici.

— Ah bon ? Dommage.

— Oui. Eh, deux bombes atomiques à trois heures, chuchota soudain Benedict.

J'allais me retourner quand la notion de trois heures perdit brusquement tout son sens.

— Attends, dis-je. C'est par où, midi, déjà ?

Benedict poussa un soupir.

— Juste en face.

— Et donc, trois heures... ?

— Tourne-toi à droite, Jake.

Comme vous l'avez probablement deviné, je ne tiens pas bien l'alcool. Les gens, ça les surprend. Compte tenu de ma taille, ils s'attendent à ce que je continue à boire tandis que tout le monde roule sous la table autour de moi. Mais en réalité, je suis aussi résistant qu'une collégienne qui fait la bringue pour la première fois.

— Alors ?

Je savais quel genre de filles c'était avant même d'avoir posé les yeux sur elles. Deux blondes entre mignonnes et ravissantes sous l'éclairage tamisé du Bar Bibliothèque, entre quelconques et affreuses à la

123

lumière du jour. Benedict se faufila jusqu'à elles et entreprit de les baratiner. Benedict était capable de baratiner une armoire. Le regard des deux femmes glissa sur lui et s'arrêta sur moi. Benedict me fit signe de les rejoindre.

Pourquoi pas, après tout ?

`Tu avais promis.`

Eh bien, justement. Merci de me le rappeler. C'était l'occasion de tenir ma promesse en levant une donzelle au passage. Je me frayai le passage jusqu'à leur table.

— Mesdames, je vous présente le célébrissime Pr Jacob Fisher.

— Ouah, fit l'une des blondes, ce qu'il est grand...

Benedict, qui ne pouvait pas s'en empêcher, la gratifia d'un clin d'œil.

— Vous ne croyez pas si bien dire, mon lapin.

Je ravalai un soupir, les saluai et m'assis. Benedict se lança à l'assaut avec un assortiment de répliques spécialement conçues pour ce bar. « Puisqu'on est dans une bibliothèque, il est normal que je vous emprunte. » « Aurai-je une amende si je vous garde plus longtemps que prévu ? » Les blondes étaient ravies. J'essayai de participer, mais le batifolage n'a jamais été mon fort. Le visage de Natalie ne cessait de surgir devant mes yeux. Nous commandâmes à boire. Encore et encore.

Au bout d'un moment, nous gagnâmes en titubant les canapés de l'ancien espace enfants. Ma tête roula en arrière ; je dus m'assoupir brièvement. Lorsque je me réveillai, l'une des deux blondes était en train de me parler.

— Je m'appelle Windy.

— Wendy ?

— Non, Windy. Avec un *i*.

À en juger par le ton de sa voix, elle avait dû répéter ça un million de fois.

— Comme dans la chanson ? demandai-je.

Elle parut surprise.

— Vous la connaissez ? Vous avez l'air jeune, pourtant.

— Mon père adorait ce groupe, The Association.

— Le mien aussi ! D'où le prénom.

Nous en vînmes, curieusement, à avoir une vraie conversation. Windy avait trente et un ans et travaillait comme caissière de banque, mais, parallèlement, elle préparait un diplôme d'infirmière, le métier de ses rêves, dans un établissement spécialisé. Elle s'occupait également de son frère handicapé.

— Alex est atteint d'infirmité motrice cérébrale, dit-elle en me montrant la photo de son frère dans un fauteuil roulant.

Je contemplai le visage radieux du garçon comme si un peu de sa bonté pouvait déteindre sur moi à travers l'image. Windy s'en aperçut, hocha la tête et ajouta tout doucement :

— Il est mon rayon de soleil.

Une heure passa. Ou deux. Windy et moi bavardions toujours. Les soirs comme celui-ci, il arrive un moment où l'on sait si on va conclure la vente (ou, pour filer la métaphore de la bibliothèque, si on va se faire tamponner sa carte) ou pas. Nous en étions à ce stade, et la réponse était clairement oui.

Les dames s'en furent se repoudrer le nez. Je me sentais complètement ramolli par l'alcool. Je me demandai vaguement si je serais à la hauteur. Mais, au fond, je m'en fichais.

— Tu sais ce qui me plaît chez elles ?

Benedict désigna les livres dans les rayonnages.

— Elles sont toutes les deux BAT... bonnes à tirer comme ces bouquins !

Je poussai un gémissement.

— Je crois que je vais vomir.

— Très drôle, fit Benedict. Au fait, où étais-tu passé hier soir ?

— Je ne te l'ai pas dit ? Je suis allé dans le Vermont, à l'ancienne résidence de Natalie.

Il se tourna vers moi.

— Pour quoi faire ?

Bizarrement, quand Benedict avait trop bu, il se mettait à parler avec une pointe d'accent british. Cela remontait sans doute à l'époque où il avait fréquenté une école privée. Plus il était saoul, plus l'accent était prononcé.

— Pour trouver des réponses.

— Et tu en as trouvé ?

— Ouais.

— Vas-y, dis-moi.

— Un (je levai un doigt), personne ne sait qui est Natalie. Deux (un autre doigt en l'air), personne ne sait qui je suis. Trois (bon, vous avez compris, pour les doigts), il n'y a aucune trace du mariage de Natalie dans le registre de la chapelle. Quatre, le pasteur que j'ai vu célébrer le mariage affirme que celui-ci n'a jamais eu lieu. Cinq, la dame du café où nous allions souvent et qui, la première, m'a parlé de Natalie, ne se souvient absolument pas de moi, ni de Natalie, du reste.

Je posai la main sur la table.

— Ah oui, et la résidence d'artistes, le centre de ressourcement créatif, elle n'existe plus, et tout le monde jure qu'elle n'a jamais existé, que ç'a toujours été une propriété familiale. Bref, j'ai l'impression de devenir dingue.

Se détournant, Benedict sirota sa bière.

— Quoi ? dis-je.

— Rien.

Je le poussai du coude.

— Mais si, allez. Qu'est-ce qu'il y a ?

Il gardait la tête baissée.

— Il y a six ans, quand tu es parti là-bas, tu étais bien mal en point.

— Peut-être, et alors ?

— Ton père venait de mourir. Tu te sentais seul. Ta thèse n'avançait pas. Tu étais à cran et en colère parce que Trainor s'en était tiré à bon compte.

— Où veux-tu en venir ?

— Nulle part. Laisse tomber.

— Pas de ça avec moi. D'accord ?

J'avais la tête qui tournait pour de bon. J'aurais dû m'arrêter quelques verres plus tôt. Je me rappelai la fois où j'avais trop bu, en première année : j'avais voulu regagner ma chambre sur le campus, sauf que je n'avais pas réussi à aller jusqu'au bout. Je m'étais réveillé allongé sur un buisson. En contemplant le ciel étoilé, je m'étais demandé pourquoi le sol était si piquant. C'était pareil maintenant ; j'avais l'impression de tanguer comme une barque sur une mer démontée.

— Natalie, dit Benedict.

— Quoi, Natalie ?

Il me regarda avec ses yeux immenses derrière ses verres grossissants.

— Comment se fait-il que je ne l'ai jamais rencontrée ?

— Hein ?

Ma vision commençait à se brouiller.

— Comment se fait-il que je n'ai jamais rencontré Natalie ?

— Parce que nous étions dans le Vermont.

— Vous n'êtes jamais venus ici ?

— Une seule fois. On est allés chez Judie.

— Comment se fait-il alors que tu ne me l'aies pas présentée ?

Je haussai les épaules un peu trop ostensiblement.

— Je ne sais pas. Peut-être que tu n'étais pas là.

— Je n'ai pas bougé de tout l'été, cette année-là.

Il y eut un silence. J'essayai de me souvenir. Avais-je eu l'intention de la présenter à Benedict ?

— Je suis ton meilleur ami, non ? fit-il.

— Absolument.

— Si tu l'avais épousée, j'aurais été ton témoin.

— Tu penses bien.

— Et tu ne trouves pas ça bizarre, que je ne l'aie jamais rencontrée ?

— Dit comme ça…

Je fronçai les sourcils.

— Attends, tu cherches à prouver quoi, là ?

— Rien, répondit-il doucement. C'est étrange, voilà tout.

— Étrange comment ?

Benedict se taisait.

— Étrange, genre je l'ai inventée, c'est ça ?

— Non. C'était juste histoire de parler.

— Parler de quoi ?

— Cet été-là, tu avais besoin de te raccrocher à quelque chose.

— Oui, et je l'ai trouvé. Et perdu.

— OK, d'accord, on oublie tout ça.

Mais je n'étais pas prêt à lâcher le morceau. La colère et l'alcool m'avaient délié la langue.

— À ce propos, déclarai-je, comment se fait-il que je n'ai jamais rencontré la femme de ta vie ?

— Qu'est-ce que tu racontes ?

Nom d'un chien, j'étais complètement déchiré.

— La photo dans ton portefeuille. Comment se fait-il que je ne l'ai jamais vue ?

On aurait dit qu'il venait de recevoir une gifle.

— Laisse tomber, Jake.

— C'était juste histoire de parler.

— Laisse… tomber.

J'ouvris la bouche, la refermai. Les dames reparurent. Benedict secoua la tête et retrouva le sourire.

— Laquelle tu veux ? me demanda-t-il.

Je le regardai.

— Tu es sérieux ?

— Oui.

— Windy, répondis-je.

— C'est laquelle, déjà ?

— Tu te fiches de moi ?

— Je n'ai pas la mémoire des prénoms.

— Windy, c'est celle avec qui j'ai discuté toute la soirée.

— En d'autres termes, fit Benedict, tu veux la plus sexy. Très bien, pas de problème.

Je suivis Windy chez elle. Au début, nous prîmes notre temps, jusqu'à ce que les choses s'accélèrent. Ce ne fut pas le nirvana, mais il y eut beaucoup de douceur de part et d'autre. Il était presque 3 heures du matin quand Windy me raccompagna à la porte.

Ne sachant trop quoi dire, je marmonnai bêtement :

— Euh... merci.

— Euh... je t'en prie ?

J'effleurai ses lèvres d'un baiser. Nous savions tous deux que ça ne durerait pas, mais pourquoi se refuser les petits plaisirs de la vie ?

Je traversai le campus en titubant. Il y avait encore des étudiants dehors. Je m'efforçai de raser les murs, mais Barry, le garçon qui venait me voir tous les vendredis, me repéra.

— Alors comme ça, on découche, prof ?

Pris la main dans le sac.

Je lui adressai un geste amical et poursuivis mon chemin en zigzaguant pour regagner mon humble demeure.

En entrant, j'éprouvai une sensation d'étourdissement et m'immobilisai, le temps de retrouver l'usage de mes jambes. L'accès de vertige passé, j'allai dans la cuisine et me versai un verre d'eau glacée. Je le vidai d'un trait et m'en resservis un autre. Demain, j'allais avoir mal aux cheveux, c'était sûr et certain.

Mort de fatigue, je pénétrai dans la chambre et allumai. Là, assis au bord du lit, il y avait l'homme à la casquette bordeaux. Pris au dépourvu, je fis un bond en arrière.

L'homme me salua d'un air cordial.

— Alors, Jake ? Non mais, regardez-moi ça ! Tu as fait la fête ou quoi ?

L'espace d'une seconde, la surprise me cloua au sol. L'homme sourit le plus naturellement du monde et toucha même sa casquette, tel un golfeur professionnel face à son public.

— Vous êtes qui, bon sang ? demandai-je.

— Ça n'a pas vraiment grand intérêt, Jake.

— Qui êtes-vous ?

L'homme soupira, comme accablé par mon insistance irrationnelle à connaître son identité.

— Disons que je suis un ami.

— Vous étiez dans le café. À Kraftboro.

— Gagné.

— Et vous m'avez suivi ici. L'estafette, c'est vous.

— Encore gagné. Tu sais que tu empestes la bibine bon marché et le sexe ? Remarque, il n'y a pas de mal à ça.

Je fis de mon mieux pour ne pas perdre l'équilibre.

— Qu'est-ce que vous voulez ?

— Je veux qu'on aille faire un tour.

— Où ça ?

— Où ?

Il haussa un sourcil.

— On ne va pas jouer aux devinettes, Jake. Tu sais très bien où.

— Je ne vois absolument pas de quoi vous parlez. Et d'ailleurs, comment êtes-vous entré ?

Ma question lui fit lever les yeux au ciel.

— C'est ça, Jake, on a du temps à perdre pour savoir comment j'ai ouvert cette merde que tu appelles une serrure sur ta porte de service. Franchement, tu ferais mieux de la fermer avec du Scotch.

J'ouvris la bouche, m'éclaircis la voix.

— Mais enfin, qui êtes-vous ?

— Bob. Ça te va, Jake ? Puisque ça t'obsède, cette histoire de nom, je m'appelle Bob. Tu es Jake, je suis Bob. On peut y aller maintenant ?

L'homme se leva. Je me raidis, retrouvant mes anciens réflexes de videur. Pas question de le laisser partir sans explication. S'il était impressionné, il le cachait bien.

— On y va, s'enquit-il, ou tu as encore du temps à perdre ?

— On va où ?

Bob fronça les sourcils comme si je le faisais marcher.

— Voyons, Jake. À ton avis ?

Il désigna la porte derrière moi.

— Voir Natalie, bien sûr. Allons, dépêchons !

14

L'ESTAFETTE ÉTAIT GARÉE SUR LE PARKING derrière la résidence Moore.

Le campus était silencieux à présent. La musique avait cédé la place au chant incessant des grillons. Je distinguai quelques silhouettes au loin, mais sinon, 3 heures du matin, c'était pile l'heure du crime.

Bob et moi marchions côte à côte, deux potes sortis faire une petite promenade nocturne. J'avais encore bien quelques synapses qui jouaient au yoyo, mais l'air frais et la présence de mon visiteur-surprise avaient eu vite fait de me dégriser. Alors que nous nous approchions de la désormais familière estafette Chevy, la porte arrière coulissa, et un homme en descendit.

Je n'aimais pas ça.

L'homme était grand et mince, avec des pommettes à découper des frites et une coiffure impeccable. Il avait l'allure d'un mannequin, jusque dans sa moue vaguement blasée. Mon expérience de videur m'avait appris à flairer les ennuis à cent mètres à la ronde. Quelqu'un passe à côté de vous, et le danger irradie de lui sous forme d'ondes, telles les lignes circulaires dans une BD. Ce type-là dégageait des ondes de danger comme une supernova en pleine explosion.

Je m'arrêtai.

— Qui est-ce ?

— Les noms, encore ? dit Bob.

Puis, dans un soupir théâtral :

— Jake, je te présente mon ami Otto.

— Otto et Bob, deux palindromes.

— Vous autres universitaires, avec vos mots savants.

Otto s'écarta pour que je monte dans l'estafette, mais je ne bougeai pas.

— Allez, grimpe, fit Bob.

Je secouai la tête.

— Ma maman m'a interdit de monter en voiture avec des inconnus.

— Hé, prof !

Je me retournai et écarquillai les yeux. C'était Barry qui arrivait au pas de course. Clairement imbibé, il ressemblait à une marionnette aux fils emmêlés.

— Une petite question, prof ! Si je…

Il ne finit pas sa phrase. Sans une seconde d'hésitation, Otto s'avança, leva le poing et le frappa au visage. Sidéré, je ne réagis pas tout de suite. Barry atterrit sur le bitume avec un bruit mat et resta étendu là, la tête en arrière, les yeux clos et le nez en sang.

Je posai un genou à terre.

— Barry ?

Il ne broncha pas.

Otto sortit un pistolet.

Je me positionnai entre lui et Barry.

— Otto ne tirera pas sur toi, déclara Bob toujours sur le même ton placide. En revanche, il va tirer sur les étudiants jusqu'à ce que tu montes dans la camionnette.

Je pris la tête de Barry dans mes mains et vis qu'il respirait. Je cherchai son pouls quand soudain j'entendis appeler :

— Barry ?

C'était un autre étudiant.

— T'es où, mec ?

Otto leva son arme, et je paniquai. Je voulus me jeter sur lui, mais, comme lisant dans mes pensées, il fit un pas de côté.

Un troisième étudiant cria :

— Je crois qu'il est là-bas... sur le parking. Barry ?

Otto pointa le canon en direction de la voix. Bob me regarda et haussa les épaules.

— OK ! sifflai-je. J'arrive. Ne tirez pas.

Je m'engouffrai précipitamment dans l'estafette. Tous les sièges avaient été enlevés. Pour s'asseoir, il y avait juste un banc sur le côté. Baissant son arme, Otto se glissa derrière moi. Bob prit le volant. Barry gisait toujours, inconscient, sur le parking. Au moment où nous démarrions, j'entendis s'exclamer dehors :

— Qu'est-ce qui... ? Oh, mon Dieu ! Barry ?

Bob et Otto ne semblaient pas craindre que quelqu'un relève le numéro de leur plaque d'immatriculation. Bob conduisait avec une lenteur exaspérante. J'aurais préféré qu'il appuie sur le champignon. Qu'il fonce. Qu'on quitte le campus le plus vite possible.

Je me tournai vers Otto.

— Ça ne va pas, qu'est-ce qui vous a pris de le frapper comme ça ?

Le regard qu'il posa sur moi me glaça le sang. C'était un regard éteint, sans la moindre lueur de vie. J'eus l'impression de fixer les yeux d'un objet inanimé... les yeux d'une table, ou d'une boîte en carton.

Bob dit depuis le siège avant :

— Jette ton portefeuille et ton téléphone sur le siège passager, s'il te plaît.

Je m'exécutai. L'aménagement intérieur de l'estafette ne me disait rien qui vaille. La moquette avait été arrachée, laissant le sol métallique à nu. Au pied d'Otto, il y avait une boîte à outils rouillée. Une barre était soudée à la paroi en face de moi. Je déglutis péniblement à la vue des menottes. L'un des bracelets était fixé à la barre. L'autre était ouvert, comme dans l'attente d'un poignet.

Otto pointait son arme sur moi.

Une fois sur la voie rapide, Bob mania nonchalamment le volant avec ses paumes, comme mon père quand nous nous rendions le week-end dans un magasin de bricolage.

— Jake ?

— Oui.

— C'est par où ?

— Comment ? fis-je.

— C'est simple, Jake. Tu vas nous dire où est Natalie.

— Moi ?

— Toi, oui.

— Mais je n'en ai pas la moindre idée. Je croyais que vous...

Ce fut alors qu'Otto me frappa au ventre. L'air déserta mes poumons. Je me pliai en deux comme une valise. Mes genoux heurtèrent le sol dur de l'estafette. Si vous avez déjà eu la respiration coupée, vous savez que ça vous paralyse complètement. Vous avez l'impression de suffoquer. Tout ce qu'il vous reste à faire, c'est de vous rouler en boule et de prier pour que l'oxygène revienne.

La voix de Bob :

— Où est-elle ?

Même si je l'avais voulu, j'aurais été incapable de répondre. Je n'arrivais plus à respirer. J'essayai de me ressaisir, de me rappeler que si je ne me débattais pas, l'air reviendrait de lui-même, mais c'était comme si quelqu'un me maintenait la tête sous l'eau, et je n'avais plus qu'à espérer qu'il finirait par me relâcher.

La voix de Bob, à nouveau :

— Jake ?

Otto m'assena un coup de pied à la tête. Roulant sur le dos, je vis trente-six chandelles. Ma poitrine se souleva spasmodiquement ; l'air y pénétra enfin par petites goulées chargées de gratitude. Otto me frappa à nouveau. Un voile noir dansa devant moi. Mes yeux se révulsèrent. Mon estomac protesta. Je crus que j'allais vomir et, bizarrement, me dis qu'ils avaient bien fait de retirer la moquette : ce serait plus facile à nettoyer.

Bob, toujours :

— Où est-elle ?

Je rampai à l'autre bout de l'estafette.

— Je ne sais pas, je vous le jure ! articulai-je avec effort.

Je me collai contre la paroi. La barre avec les menottes se trouvait au-dessus de mon épaule gauche. Otto me tenait en joue. J'essayai de gagner du temps, de reprendre mon souffle, de recouvrer mes esprits pour réfléchir clairement. J'étais encore un peu pompette, mais rien de tel que la douleur physique pour vous remettre les idées en place.

137

Je ramenai mes genoux contre ma poitrine. Ce faisant, je sentis quelque chose de petit et de pointu contre ma jambe. Un éclat de verre sans doute ou un caillou. Je baissai les yeux et vis avec effroi que ce n'était ni l'un ni l'autre.

C'était une dent.

La gorge nouée, je levai la tête et aperçus l'ombre d'un sourire sur le visage de mannequin d'Otto. Il ouvrit la boîte, dévoilant tout un assortiment d'outils rouillés : des pinces, une scie à métaux, un cutter… Je ne voulus pas en voir davantage.

Bob :

— Où est-elle ?

— Je vous l'ai déjà dit, je n'en sais rien.

Je le vis secouer la tête.

— C'est très décevant comme réponse.

Otto demeurait impassible. Le canon de son pistolet était toujours braqué sur moi, mais son regard caressait amoureusement le contenu de la boîte à outils. Ses yeux éteints s'illuminaient en effleurant les pinces, la scie, le cutter.

— Jake ? fit Bob.

— Quoi ?

— Otto va te menotter maintenant. Évite de faire le con. Il est armé, et nous pouvons toujours retourner sur le campus pour jouer au ball-trap avec tes étudiants. Tu m'as compris ?

Je déglutis à nouveau, l'esprit en ébullition.

— Je ne sais rien du tout.

Bob soupira exagérément.

— Je ne t'ai pas demandé si tu savais quelque chose, Jake. Enfin, si, je t'ai déjà posé cette question, mais là, je te demande si tu m'as bien compris… à propos des menottes et du ball-trap. Est-ce clair pour toi, Jake ?

— Oui.

— OK, alors ne bouge plus.

Bob mit le clignotant et se déporta sur la file de gauche. Nous roulions toujours sur la voie rapide.

— Vas-y, Otto.

Le temps m'était compté. Ce n'était qu'une question de secondes. Une fois menotté à la paroi de l'estafette, je serais cuit. Je jetai un coup d'œil sur la dent.

Histoire de me mettre en condition.

Otto avait le pistolet à la main. Je pouvais toujours tenter de le bousculer, mais il devait s'y attendre. Ou alors essayer d'ouvrir la portière latérale et prendre le risque de sauter en marche, à cent à l'heure sur la voie rapide. Mais la portière était verrouillée. Je n'arriverais jamais à l'ouvrir à temps.

Ce fut à ce moment-là que j'entendis la voix d'Otto :

— Attrape la barre à côté des menottes avec ta main gauche.

Mais oui, comme ça je n'aurais plus qu'une main de libre. De toute façon, cela ne changerait pas grand-chose. Il lui suffirait d'une seconde pour refermer le bracelet autour de mon poignet, et ce serait terminé, *game over*. J'empoignai la barre quand soudain, j'eus une idée.

C'était hasardeux, limite impossible, mais une fois attaché à cette barre, une fois qu'Otto se serait mis au travail avec sa petite trousse à outils…

Je n'avais pas le choix.

Otto anticipait une éventuelle réaction de ma part. Ce qu'il n'avait pas prévu, c'est que je viserais ailleurs.

Je m'efforçai de me détendre. Tout était dans le timing. J'étais grand. Sans ça, je n'aurais eu aucune chance. Je comptais aussi sur le fait qu'Otto ne tirerait pas, qu'ils me voulaient – à en juger par les menaces de Bob à l'encontre des étudiants – vivant.

J'avais une seconde pour agir. Moins que ça même. Quelques dixièmes de seconde.

Otto tendit la main vers les menottes. À l'instant où ses doigts touchèrent le métal, je passai à l'action.

Prenant appui sur la barre, je projetai mes jambes en avant... mais pas pour toucher Otto. C'eût été inutile et prévisible. Non, je me propulsai à l'horizontale, pas tout à fait comme un expert en arts martiaux, mais, compte tenu de ma taille et de tous ces satanés exercices de gainage, je réussis à lancer ma jambe tel un fouet.

Du talon de ma chaussure, je visai la tête de Bob.

Otto réagit vite. Pile au moment où mon talon atteignait sa cible, il me ceintura et me fit tomber lourdement. Puis il me saisit par le cou et serra.

Trop tard.

Mon pied s'était abattu avec force sur le crâne de Bob. Sa tête bascula sur le côté. Instinctivement, ses mains lâchèrent le volant. Le véhicule fit une embardée, nous envoyant valdinguer, Otto et moi... et le pistolet.

C'était parti.

Otto avait toujours son bras autour de mon cou, mais sans arme, c'était devenu un simple corps à corps. Il savait se battre. Je savais me battre. Il devait faire dans les un mètre quatre-vingts et quatre-vingt-dix kilos. Je mesurais près d'un mètre quatre-vingt-quinze et pesais cent quinze kilos.

Avantage : ma pomme.

Je le projetai violemment contre la porte arrière. Il desserra son étreinte. Je le cognai à nouveau. Il lâcha prise. Mes yeux scrutèrent le sol à la recherche du pistolet.

Il était introuvable.

L'estafette zigzaguait toujours, avec Bob qui tentait de la reprendre en main.

J'avançai à quatre pattes et, entendant quelque chose ricocher, je l'aperçus dans le coin, juste devant moi. Je rampai dans sa direction, mais Otto me saisit par la jambe et me tira en arrière. Ce petit jeu dura un moment, moi essayant d'atteindre le pistolet, lui faisant tout pour m'en empêcher. Je voulus lui envoyer mon pied dans la figure, mais je le ratai.

Soudain il se pencha et me mordit violemment à la jambe.

Je hurlai de douleur.

Il me tenait, les dents plantées dans la partie charnue de mon mollet. Paniqué, je me débattis. La douleur me brouillait la vue. Par chance, l'estafette refit une embardée. Otto valsa à droite. Je roulai vers la gauche. Il atterrit devant la boîte à outils et plongea la main à l'intérieur.

Où diable était passé ce fichu pistolet ?

Devant, Bob lança :

— Abandonne et on ne fera pas de mal à tes étudiants.

Il pouvait toujours se brosser. Je regardai à droite et à gauche. Pas de pistolet en vue.

Otto sortit sa main de la boîte, brandissant le cutter. Il pressa le bouton avec son pouce, et la lame jaillit.

J'étais peut-être plus grand que lui, mais ça ne me servait plus à rien.

Il s'avança, la lame en l'air. J'étais fait comme un rat. Impossible de lui sauter dessus sans me faire tailler en pièces. Il ne restait qu'une seule solution.

Dans le doute, autant recourir à une méthode qui a déjà fait ses preuves.

Me retournant, j'assenai un coup sur la tête de Bob.

Une fois de plus, l'estafette zigzagua, et nous nous étalâmes, Otto et moi. J'en profitai pour plonger sur lui. Il avait toujours le cutter à la main. Il leva le bras, mais je lui saisis le poignet. À nouveau, j'essayai d'utiliser mon poids à mon avantage.

Devant, Bob avait beaucoup plus de mal à reprendre le contrôle du véhicule.

Otto et moi roulâmes sur le sol. Une main sur son poignet, je nouai mes jambes autour de son corps et lui plantai mon avant-bras en travers de la gorge pour tenter d'atteindre la trachée. Il abaissa le menton pour bloquer mon geste. Si seulement j'arrivais à insinuer mon bras un peu plus loin…

Ce fut alors que Bob écrasa la pédale de frein. L'estafette pila. L'impact nous souleva, Otto et moi, pour nous catapulter au sol. Sauf que j'avais toujours mon bras sur sa gorge. Imaginez la scène. Mon poids, plus la vitesse du véhicule et l'arrêt brusque… tout cela transforma mon avant-bras en une sorte de bélier.

J'entendis un craquement sinistre, comme quand on casse un fagot de brindilles humides. La trachée d'Otto céda plus facilement que du papier mâché. Je sentis quelque chose de dur… le sol de l'estafette, en fait, à travers la peau et le cartilage de son cou. Le corps d'Otto s'affaissa. Je regardai son visage de beau gosse. Les yeux grands ouverts ne semblaient pas sans vie… ils l'étaient réellement.

J'espérai presque malgré moi un battement de cils. Rien à faire.

Otto était mort.

Je roulai sur le côté.

— Otto ?

C'était Bob. Je le vis plonger la main dans sa poche. Pas le temps de me demander s'il allait en sortir un flingue. Je me jetai sur la porte arrière et levai le loquet. Puis j'abaissai la poignée et me retournai une dernière fois avant de pousser la porte.

Oui, Bob avait bel et bien un flingue qu'il pointait sur moi.

Je me baissai, et la balle siffla au-dessus de ma tête. Heureusement qu'ils me voulaient vivant. Je me laissai tomber sur la chaussée et atterris sur l'épaule droite. Au même moment, je vis des phares. Une voiture fonçait droit sur moi.

J'effectuai une culbute ponctuée par un crissement de pneus. La voiture passa si près de moi que je sentis des projections de terre sur mon visage. Il y eut des coups de klaxon. Quelqu'un lâcha un juron.

L'estafette redémarra. Ivre de soulagement, je me traînai pour me mettre en sécurité sur le bas-côté. Avec toutes ces voitures qui filaient sur la voie rapide, je me dis que Bob allait repartir.

Raté.

L'estafette s'arrêta sur le bas-côté, une vingtaine de mètres plus loin.

L'arme à la main, Bob sauta à terre. À bout de forces, je me sentais incapable de bouger. Seulement voilà, face au canon d'un pistolet, la fatigue et la douleur passent au second plan.

Une fois de plus, je n'avais pas le choix.

Je bondis droit dans les buissons au bord de la route. Sans regarder où j'allais. Dans le noir, je n'avais pas vu la pente. Je dégringolai à travers les broussailles, emporté par l'élan qui m'éloignait de la chaussée. La chute me parut interminable.

Ma tête heurta un rocher. Mes jambes heurtèrent un arbre. Mes côtes heurtèrent… je ne sais quoi. Je roulai à travers la végétation jusqu'à ce que mes yeux se ferment et que le monde ne soit plus que silence et obscurité.

15

EN VOYANT DES PHARES, je ravalai une exclamation et roulai à nouveau sur le côté. Les phares me suivirent.

— Monsieur ?

Allongé à plat dos, je fixai le ciel. Bizarre. Comment une voiture pourrait-elle arriver sur moi par là ? Je levai le bras pour me protéger de la lumière et ressentis une douleur fulgurante à l'articulation de l'épaule.

— Monsieur, vous allez bien ?

La main sur les yeux, je plissai les paupières. Les deux phares se fondirent en un seul faisceau, celui d'une torche. Celui qui la tenait l'éloigna de mon visage. Je cillai et vis un flic au-dessus de moi. Lentement, je m'assis ; mon corps tout entier n'était qu'une courbature.

— Où suis-je ?

— Vous ne savez pas où vous êtes ?

Je secouai la tête pour tenter de recouvrer mes esprits. Il faisait noir comme dans un four. Je gisais parmi les broussailles, un peu comme la fois où j'avais trop bu et fini ma nuit dans un buisson.

— Comment vous appelez-vous, monsieur ? demanda le flic.

— Jake Fisher.

— Monsieur Fisher, avez-vous consommé de l'alcool au cours de la soirée ?

— J'ai été agressé, répondis-je.

— Agressé ?

— Par deux hommes armés.

— Monsieur Fisher...

Le flic s'adressait à moi sur un ton patient, condescendant même.

— Avez-vous consommé de l'alcool dans la soirée ?

— Oui. Mais c'était bien plus tôt.

— Monsieur Fisher, je suis l'agent John Ong, police d'État. Vous êtes blessé. Voulez-vous qu'on vous emmène à l'hôpital ?

J'avais un mal fou à rassembler mes idées. Chaque onde cérébrale semblait traverser une sorte de distorsion, genre rideau de douche.

— Je ne sais pas.

— On va appeler une ambulance.

— C'est inutile.

Je regardai autour de moi.

— Où suis-je ?

— Monsieur Fisher, puis-je voir vos papiers, je vous prie ?

— Bien sûr.

Je plongeai la main dans ma poche arrière avant de me rappeler que j'avais jeté mon portefeuille et mon téléphone portable sur le siège passager à côté de Bob.

— Ils me les ont volés.

— Qui ?

— Les deux qui m'ont agressé.

— Les deux hommes armés ?

— Oui.

— C'était donc un vol avec agression ?

— Non.

Des images, des sensations surgirent dans mon esprit : mon avant-bras en travers de la gorge d'Otto, le cutter dans sa main, la boîte à outils, la peur brute, atroce, paralysante, l'arrêt brusque, le gargouillis de la trachée broyée. Fermant les yeux, je m'efforçai de les chasser.

Puis, en parlant plus à moi-même qu'à l'agent Ong :

— J'en ai tué un.

— Pardon ?

J'avais les larmes aux yeux à présent. Je me sentais perdu. J'avais tué un homme, mais c'était à la fois accidentel et à titre de légitime défense. Il fallait que je m'explique. Je ne pouvais pas garder ça pour moi. J'étais bien placé pour le savoir. Bon nombre d'étudiants en sciences politiques se destinaient à une carrière juridique. Parmi mes collègues, beaucoup avaient leur diplôme d'avocat et étaient inscrits au barreau. Je connaissais la loi et le fonctionnement de notre système judiciaire. J'avais besoin de parler, certes. Mais je ne pouvais avouer un meurtre comme ça, de but en blanc.

J'entendis une sirène. Une ambulance arrivait par la route du bas.

L'agent Ong braqua à nouveau sa torche sur mon visage.

— Monsieur Fisher ?

— Je voudrais joindre mon avocat.

Je n'ai pas d'avocat.

Je suis professeur d'université, célibataire, sans casier judiciaire et avec des revenus modestes. Pourquoi aurais-je besoin d'un avocat ?

— OK, j'ai une bonne et une mauvaise nouvelle, annonça Benedict.

En fait d'avocat, je l'avais appelé, lui. Il n'était pas inscrit au barreau, mais il avait étudié le droit à Stanford. J'étais perché sur un lit à roulettes recouvert de ce qui ressemblait à du papier d'emballage pour boucherie. On m'avait transporté aux urgences d'un petit hôpital. Le médecin de garde – qui semblait tout aussi éreinté que moi – m'avait dit que j'avais probablement subi une commotion cérébrale. À en juger par mon mal de crâne, il devait avoir raison. Je souffrais par ailleurs de diverses contusions, coupures et peut-être d'une entorse. Il ne savait que penser des traces de dents. Le pic d'adrénaline était en train de retomber, et la douleur gagnait du terrain. Il promit de me prescrire de l'oxycodone.

— Je t'écoute, dis-je.

— La bonne nouvelle, c'est que les flics pensent que tu as pété un câble et ne croient pas un mot de ton histoire.

— Et la mauvaise ?

— J'ai tendance à être de leur avis, avec en prime une forte probabilité de délire alcoolique.

— J'ai été agressé.

— Oui, j'ai compris. Deux hommes armés, une estafette, quelque chose à propos d'outillage électrique.

— Non, juste des outils. Personne n'a parlé d'outillage électrique.

— D'accord. Tu as aussi pas mal picolé, et ça t'est monté à la tête.

Je remontai mon pantalon pour lui montrer la marque de la morsure.

— Et ça, tu l'expliques comment ?

— Wendy était déchaînée.

— Windy, rectifiai-je.

Oh, et puis à quoi bon ?

— Qu'est-ce qu'on fait, maintenant ?

— Sans vouloir me vanter, dit Benedict, je peux te donner un conseil précieux du point de vue juridique, si jamais ça t'intéresse.

— Ça m'intéresse, vas-y.

— Arrête de crier sur les toits que tu as tué quelqu'un.

— Il n'y a pas de quoi s'en vanter, en effet.

— C'est écrit dans les manuels de droit. Écoute-moi. Le numéro d'immatriculation que tu leur as donné ? Il n'existe pas. Il n'y a pas de cadavre, aucune trace de violence ou de crime… à part le fait que toi, vraisemblablement en état d'ébriété, tu as dévalé une colline et atterri dans le jardin d'un particulier. Les flics sont prêts à te laisser repartir avec une simple contravention. Rentrons chez nous, on y réfléchira à tête reposée, OK ?

C'était d'une logique imparable. Il serait effectivement plus sage de faire le point à la lumière du jour et dans un cadre familier. Qui plus est, j'avais enseigné la Constitution pendant tout un semestre. Le cinquième amendement empêche le citoyen de témoigner contre lui-même. C'était peut-être le moment de faire jouer mes droits.

Benedict conduisait. J'avais la tête qui tournait. Le toubib m'avait fait une piqûre qui m'avait plongé dans les vapes. J'essayais de me ressaisir, mais, alcool et médicaments mis à part, une menace de mort, ça vous fiche un coup. J'avais littéralement dû lutter pour survivre. Qu'est-ce qui m'arrivait ? Et qu'est-ce que Natalie venait faire là-dedans ?

149

Nous pénétrâmes sur le parking du personnel. Une voiture de police était garée en bas de chez moi. Benedict me regarda, l'air interrogateur. Je haussai les épaules et descendis. Pris de vertige, je faillis m'écrouler sur place. Me redressant, je m'engageai dans l'allée d'un pas mal assuré. Evelyn Stemmer était le chef de la sécurité sur le campus. Une petite bonne femme toujours souriante. Sauf que, là, elle ne souriait pas.

— On a cherché à vous joindre, professeur Fisher, dit-elle.

— On m'a volé mon portable.

— Je vois. Vous voulez bien venir avec moi ?

— Où ça ?

— Chez le président. M. Tripp désire vous parler.

Benedict s'interposa entre nous.

— Que se passe-t-il, Evelyn ?

Elle le dévisagea comme s'il venait d'émerger d'une benne à ordures.

— Le président vous expliquera. Moi, je ne fais que transmettre le message.

J'étais trop hagard pour protester. Et à quoi bon, du reste ? Benedict voulut nous accompagner, mais je doutais que la présence de mon meilleur ami plaide en ma faveur auprès du patron. Le siège avant de la voiture de police était équipé d'un écran d'ordinateur. Je dus m'asseoir à l'arrière, comme un vulgaire délinquant.

Le président habitait un manoir en pierre de taille de neuf cents mètres carrés et de vingt-deux pièces, construit dans le style que les experts nomment « néogothique ». Je ne sais pas exactement ce que cela signifie, mais l'édifice était imposant. Je ne voyais pas non plus l'utilité de la voiture de police. Juchée sur une colline, la résidence surplombait les terrains de sport, à environ quatre cents mètres du parking du personnel. Entièrement rénové deux ans plus tôt, le manoir servait non seulement de foyer à la petite famille du président, mais pouvait accueillir un large éventail de manifestations destinées à collecter des fonds.

Je fus escorté dans un bureau correspondant en tout point au bureau d'un président d'université, en plus élégant et plus policé. Du reste, Jack Tripp, le nouveau président, l'était aussi. Élégant et policé, une allure de businessman, chevelure souple et dents couronnées. Même le tweed qu'il portait pour mieux coller à sa fonction était trop bien coupé, trop luxueux comparé à la tenue d'un professeur lambda. Les empiècements aux coudes étaient trop impeccables. Les étudiants l'appelaient « poseur », et je trouvais que ça lui allait bien.

Cependant, tout étant affaire de motivation, il fallait rendre son dû au président : sa mission, bien qu'auréolée du prestige du savoir et des lauriers académiques, consistait surtout et avant tout à lever des fonds. C'était, sans doute à juste titre, sa principale préoccupation. Les meilleurs présidents, comme je l'avais constaté, étaient ceux qui avaient compris cela et dont le programme était le moins ambitieux. À cet égard, on pouvait dire que Jack Tripp s'acquittait parfaitement de sa tâche.

— Asseyez-vous, Jacob.

Le regard de Tripp glissa sur moi pour s'arrêter sur l'agent Stemmer.

— Soyez gentille, Evelyn, fermez la porte en sortant.

Nous nous exécutâmes, Evelyn Stemmer et moi.

Tripp prit place derrière le grand bureau sculpté en face de moi. Un bureau immense, directorial, imbu de lui-même. Quand je suis d'humeur peu charitable, je me dis que le bureau d'un homme, comme sa voiture, dénotent un certain besoin de compensation. Joignant les mains sur un plateau large comme une piste d'atterrissage d'hélicoptère, le président déclara :

— Vous avez une mine épouvantable, Jacob.

Je ravalai le « pas autant que l'autre » car, en l'occurrence, cette réplique aurait été d'un goût plus que douteux.

— J'ai passé une mauvaise nuit.

— Vous avez l'air mal en point.

— Ça va.

— Vous devriez vous faire examiner.

— C'est fait.

Je changeai de position sur mon siège. À cause des médicaments, je voyais flou, comme si j'avais de fines bandes de gaze sur les yeux.

— De quoi s'agit-il, Jack ?

Il écarta les mains avant de les reposer sur le bureau.

— Vous voulez bien me parler de la nuit dernière ?

— Quoi, la nuit dernière ?

— À vous de me le dire.

On jouait donc à ce jeu-là. Soit. À mon tour, alors.

— Je suis allé prendre un verre avec un ami dans un bar. J'ai pas mal bu. Quand je suis rentré chez moi, deux hommes m'ont attaqué. Ils m'ont... euh, kidnappé.

Tripp écarquilla les yeux.

— Deux hommes vous ont kidnappé ?

— Oui.

— Qui étaient-ils ?

— Ils ont dit s'appeler Bob et Otto.

— Bob et Otto ?

152

— C'est ce qu'ils ont dit.

— Et où sont-ils maintenant ?

— Je n'en sais rien.

— Ils ont été arrêtés ?

— Non.

— Mais vous avez prévenu la police ?

— Oui, répondis-je. Ça vous ennuie de me dire de quoi il s'agit ?

Tripp leva la main, comme s'il venait de s'apercevoir que la surface du bureau était poisseuse. Joignant ses paumes, il tapota ses doigts.

— Connaissez-vous un étudiant nommé Barry Watkins ?

Mon cœur manqua un battement.

— Il va bien ?

— Vous le connaissez ?

— Oui. L'un des hommes qui m'ont enlevé l'a frappé au visage.

— Je vois, dit-il, l'air de celui qui ne voyait rien du tout. Quand ça ?

— Nous nous trouvions à côté de leur estafette. Barry m'a interpellé et a couru vers nous. Le temps que je me retourne, l'un des deux gars l'avait assommé. Est-ce qu'il va bien ?

Il continuait à tapoter ses doigts.

— Il est à l'hôpital avec des fractures faciales. Le coup de poing qu'il a reçu l'a sérieusement amoché.

Je me redressai.

— Zut.

— Ses parents sont très contrariés. Ils parlent de porter plainte.

« Porter plainte », une expression qui sème la terreur dans le cœur de n'importe quel bureaucrate. Je m'attendais presque à entendre résonner la musique pesante d'un film d'horreur.

— Barry Watkins ne se souvient pas des deux autres hommes. Il se rappelle avoir couru vers vous, et c'est tout. Deux de ses camarades vous ont vu prendre la fuite dans une camionnette.

— Je n'ai pas pris la fuite. J'ai été poussé dedans.

— Je vois, fit-il sur le même ton. Quand ces étudiants sont arrivés sur place, Barry était par terre, en sang. Et vous, vous étiez parti.

— Ce n'est pas moi qui conduisais. J'étais à l'arrière.

— Je vois.

Je me penchai vers lui. Le bureau était entièrement nu, à l'exception d'une impeccable pile de papiers et de l'incontournable photo de famille avec une femme blonde, deux adorables bambins et un chien coiffé comme Tripp. Un grand bureau vide.

— Je voulais les éloigner du campus le plus rapidement possible. Surtout après l'agression contre Barry. Je les ai donc suivis sans résister.

— Vous parlez de ces hommes qui... vous ont enlevé ?

— Oui.

— Et qui étaient-ils ?

— Je n'en sais rien.

— Ils vous auraient kidnappé pour obtenir quoi, une rançon ?

— J'en doute.

Je me rendais bien compte que mon histoire ne tenait pas debout.

— L'un des deux était entré chez moi par effraction. L'autre attendait dans l'estafette. Ils ont exigé que je vienne avec eux.

— Vous êtes quelqu'un de costaud. Vous en imposez physiquement.

Je ne dis rien.

— Comment ont-ils fait pour vous convaincre de les accompagner ?

Je tus le nom de Natalie et avançai l'argument imparable :

— Ils étaient armés.

Ses yeux s'agrandirent à nouveau.

— De vraies armes ?

— De vraies armes, oui.

— Comment le savez-vous ?

Je m'abstins de préciser que l'un des deux avait tiré sur moi. La police pouvait-elle retrouver des balles sur le bord de la route ? Il fallait que je me renseigne.

Comme je ne répondais pas, Tripp demanda :

— En avez-vous parlé à quelqu'un ?

— J'en ai parlé aux flics, mais je ne suis pas certain qu'ils m'aient cru.

Se laissant aller en arrière, il tira sur sa lèvre. Je savais ce qu'il pensait : comment réagiraient les étudiants, leurs parents et les anciens qui exerçaient de hautes fonctions aujourd'hui, en apprenant la présence d'hommes armés sur le campus ? Non seulement ils s'étaient introduits sur le campus, mais, à supposer que je dise vrai – ce qui restait à prouver –, ils avaient enlevé un professeur et agressé un étudiant.

— Vous étiez sous l'emprise de l'alcool à ce moment-là, n'est-ce pas ?

Nous y voilà.

— En effet.

— Nous avons une caméra de surveillance au milieu de la cour. Vous ne marchiez pas très droit.

155

— C'est ce qui arrive quand on a trop bu.

— Nous avons par ailleurs été informés que vous aviez quitté le Bar Bibliothèque vers 1 heure du matin… pourtant, on vous a vu zigzaguer dans la cour à 3 heures seulement.

Une fois encore, je m'abstins de répondre.

— Où étiez-vous pendant ces deux heures ?

— Pourquoi ?

— Parce que j'enquête sur une agression à l'encontre d'un étudiant.

— Qui, comme on le sait, a eu lieu après 3 heures. Vous croyez quoi, qu'il m'a fallu deux heures pour la planifier ?

— Le moment est mal choisi pour plaisanter, Jacob. L'affaire est grave.

Je fermai les yeux et sentis la pièce se mettre à tourner autour de moi.

— Je suis parti avec une jeune femme. Ceci n'a rien à voir. Jamais je n'aurais frappé Barry. Il vient me voir toutes les semaines.

— Oui, il a pris votre défense, lui aussi. Il dit que vous êtes son professeur préféré. Mais je dois examiner les faits, Jacob. Vous le comprenez, n'est-ce pas ?

— Oui.

— Le fait est que vous aviez bu.

— Je suis prof d'université. Boire fait partie de nos attributions.

— Ce n'est pas drôle.

— Mais c'est vrai. Voyons, j'ai assisté à quelques soirées ici même. Et vous n'étiez pas le dernier à lever le coude.

— Vous ne vous rendez pas service.

— Ce n'est pas ce que je cherche. Je cherche à rétablir la vérité.

— Dans ce cas, voici un autre fait : même si vous restez vague là-dessus, il semblerait qu'après avoir bu, vous ayez eu une aventure d'un soir.

— Ne soyons pas vagues, répliquai-je. C'est exactement ce que je suis en train de dire. Elle a trente ans passés et ne travaille pas ici. Où est le problème ?

— Après quoi, un étudiant se fait agresser.

— Pas par moi.

— Tout de même, il y a un lien, fit-il, se rencognant dans son siège. Je ne vois pas d'autre solution que de vous mettre en congé exceptionnel.

— Pour avoir bu ?

— Pour l'ensemble des faits.

— En plein milieu de l'année universitaire...

— Nous vous trouverons un remplaçant.

— J'ai une responsabilité vis-à-vis de mes étudiants. Je ne peux pas les abandonner comme ça.

— Vous auriez dû y penser avant de vous saouler, rétorqua-t-il sèchement.

— Se saouler n'est pas un délit.

— Non, mais ce que vous avez fait après...

Il s'interrompit, et ses lèvres esquissèrent un sourire.

— Tiens, c'est drôle, dit-il.

— Quoi ?

— J'ai entendu parler de votre différend avec le Pr Trainor, il y a longtemps. Vous ne voyez pas le parallèle ?

Je ne répondis pas.

— Il y a un vieux proverbe grec qui dit : « Le bossu ne voit jamais la bosse dans son propre dos. »

Je hochai la tête.

— C'est puissant.

— Vous plaisantez, Jacob, mais croyez-vous vraiment que vous n'avez rien à vous reprocher ?

Je ne sus comment réagir.

— Je n'ai pas dit ça.

— Alors, c'est juste de l'hypocrisie ?

Il soupira un peu trop profondément.

— Cette décision, Jacob, je ne la prends pas de gaieté de cœur.

— J'entends comme un « mais ».

— Le « mais », vous le connaissez. La police a-t-elle enregistré votre plainte ?

Ne sachant que répondre, j'optai pour la vérité.

— Je ne sais pas.

— Donc, il serait préférable de vous mettre en congé, le temps que cette affaire soit réglée.

J'allais protester, puis me ravisai. Il avait raison. Ce n'était pas une question de politique ni de procédure légale. La vérité, c'est que je mettais les étudiants en danger. Ma conduite avait déjà causé de sérieux dégâts. J'aurais beau me chercher des excuses, si j'avais tenu ma promesse à Natalie, Barry ne serait pas à l'hôpital avec des fractures au visage.

Au cas où je l'aurais oublié, Bob était toujours là. Peut-être qu'il voudrait venger Otto ou du moins finir le boulot, ou alors réduire le témoin au silence. En restant ici, je faisais courir un risque à mes étudiants.

Le président se mit à feuilleter les papiers sur son bureau, comme pour me signifier que l'entrevue était terminée.

— Faites vos bagages, dit-il. J'aimerais que vous quittiez le campus d'ici une heure.

16

LE LENDEMAIN MIDI, j'étais de retour à Palmetto Bluff. Je frappai à la porte d'une maison nichée dans une impasse tranquille. Delia Sanderson, la veuve de Todd, m'ouvrit avec un sourire triste. C'était une belle femme dans son genre, sèche, avec un côté rustique. Elle avait les traits énergiques et de grandes mains.

— Merci d'être venu jusqu'ici, professeur.

— Je vous en prie, répondis-je, me sentant légèrement coupable. Appelez-moi Jake.

S'effaçant, elle m'invita à entrer. La maison était agréable, aménagée dans le style pseudo-victorien qui semblait être en vogue dans les nouveaux lotissements. Le terrain ouvrait sur un parcours de golf. L'atmosphère était à la fois verdoyante et sereine.

— Je ne saurais vous dire à quel point j'apprécie votre visite.

Nouveau pincement au cœur.

— Voyons, c'est un honneur !

— N'empêche. Qu'un membre du corps enseignant fasse le voyage...

— Ce n'est rien, je vous assure.

Je me forçai à sourire.

— Ça fait du bien de pouvoir s'échapper aussi.

— En tout cas, je vous remercie, répéta Delia Sanderson. Les enfants ne sont pas là. Ils ont repris l'école. Être en deuil ne signifie pas forcément rester inactif, vous ne croyez pas ?

— Tout à fait, acquiesçai-je.

La veille, au téléphone, je m'étais montré délibérément évasif. J'avais juste dit que j'étais professeur à l'ancienne université, l'*alma mater* de Todd, et que j'espérais avoir l'occasion de passer lui présenter mes condoléances de vive voix. Avais-je laissé entendre que j'avais été mandaté par l'université ? Disons que je n'avais rien fait pour la détromper.

— Vous voulez un café ? demanda-t-elle.

Le fait d'accomplir une tâche quotidienne simple a tendance à mettre les gens plus à l'aise. Je hochai la tête.

Nous nous trouvions dans le vestibule, avec les pièces de réception sur notre droite, et les pièces à vivre – le séjour et la cuisine – sur notre gauche. Je la suivis dans la cuisine en me disant qu'un cadre informel l'inciterait peut-être à se livrer plus facilement.

Il n'y avait aucune trace d'effraction récente, mais enfin, que croyais-je trouver ? Des traces de sang ? Des meubles renversés ? Le ruban jaune de la police ?

La cuisine high-tech était spacieuse et donnait sur un salon de télévision plus vaste encore, avec un écran géant au mur et un canapé jonché de télécommandes et de manettes Xbox. Oui, je connais la Xbox. J'en ai une chez moi. J'adore jouer à Madden. Je plaide coupable.

Elle se dirigea vers une machine à café, de celles qui fonctionnent avec des dosettes. Je me perchai sur un tabouret près de l'îlot central en granit. Delia me montra un assortiment invraisemblable de dosettes.

— Laquelle voulez-vous ?

— À vous de choisir, répondis-je.

— Vous l'aimez fort, votre café ? Je parie que oui.

— Pari gagné.

Elle ouvrit la gueule de la machine et y inséra une dosette appelée Jet Fuel. La machine mangea la dosette et cracha le café. Appétissant comme image, je sais.

— Vous le buvez noir ?

— Je ne l'aime pas si fort que ça, en fait.

Et je lui demandai un peu de lait et du sucre.

Elle me tendit la tasse.

— Vous ne ressemblez pas à un professeur d'université.

On me la fait souvent, celle-là.

— Ma veste en tweed est au pressing.

Puis :

— Je suis désolé de ce qui vous arrive.

— Merci.

Je bus une gorgée de café. Que venais-je faire là, au juste ? Il fallait que je sache si le Todd de Delia Sanderson était bien le Todd de Natalie. Et si oui... eh bien, comment était-ce possible ? Comment expliquer sa mort ? Et que me cachait la femme que j'avais en face de moi ?

J'allais devoir la cuisiner... à mon corps défendant, car, manifestement, Delia Sanderson était terrassée par la douleur. Cela se voyait à ses traits tirés, à ses épaules légèrement voûtées, à son regard sans éclat.

— Je ne voudrais pas vous paraître indélicat..., commençai-je.

Je m'interrompis dans l'espoir qu'elle saisirait la perche.

— Vous voulez savoir comment il est mort ?

— Si c'est indiscret…

— Non, pas du tout.

— D'après les journaux, c'est arrivé au cours d'un cambriolage.

Delia blêmit, pivota vers la machine à café. Elle tritura une dosette, la prit, la lâcha, en reprit une autre.

— Désolé, dis-je. Nous ne sommes pas obligés d'en parler.

— Ce n'était pas un cambriolage.

Je retins mon souffle.

— Enfin, rien n'a été volé. C'est bizarre, non ? Ils ont juste…

Elle claqua le bec de la machine à café.

— Ils ? répétai-je.

— Pardon ?

— Ils étaient plusieurs ?

Delia me tournait toujours le dos.

— Je ne sais pas. La police ne fait pas de suppositions. Mais je ne vois pas comment un seul homme aurait pu faire…

Je crus voir ses genoux flageoler. Me levant de mon tabouret, je faillis faire un pas vers elle. Mais au nom de quoi, bon Dieu ? Qu'étais-je pour elle ? Je me rassis discrètement.

— Nous étions censés être en sécurité ici, poursuivit Delia. La résidence est surveillée. C'était censé nous protéger du mal.

Le lotissement était immense, une vaste oasis de solitude cultivée. Il y avait un portail à l'entrée, avec une guérite et une barrière métallique qui se levait pour laisser passer les voitures, un vigile qui hochait la tête et appuyait sur un bouton. Mais rien de tout cela ne pouvait arrêter le mal, s'il était déterminé. Le portail suffisait peut-être à décourager les nuisibles mineurs qui s'en allaient chercher une proie plus accessible. Mais en vérité, il offrait une protection purement symbolique.

— Qu'est-ce qui vous fait croire qu'ils étaient plusieurs ? demandai-je.

— Je pense... Je pense qu'un seul individu aurait été incapable de causer autant de dégâts.

— Que voulez-vous dire ?

Elle secoua la tête et, du bout du doigt, s'essuya d'abord un œil, puis l'autre. Se retournant, elle me fit face.

— Parlons d'autre chose, voulez-vous ?

Il aurait été maladroit d'insister. J'étais professeur d'université et aussi, sauf mention contraire, un être humain. J'essayai donc une autre approche.

Me levant tout doucement, je m'approchai du frigo. Il y avait, sur la porte, des dizaines de photos de famille rassemblées sous forme de collage magnétique. Des photos sans grand intérêt, presque trop attendues : partie de pêche, virée à Disney, spectacle de danse, Noël sur la plage, concerts scolaires, remises de diplômes. Je me penchai et scrutai le visage de Todd sur un maximum d'entre elles.

Était-ce le même homme ?

Sur toutes les photos du frigo, il était rasé de près. Le Todd que je connaissais exhibait une barbe naissante fâcheusement tendance. On pouvait certes se laisser pousser la barbe en quelques jours, mais je trouvais ça étrange. Était-ce l'homme que j'avais vu épouser Natalie ?

Je sentais le regard de Delia dans mon dos.

— J'ai rencontré votre mari une fois, lui dis-je.

— Ah bon ?

Je me retournai.

— Il y a six ans.

Elle prit son café – à l'évidence, elle le préférait noir – et s'assit sur un autre tabouret.

— Où ça ?

Sans la quitter des yeux, je répondis :

— Dans le Vermont.

Elle ne sauta pas au plafond, non, mais son visage se plissa légèrement.

— Le Vermont ?

— Un village qui s'appelle Kraftboro.

— Vous êtes sûr que c'était Todd ?

— C'était au mois d'août, expliquai-je. J'y étais en résidence.

Cette fois, elle parut franchement perplexe.

— Je n'ai pas le souvenir que Todd soit jamais allé dans le Vermont.

— Il y a six ans, répétai-je. En août.

— Oui, je vous ai entendu.

Une note d'impatience perçait dans sa voix. Je pointai le doigt sur le frigo.

— Sauf qu'il n'avait pas tout à fait cette tête-là.

— Je ne vous suis pas.

— Ses cheveux étaient plus longs, et il avait une barbe de plusieurs jours.

— Todd ?

— Oui.

Elle eut un sourire bref.

— Je comprends mieux maintenant.

— Quoi donc ?

— Pourquoi vous avez fait tout ce chemin.

164

Je dressai l'oreille.

— Ça m'étonnait aussi. Todd n'a jamais fait partie du club des anciens élèves. Et l'université ne s'intéressait pas particulièrement à lui. Maintenant que vous me parlez de cet homme du Vermont...

Elle haussa les épaules.

— Vous l'avez confondu avec quelqu'un d'autre. Un autre Todd que vous avez connu dans le Vermont.

— Je suis pratiquement certain que c'était...

— Todd n'a jamais mis les pieds dans le Vermont. J'en suis sûre. Et tous les mois d'août, depuis huit ans, il se rendait en Afrique pour opérer des nécessiteux. En plus, il se rasait tous les jours. Même le dimanche, quand il faisait la grasse matinée. Il ne passait pas une journée sans se raser.

Je jetai un coup d'œil sur les photos. Était-ce aussi simple que ça ? J'avais déjà envisagé la possibilité de m'être trompé, mais là, je commençais à y croire.

En un sens, cela ne changeait pas grand-chose. Il y avait toujours ce mail de Natalie. Il y avait toujours Otto et Bob, et tout ce qui m'était arrivé. Mais peut-être que ceci n'avait rien à voir avec cela.

Delia me dévisageait ouvertement, à présent.

— Que se passe-t-il ? Pourquoi êtes-vous ici ?

Je sortis de ma poche une photo de Natalie. Curieusement, je n'en avais qu'une. Elle n'aimait pas être photographiée, et celle-ci, je l'avais prise en douce, pendant qu'elle dormait. Je la tendis à Delia Sanderson et attendis sa réaction.

— Bizarre, dit-elle.

— Quoi ?

— Elle a les yeux fermés.

Delia me regarda.

— C'est vous qui avez pris cette photo ?

— Oui.

— Elle est en train de dormir, là ?

— Oui. Vous la connaissez ?

— Non.

Elle examina la photo.

— C'est quelqu'un qui compte pour vous, n'est-ce
pas ?

— Oui.

— Qui est-ce ?

La porte d'entrée s'ouvrit.

— Maman ?

Elle reposa la photo et sortit.

— Eric ? Ça va ? Tu rentres de bonne heure.

Je la suivis dans le couloir. Je reconnus son fils pour
l'avoir vu prendre la parole le jour de l'enterrement.
Son regard effleura sa mère et se braqua sur moi.

— Qui est-ce ?

Son ton était étonnamment hostile, comme s'il me
soupçonnait d'être venu faire du gringue à sa mère.

— C'est le Pr Fisher de Lanford College,
répondit-elle. Il est venu me poser des questions sur
ton père.

— À propos de quoi ?

— Juste une visite de courtoisie, dis-je en serrant la
main du jeune homme. Mes condoléances. Tous mes
collègues de l'université se joignent à moi.

Nous restâmes là, dans le vestibule, gênés comme
trois étrangers qui n'auraient pas encore été présen-
tés dans un cocktail. Eric rompit le silence le premier :

— Je ne trouve plus mes étriers.

166

— Tu les as laissés dans la voiture.

— Ah bon, OK. Je les prends et j'y retourne.

Il ressortit en courant. Nous le suivîmes des yeux, songeant peut-être tous deux à l'avenir qui l'attendait, un avenir sans père. Je n'avais plus rien à faire ici. Il était temps de les laisser tranquilles.

— Je vais y aller, dis-je. Merci de m'avoir reçu.

— Je vous en prie.

Je me tournai vers la porte. Brièvement, le séjour surgit dans mon champ de vision.

Mon cœur s'arrêta de battre.

— Professeur Fisher ?

J'avais la main sur le bouton de la porte. Quelques secondes passèrent. Je ne bougeais plus, ne respirais plus. J'avais les yeux rivés sur le séjour, sur un pan de mur au-dessus de la cheminée.

— Professeur ?

La voix de Delia Sanderson semblait venir de très loin.

Je finis par lâcher le bouton de porte et pénétrai dans le séjour. Marchant sur le tapis d'Orient, je m'approchai de la cheminée. Delia m'emboîta le pas.

— Vous vous sentez bien ?

Non, je ne me sentais pas bien. Et je ne m'étais pas trompé. Si j'avais eu un doute auparavant, il venait d'être balayé. Ce n'était ni une erreur ni une coïncidence : Todd Sanderson était bien l'homme que j'avais vu épouser Natalie six ans plus tôt.

Je sentis plutôt que je ne vis Delia à côté de moi.

— Ça me touche, dit-elle. Chaque fois que je le regarde, je découvre quelque chose de nouveau.

Je comprenais. Le jour naissant illuminant un côté, la lueur rosée de l'aube, les fenêtres obscures comme

167

si le cottage, jadis plein de vie, était à présent abandonné.

C'était Natalie qui avait peint ce tableau.

— Vous aimez ? me demanda Delia.

— Oui, beaucoup.

17

JE M'ASSIS SUR LE CANAPÉ. Cette fois, Delia Sanderson ne m'offrit pas de café. Elle me versa deux doigts de Macallan. Il était tôt, et vous connaissez mes rapports avec l'alcool, mais j'acceptai avec gratitude, la main tremblante.

— Vous voulez bien m'expliquer de quoi il s'agit ?

Ne sachant comment lui raconter mon histoire sans passer pour un cinglé, je commençai par une question :

— Comment avez-vous eu ce tableau ?

— C'est Todd qui l'a acheté.

— Quand ?

— Je n'en sais rien.

— Réfléchissez.

— En quoi est-ce important ?

— S'il vous plaît, demandai-je en m'efforçant de parler posément. Pourriez-vous me dire simplement où et quand il l'a acheté ?

Elle leva les yeux, pensive.

— Où, je ne m'en souviens pas. Quand… c'était pour notre anniversaire de mariage. Il y a cinq ou six ans.

— Six ans, dis-je.

— Encore ! Je ne comprends rien à ce que vous me racontez.

Je n'avais aucune raison de mentir. Pire, je ne voyais pas comment lui annoncer ça en douceur.

— Rappelez-vous, je vous ai montré la photo d'une femme endormie.

— Il y a deux minutes, oui.

— C'est elle qui a peint ce tableau.

Delia fronça les sourcils.

— Que voulez-vous dire ?

— Elle s'appelle Natalie Avery. C'est elle, sur la photo.

— Cette…

Elle secoua la tête.

— Je croyais que vous enseigniez les sciences politiques.

— C'est exact.

— Mais alors, vous êtes aussi historien de l'art ? Cette femme, c'est une ancienne de Lanford ?

— Non, pas du tout.

Je me tournai vers le cottage sur la colline.

— Je suis à sa recherche.

— De la peintre ?

— Oui.

Delia scruta mon visage.

— Elle a disparu ?

— Je ne sais pas.

Nos regards se croisèrent. Elle ne hocha pas la tête, mais c'était comme si.

— Vous tenez beaucoup à elle.

Ce n'était pas une question, néanmoins j'y répondis.

— Oui. Je sais, c'est une histoire de fous.

— Un peu, concéda Delia. Mais vous pensez que mon mari savait des choses à son sujet. C'est pour ça que vous êtes ici, en fait.

— Oui.

— Pourquoi ?

Je ne voyais toujours pas de raison de mentir.

— Ça va vous paraître invraisemblable.

Elle ne releva pas.

— Il y a six ans, j'ai vu votre mari épouser Natalie Avery dans une petite chapelle du Vermont.

Delia Sanderson cilla à deux reprises. Puis, se levant du canapé, elle s'éloigna à reculons.

— Je crois que vous feriez mieux de partir.

— S'il vous plaît, je vous demande juste de m'écouter.

Elle ferma les yeux, mais on ne peut pas fermer ses oreilles. Je lui déballai tout d'une traite : le mariage, la nécrologie de Todd, ma présence à l'enterrement, le sentiment que je m'étais trompé.

— Vous vous êtes trompé, déclara-t-elle lorsque j'eus terminé. Forcément.

— Et ce tableau, c'est une coïncidence ?

Elle ne dit rien.

— Madame Sanderson ?

— Que cherchez-vous ? s'enquit-elle tout bas.

— Je veux la retrouver.

— Pourquoi ?

— Vous savez pourquoi.

Elle acquiesça de la tête.

— Parce que vous l'aimez.

— Oui.

— Malgré le fait que vous l'avez vue en épouser un autre, il y a six ans.

Je ne pris pas la peine de répondre. Un silence de

mort régnait dans la maison. Nous regardâmes tous deux le cottage sur la colline. J'avais envie qu'il se passe quelque chose. Que le soleil se lève un peu plus haut dans le ciel, ou que l'une des fenêtres s'éclaire.

S'éloignant un peu plus de moi, Delia Sanderson sortit son téléphone portable.

— Qu'est-ce que vous faites ?

— J'ai tapé votre nom sur Google hier. Après votre coup de fil.

— D'accord.

— Je voulais m'assurer que vous étiez bien celui que vous prétendiez être.

— Et qui voulez-vous que je sois ?

Elle ignora la question.

— Il y avait une photo de vous sur le site de Lanford College. Avant d'ouvrir la porte, j'ai vérifié par l'œilleton pour être sûre.

— Je ne comprends pas.

— On n'est jamais trop prudent. J'avais peur que les assassins de mon mari…

Tout s'éclaircissait.

— Ne reviennent pour vous tuer, c'est ça ?

Elle haussa les épaules.

— Et vous avez bien vu que c'était moi.

— C'est pour ça que je vous ai ouvert. Mais je commence à me poser des questions. Vous êtes venu ici sous un faux prétexte. Comment savoir si vous n'êtes pas de mèche avec eux ?

Je ne sus que lui répondre.

— Du coup, si ça ne vous dérange pas, je préfère garder mes distances. Je reste à côté de la porte d'entrée. Si je vous vois vous lever, j'appuie sur la touche du 911. Vous avez compris ?

— Je ne suis pas de...

— Vous avez compris ?

— Oui, acquiesçai-je. Je ne bougerai pas de ce canapé. Toutefois, puis-je vous poser une question ?

— Allez-y.

— Comment savez-vous que je ne suis pas armé ?

— Je vous observe depuis votre arrivée. Je ne vois pas où vous auriez caché une arme, avec cette tenue.

Je hochai la tête. Puis :

— Vous ne pensez pas vraiment que je suis venu dans l'intention de vous faire du mal ?

— Non. Mais comme je l'ai déjà dit, on n'est jamais trop prudent.

— Je sais que cette histoire du mariage dans le Vermont paraît complètement insensée.

— En effet, fit Delia. Et en même temps, trop insensée pour être un mensonge.

Nous nous tûmes tous les deux pour regarder le cottage au sommet de la colline.

— Todd était un homme foncièrement bon, dit Delia. Il aurait pu gagner des fortunes avec une clientèle privée, mais il travaillait presque exclusivement pour Nouveau Départ. Vous savez ce que c'est ?

Le nom ne m'était pas inconnu, mais je n'arrivais pas à le situer.

— J'ai bien peur que non.

Ma réponse la fit sourire.

— Dites donc, vous n'avez pas appris votre leçon avant de venir. Nouveau Départ est une association caritative que Todd a créée avec d'autres étudiants de Lanford. C'était sa passion.

Cela me revint alors. C'était mentionné dans sa nécro, mais pas en lien avec Lanford.

— Et quel était le but de Nouveau Départ ?

— Ils opéraient les becs-de-lièvre à l'étranger. Ils soignaient les brûlures, réparaient les cicatrices... bref, ils réalisaient toutes sortes d'actes de chirurgie reconstructrice. Les gens, ça leur changeait la vie. Comme son nom l'indique, l'association leur offrait un nouveau départ. Todd y a consacré toute son existence. Quand vous dites que vous l'avez vu dans le Vermont, je sais que c'est tout simplement impossible. Il travaillait au Nigeria.

— Sauf, dis-je, qu'il n'y était pas.

— Vous êtes en train d'expliquer à une veuve que son mari défunt lui a menti.

— Non. Je lui explique que Todd Sanderson était dans le Vermont le 28 août, il y a six ans de cela.

— Pour épouser votre ex-petite amie, la peintre ?

Une larme roula sur sa joue.

— Ils ont maltraité Todd. Avant de le tuer. Il a dû souffrir atrocement. Pourquoi ont-ils fait une chose pareille ?

— Je ne sais pas.

Elle secoua la tête.

— Quand vous dites qu'il a souffert, demandai-je lentement, cela signifie-t-il qu'ils ne se sont pas contentés de le tuer ?

— C'est ça.

Incapable, une fois de plus, de formuler ça délicatement, je questionnai sans ambages :

— Et de quelle façon l'ont-ils maltraité ?

J'avais l'impression de connaître déjà la réponse.

— Avec des outils, fit Delia, un sanglot coincé dans la gorge. Ils l'ont menotté à une chaise et l'ont torturé avec des outils.

18

LORSQUE MON AVION ATTERRIT À BOSTON, je trouvai
un message de Shanta Newlin sur mon nouveau téléphone.

— J'ai su que vous vous étiez fait éjecter du campus. Il faut qu'on parle.

Je la rappelai du terminal. Elle me demanda où j'étais.

— À l'aéroport Logan.

— Vous avez fait bon voyage ?

— Fantastique. Vous vouliez me parler ?

— De vive voix. Venez directement à mon bureau.

— Je ne suis pas le bienvenu sur le campus, répondis-je.

— Ah oui, c'est vrai, j'avais oublié. Chez Judie
alors ? D'ici une heure.

À mon arrivée, Shanta était assise dans un coin avec
un verre devant elle. Le breuvage était rose vif et coiffé
d'une tranche d'ananas. Je la montrai du doigt.

— Il ne manque plus que le petit parasol.

— Quoi, vous me preniez pour une buveuse de
whisky-soda ?

— Le soda en moins.

— Désolée. Avec moi, plus c'est fruité, mieux c'est.

Je me posai sur la chaise en face d'elle. Shanta prit son verre et aspira une gorgée à travers la paille.

— Il paraît que vous êtes mêlé à une agression contre un étudiant ?

— Vous travaillez pour le président maintenant ?

Elle fronça les sourcils par-dessus sa boisson fruitée.

— Que s'est-il passé ?

Je lui racontai toute l'histoire : Bob et Otto, l'estafette, l'homicide comme légitime défense, la fuite, la dégringolade dans le noir. Elle ne broncha pas, mais on sentait bien que ça turbinait dans son cerveau.

— Vous en avez parlé à la police ?

— Plus ou moins.

— Comment ça ?

— J'étais passablement saoul. Ils ont tendance à croire que j'ai inventé le coup du kidnapping et le fait d'avoir tué un homme.

Elle me dévisagea comme si j'étais le dernier des imbéciles à avoir jamais foulé le sol de la planète.

— Vous avez raconté ça à la police ?

— Au début. Après, Benedict m'a rappelé que ce n'était peut-être pas très judicieux d'avouer un meurtre, même au titre de la légitime défense.

— Vous êtes allé chercher une aide juridique auprès de Benedict ?

Je haussai les épaules. J'avais sans doute raté une autre bonne occasion de me taire. Pourtant, j'avais été prévenu, non ? Et puis, il y avait ma promesse. Se renversant sur sa chaise, Shanta sirota son cocktail. La serveuse arriva pour prendre notre commande. Je désignai le breuvage fruité, en précisant que je le voulais sans alcool. Je ne sais pas ce qui m'a pris. J'ai horreur des boissons aux fruits.

— Qu'avez-vous réellement appris sur Natalie ? demandai-je.

— Je vous l'ai dit.

— Oui. « Zéro, nada, que dalle. » Alors pourquoi vouliez-vous me voir ?

On apporta un sandwich aux champignons de Paris pour elle, et un à la dinde et aux crudités pour moi.

— J'ai pris la liberté de commander pour vous, dit Shanta.

Je ne touchai pas au sandwich.

— Que se passe-t-il, Shanta ?

— C'est ce que je cherche à comprendre. Comment avez-vous connu Natalie ?

— Quelle importance ?

— Soyez gentil, répondez.

Une fois de plus, elle posait les questions, je fournissais les réponses. Je lui parlai de nos résidences respectives dans le Vermont, six ans plus tôt.

— Que vous a-t-elle dit au sujet de son père ?

— Juste qu'il était mort.

Shanta planta son regard dans le mien.

— Rien d'autre ?

— Comme quoi ?

— Comme, je ne sais pas…

Elle but une gorgée et haussa les épaules avec ostentation.

— … le fait qu'il a été professeur ici.

J'ouvris de grands yeux.

— Son père ?

— Eh oui.

— Professeur à Lanford ?

— Non, chez Judie, fit Shanta en levant les yeux au ciel. Évidemment, à Lanford.

J'en étais encore à essayer de remettre de l'ordre dans mes idées.

— Quand ?

— Il a commencé il y a une trentaine d'années. Et il a enseigné pendant sept ans. Au département de sciences politiques.

— Vous rigolez ?

— Mais bien sûr. C'est pour ça que je vous ai donné rendez-vous ici. J'adore rigoler à vos dépens.

Je fis le calcul. Natalie devait être très jeune à l'époque où son père était arrivé à Lanford College... et encore gamine quand il était parti. Peut-être qu'elle ne s'en souvenait pas. Voilà pourquoi elle ne m'en avait pas parlé. N'empêche, elle l'aurait su, non ? Elle m'aurait dit : « Tiens, mon père lui aussi a été prof ici. Dans la même matière que toi. »

Je repensai à sa venue sur le campus avec un chapeau et des lunettes noires, à son air rêveur pendant toute la visite.

— Pourquoi ne m'a-t-elle rien dit ? demandai-je tout haut.

— Je ne sais pas.

— A-t-il été viré ? Où sont-ils allés après ça ?

Nouveau haussement d'épaules.

— J'ai mieux comme question. Pourquoi la mère de Natalie a-t-elle repris son nom de jeune fille ?

— Pardon ?

— Son père s'appelait Aaron Kleiner. Le nom de jeune fille de sa mère était Avery. Non seulement elle l'a repris, mais elle l'a fait prendre à ses deux filles également.

— Attendez, quand est-ce que son père est mort ?

— Natalie ne vous l'a pas dit ?

— J'ai seulement eu l'impression que c'était il y a très longtemps. C'est peut-être ça. Il est mort, et elles sont parties d'ici.

Shanta sourit.

— Ça m'étonnerait, Jake.

— Pourquoi ?

— Parce que c'est là que ça se corse. C'est là que papa fait pareil que fifille.

Je ne dis rien.

— Il n'existe aucune trace de son décès.

Je déglutis.

— Alors où est-il ?

— Tel père, telle fille, Jake.

— Qu'est-ce que ça signifie, bordel ?

Mais je crois que je le savais déjà.

— J'ai essayé de localiser le Pr Aaron Kleiner, dit Shanta. Et devinez ce que j'ai découvert ?

J'attendis.

— Exactement... Zéro, nada, que dalle. Rien. Depuis son départ de Lanford College il y a un quart de siècle, nous n'avons plus aucune trace du Pr Aaron Kleiner.

19

JE TROUVAI LES VIEUX ANNUAIRES à la bibliothèque du campus.

Ils étaient stockés au sous-sol et sentaient le moisi. Les pages de papier glacé étaient collées entre elles. Cependant, il était bien là. Le Pr Aaron Kleiner. La photo n'avait rien de particulier. Une tête plutôt sympathique, avec le sourire de commande qui se veut radieux, mais qui, au final, paraît emprunté. J'étudiai ce visage en quête d'une quelconque ressemblance avec Natalie. Il y avait un petit quelque chose, mais peut-être était-ce une simple vue de l'esprit.

On voit ce qu'on a envie de voir.

Je consultai les autres annuaires. Rien. Dans les pages sciences politiques, je tombai sur une photo de groupe prise devant Clark House. L'ensemble des enseignants et le personnel administratif. Le Pr Kleiner se tenait à côté de Malcolm Hume, le directeur du département. Cette fois, les sourires étaient plus détendus, plus naturels. Mme Dinsmore avait toujours l'air d'avoir cent ans.

Attendez un peu. Mme Dinsmore...

L'annuaire sous le bras, je filai en direction de Clark House. La journée était terminée, mais Mme Dinsmore passait sa vie au bureau. Certes, j'avais été suspendu et je n'étais pas censé me trouver sur le campus, mais je doutais que la police du campus ouvre le feu. Je traversai donc la cour qui grouillait d'étudiants, avec un livre sorti sous le manteau de la bibliothèque. C'est ce qui s'appelle vivre dangereusement !

Mme Dinsmore me dévisagea par-dessus ses demi-lunes.

— Je croyais que vous n'étiez pas là.

— Mon enveloppe physique peut-être, répondis-je, mais je ne suis jamais très loin de votre cœur.

Elle leva les yeux au ciel.

— Qu'est-ce que vous voulez ?

Je posai l'annuaire devant elle. Ouvert à la page de la photo de groupe.

— Vous souvenez-vous d'un prof nommé Aaron Kleiner ?

Sans se presser, Mme Dinsmore ôta ses lunettes retenues par une chaîne, les nettoya avec des mains tremblotantes, puis les remit. Son visage demeurait de marbre.

— Je me souviens de lui, oui, fit-elle doucement. Pourquoi ?

— Savez-vous pourquoi il a été viré ?

Elle me regarda.

— Qui a dit qu'il avait été viré ?

— Ou pourquoi il est parti. Bref, pouvez-vous me dire ce qui lui est arrivé ?

— C'était il y a vingt-cinq ans. Vous deviez avoir dix ans à l'époque.

— Je sais.

— Alors pourquoi cette question ?

Impossible de tourner autour du pot.

— Vous souvenez-vous de ses enfants ?

— Deux petites filles, oui. Natalie et Julie.

Sans hésitation. Cela me surprit.

— Vous vous rappelez leurs prénoms ?

— En quoi ça vous intéresse ?

— Il y a six ans, j'ai rencontré Natalie alors que j'étais en résidence dans le Vermont. Nous sommes tombés amoureux.

Mme Dinsmore eut l'air d'attendre que j'en dise davantage.

— Je sais que ça paraît fou, mais je veux la retrouver. Il se pourrait qu'elle soit en danger, et ça a peut-être quelque chose à voir avec son père.

Elle me contempla encore quelques secondes, avant de laisser retomber ses lunettes sur sa poitrine.

— C'était un bon professeur. Vous vous seriez bien entendu avec lui. Ses cours étaient très vivants. Il avait le don de galvaniser ses étudiants.

Ses yeux revinrent se poser sur la photo dans l'annuaire.

— En ce temps-là, certains jeunes professeurs exerçaient aussi la fonction de surveillant de foyer d'étudiants. Aaron Kleiner et sa famille occupaient le rez-de-chaussée du pavillon Tingley. Ils étaient très aimés des étudiants. Je me souviens, une année, ils se sont cotisés pour acheter une balançoire pour les filles. Ils l'ont installée un samedi matin dans la cour derrière Pratt.

Son regard se fit nostalgique.

— Natalie était une petite fille adorable. Comment est-elle maintenant ?

— C'est la plus belle femme du monde.

Mme Dinsmore me gratifia d'un sourire en coin.

— Vous êtes un romantique, vous.

— Que leur est-il arrivé ?

— Plusieurs choses, répondit-elle. Il y a eu des rumeurs sur leur couple.

— Quel genre de rumeurs ?

— Le genre habituel sur un campus. De jeunes enfants, une femme distraite, un homme séduisant face à des étudiantes impressionnables. Je vous taquine quand des jeunes filles viennent vous voir dans votre bureau, mais j'en ai vu, des vies brisées par cette tentation.

— Il a eu une aventure avec une étudiante ?

— Peut-être. Je ne sais pas. C'était ça, la rumeur. Avez-vous entendu parler du vice-président Roy Horduck ?

— J'ai vu son nom sur des plaques.

— Aaron Kleiner a accusé Horduck de plagiat. Il n'y a pas eu de plainte officielle, mais un vice-président, c'est quelqu'un de haut placé. Kleiner a été rétrogradé. Puis il y a eu cette histoire de fraude.

— Un professeur qui aurait fraudé ?

— Mais non, voyons. Il a porté des accusations contre un étudiant, peut-être deux. Je ne me souviens plus. C'est ce qui a dû entraîner sa chute. Il s'est mis à boire. Il se comportait bizarrement. C'est là que les rumeurs ont commencé.

Nouveau coup d'œil sur la photo.

— On l'a donc poussé vers la sortie ?

— Non, dit Mme Dinsmore.

— Que s'est-il passé, alors ?

— Un jour, sa femme est entrée par cette porte, là.

Elle pointa le doigt derrière elle. Je connaissais cette porte. Je l'avais franchie des milliers de fois. Pourtant,

je regardai dans cette direction, comme si je m'attendais à voir surgir la mère de Natalie.

— Elle était en larmes. Hystérique même, dirais-je.
Moi, j'étais assise à cette même place, derrière ce
bureau.

Sa voix était à peine audible.

— Elle voulait voir le Pr Hume. Comme il n'était
pas là, je l'ai appelé au téléphone. Il est arrivé en toute
hâte. Et là, elle lui a annoncé que le Pr Kleiner était
parti.

— Parti ?

— Il avait fait ses valises et pris la poudre d'es-
campette avec une autre femme. Une ancienne étudiante.

— Elle vous a dit son nom ?

— Je ne me rappelle pas. Elle était hystérique. Il n'y
avait pas de portables en ce temps-là. Aucun moyen
de le joindre. Nous l'avons attendu. Il avait cours ce
jour-là. Le Pr Hume a dû le remplacer au pied levé.
Puis les autres enseignants ont pris le relais à tour de
rôle jusqu'à la fin du semestre. Les étudiants n'étaient
vraiment pas contents. Les parents ont appelé, mais le
Pr Hume a calmé le jeu en mettant des A à tout le
monde.

Elle haussa les épaules, poussa l'annuaire vers moi
et fit mine de se replonger dans son travail.

— On n'a plus jamais entendu parler de lui.

Je déglutis.

— Et sa femme, ses filles, que sont-elles devenues ?

— La même chose, j'imagine.

— C'est-à-dire ?

— Elles ont déménagé à la fin du semestre, et je
n'ai plus eu de leurs nouvelles. J'espérais qu'ils avaient

fini par se rabibocher, mais apparemment ce n'est pas le cas.

— Je n'en ai pas l'impression.

— Et donc, le fin mot de l'histoire ? demanda Mme Dinsmore.

— Je le connais encore moins que vous.

20

QUI POUVAIT SAVOIR ?

La sœur de Natalie, Julie. Elle m'avait envoyé balader au téléphone, mais peut-être aurais-je plus de chance en chair et en os.

Au moment où j'allais reprendre ma voiture, mon portable sonna. Je jetai un œil sur le numéro entrant. L'indicatif de zone était 802.

Le Vermont.

Je répondis aussitôt.

— Euh… bonsoir. Vous avez laissé votre carte au café.

Je reconnus la voix.

— Cookie ?

— Il faut qu'on parle, dit-elle.

Mes doigts se crispèrent sur le téléphone.

— Je vous écoute.

— Je me méfie des téléphones.

Sa voix tremblait légèrement.

— Vous pourriez venir jusqu'ici ?

— Maintenant, si vous voulez.

Cookie m'indiqua le chemin de sa maison, pas très loin du café. Je pris la 91 en direction du nord en m'efforçant de respecter la limitation de vitesse. Mon cœur cognait dans ma poitrine, au rythme des chansons qui passaient à la radio. Quand j'arrivai à la frontière de l'État, il était déjà presque minuit. Le matin même, j'avais pris l'avion pour aller voir Delia Sanderson. La journée avait été longue, et la fatigue commençait à se faire sentir. Je songeai à la première fois où j'avais vu le tableau avec le cottage sur la colline, à Cookie qui me demandait si je l'aimais.

Pourquoi avait-elle fait semblant de ne pas me reconnaître quand j'étais passé la voir au café ?

Il y avait autre chose. Tout le monde avait nié en chœur l'existence même du centre de ressourcement créatif. Sauf Cookie qui avait dit : « Nous n'avons jamais travaillé à la résidence. »

Je n'avais pas tilté sur le coup, mais, s'il n'y avait jamais eu de centre là-haut, n'aurait-elle pas plutôt répondu comme les autres : « Quelle résidence ? »

Je ralentis en passant devant le café-librairie de Cookie. Il n'y avait que deux réverbères dans la rue, qui projetaient deux ombres longues et menaçantes. Le centre du village était désert et silencieux, comme dans ces films gore, juste avant que le héros ne se retrouve cerné par des zombies. Je tournai à droite, puis encore à droite au bout de huit cents mètres. Il n'y avait plus de lumières à présent ; le seul éclairage provenait de mes phares. Les maisons, s'il y en avait, étaient toutes plongées dans le noir. Personne ici ne devait laisser de lampes avec minuteur pour dissuader les cambrioleurs. Franchement, quel cambrioleur trouverait son chemin dans une obscurité pareille ?

Je consultai mon GPS : il me restait moins d'un kilomètre avant d'arriver à destination. Une sourde appréhension m'envahit. On a tous entendu parler d'animaux qui sentent le danger comme s'ils possédaient un radar de survie. L'homme primitif devait avoir cette capacité, lui aussi. Peut-être est-il en sommeil, ou atrophié faute d'usage, mais quelque part, l'instinct de l'australopithèque est toujours là, sous la chemise et le veston.

En cet instant, pour employer une métaphore du temps de ma jeunesse, tous mes instincts d'araignée façon Spider-Man étaient en alerte.

J'éteignis les phares et m'arrêtai sur le bas-côté pratiquement au jugé. Il n'y avait pas de trottoir qui bordait la chaussée, juste de l'herbe. Je ne savais pas ce que j'allais faire, mais plus j'y réfléchissais, plus ma raison m'incitait à la prudence.

Je descendis de voiture. Une fois que j'eus fermé la portière, la nuit sembla me happer, m'engloutir telle une créature vivante, me recouvrir les yeux. J'attendis une minute ou deux et, lorsque je fus capable de voir au moins à un mètre, je me mis en route. Mon smartphone était bardé d'applications que je n'utilisais jamais, mais la seule dont je me servais, peut-être la plus simple et la plus utile, c'était la lampe de poche. J'hésitai à l'allumer, puis décidai qu'il ne valait mieux pas.

Si danger il y avait – même si je ne voyais pas quelle forme il aurait pu prendre –, inutile de me signaler à lui. Sinon à quoi bon me garer et me faufiler à pied dans le noir ?

Je repensai à ce que j'avais vécu à l'arrière de cette estafette. Je n'avais aucun regret quant à la manière dont j'avais réagi pour m'échapper – si c'était à refaire, je recommencerais, un million de fois s'il le fallait –, mais il était tout aussi clair que les derniers instants d'Otto me hanteraient jusqu'à la fin de mes jours. J'avais tué un homme. J'avais mis un terme à une vie humaine.

Puis mes pensées se tournèrent vers Bob.

Je ralentis le pas. Qu'avait-il fait après que j'avais dévalé le talus ? Il avait dû remonter dans l'estafette, redémarrer, peut-être balancer le corps d'Otto quelque part et...

Et s'il revenait me chercher ?

Cookie n'avait pas une voix naturelle au téléphone. Qu'avait-elle à me dire ? Et pourquoi ce coup de fil, tard dans la soirée, pourquoi vouloir me voir avec tant d'urgence ?

J'étais dans sa rue maintenant. Quelques vagues lueurs aux fenêtres me firent penser à la nuit d'Halloween. La maison au fond de l'impasse était mieux éclairée que les autres : c'était celle de Cookie.

Je bifurquai sur la gauche pour éviter d'être vu. Les lumières du perron étaient allumées ; il fallait que je trouve un autre chemin pour m'approcher. La maison elle-même était une bâtisse de plain-pied, exagérément longue et un peu biscornue, comme si on l'avait agrandie au petit bonheur la chance. Plié en deux, je fis le tour par le côté, prenant garde à rester dans l'ombre. Je rampai littéralement sur les dix derniers mètres, vers la fenêtre la plus éclairée.

M'immobilisant à quatre pattes, je tendis l'oreille. Rien. Il y a le silence, et puis le silence rural, un silence qu'on peut sentir et toucher, qui a une texture et une épaisseur. C'est ce véritable silence rural qui m'enveloppait maintenant.

Je changeai de position, et mes genoux craquèrent. Le bruit me parut assourdissant. Les mains sur les hanches, je me redressai et, le nez collé au châssis de la fenêtre, risquai un œil à l'intérieur.

Cookie était assise sur le canapé. Raide comme un piquet. Les lèvres serrées. Denise, sa compagne, était à côté d'elle. Les deux femmes se tenaient par la main, mais leurs visages étaient pâles et crispés. On les sentait tendues à l'extrême.

Pas la peine d'être un expert pour deviner que quelque chose leur faisait peur. Je mis un petit moment à comprendre ce que c'était.

Un homme était assis dans un fauteuil face à elles.

Comme il me tournait le dos, je ne distinguai au début que le sommet de sa tête.

Paniqué, je pensai aussitôt à Bob.

Je me hissai de quelques centimètres pour mieux voir. Pas de chance. Le fauteuil était large et profond, et l'homme disparaissait dedans. Je me déplaçai vers l'autre côté de la fenêtre. De là, je vis qu'il avait les cheveux bouclés, poivre et sel.

Non, ce n'était pas Bob.

L'homme était en train de parler. Les deux femmes écoutaient, attentives, hochant la tête à l'unisson. Je pressai mon oreille contre la vitre. Elle était froide. Sa voix me parvenait, étouffée, mais impossible de distinguer ce qu'il disait. Il se pencha en avant, inclina légèrement le menton, si bien que je le vis de profil.

Je crois bien que je m'exclamai tout haut.

L'homme était barbu. C'est grâce à ça que je le reconnus, sa barbe et ses cheveux bouclés. La première fois que j'avais vu Natalie, cachée derrière ses lunettes noires, il était assis à côté d'elle.

Que diable… ?

S'extirpant du grand fauteuil moelleux, le barbu se mit à arpenter la pièce en gesticulant fébrilement. Cookie et Denise se raidirent. Elles se serraient la main si fort que je crus voir leurs jointures blanchir. Ce fut alors que j'eus un choc... et que je mesurai toute l'importance de ma petite mission de reconnaissance avant d'aller me jeter dans la gueule du loup.

L'homme était armé.

Je me figeai, les genoux à moitié fléchis. Mes jambes se mirent à trembler, de peur ou de fatigue, allez savoir. Je m'accroupis sous la fenêtre. Et maintenant ?

Sauve-toi, banane.

Oui, c'était encore la meilleure chose à faire. Retourner à la voiture. Appeler les flics. Les laisser gérer la situation. Je tâchai d'imaginer le scénario. Mais combien de temps leur faudrait-il pour arriver jusqu'ici ? Et, pour commencer, me croiraient-ils ? N'essaieraient-ils pas de joindre Cookie et Denise pour vérifier mes dires ? Enverraient-ils un commando des forces spéciales ? Maintenant que j'y pensais, que se passait-il au juste ? Le barbu séquestrait-il Cookie et Denise, ou bien étaient-ils tous de mèche ? Et s'ils étaient de mèche, qu'allait-il se passer ? Les flics se pointeraient, Cookie et Denise nieraient tout en bloc, le barbu planquerait son arme et ferait comme si de rien n'était.

Je jetai un coup d'œil par la vitre. L'homme continuait à faire les cent pas. La tension dans la pièce pulsait comme un cœur qui bat. Il sortit son téléphone portable et, le tenant façon talkie-walkie, aboya quelque chose.

À qui parlait-il ?

Et s'ils étaient plusieurs ? Il fallait filer, et sans perdre de temps. Flics ou pas flics, peu importait ; ce type-là était armé, pas moi.

Adiós, bande d'allumés.

Je regardai une dernière fois par la fenêtre quand j'entendis les aboiements d'un chien derrière moi. Je retins mon souffle. Le barbu tourna la tête en direction du bruit – et, par conséquent, dans ma direction –, comme si elle avait été mue par une ficelle.

Nos regards se croisèrent à travers la vitre. Je vis ses yeux s'agrandir de surprise. L'espace d'un dixième de seconde, aucun de nous deux ne bougea. Nous nous dévisageâmes, frappés de stupeur, sans trop savoir comment réagir. Puis il leva son pistolet, le pointa sur moi et tira.

Je tombai en arrière tandis que la vitre volait en éclats.

Une pluie de verre s'abattit sur moi. Le chien continuait à gueuler. Je roulai sur le sol, me tailladant la peau au passage, et me relevai.

— Halte !

Une voix d'homme sur ma gauche. Il était dehors, celui-là. Pas le temps de réfléchir. Je pris mes jambes à mon cou.

Je contournai la maison. La voie était libre.

Du moins, c'est ce que je croyais.

Mon instinct arachnéen, qui m'avait averti du danger tout à l'heure, me fit cette fois cruellement défaut.

Un autre homme se tenait juste au coin. Il m'attendait, armé d'une batte de base-ball. Je réussis à m'arrêter, mais il ne me laissa guère le temps de réagir. Le coup m'atteignit en plein front.

Je m'écroulai.

Peut-être qu'il me frappa à nouveau. Je n'en sais rien. Mes yeux se révulsèrent, et je sombrai dans le néant.

21

LA PREMIÈRE CHOSE À LAQUELLE JE PENSAI lorsque je me réveillai, ce fut la douleur.

Cette douleur écrasante, dévorante… J'avais l'impression d'avoir le crâne fracassé ; de minuscules fragments d'os s'étaient détachés, et s'appuyaient contre les tissus les plus sensibles de mon cerveau.

Je remuai légèrement la tête, mais les éclats d'os ne firent que s'enfoncer davantage. Je cillai, cillai encore pour essayer de rouvrir les yeux, puis renonçai.

— Il est réveillé.

C'était la voix de Cookie.

Je refis une tentative, me servant presque de mes doigts pour soulever mes paupières. Surmontant la douleur, je finis par y arriver. Je mis quelques secondes de plus à accommoder et à prendre conscience de mon nouvel environnement.

Je n'étais plus dehors.

Ça, c'était une certitude. Au-dessus de moi se dressait la charpente nue d'un toit. Et je n'étais pas chez Cookie non plus. Elle habitait une longère de plain-pied. Ceci ressemblait plus à une vieille grange ou une maison de ferme. Comme j'étais couché sur un plancher en bois et non sur de la terre battue, j'optai pour une ferme.

Cookie était là. Denise aussi. Le barbu s'approcha et me toisa avec une haine non déguisée. Pourquoi, je n'en avais pas la moindre idée. J'aperçus un autre homme debout devant la porte à ma gauche. Un troisième larron était assis devant un écran d'ordinateur. Je ne les reconnus ni l'un ni l'autre.

Le barbu semblait attendre, m'observant d'un air mauvais. Il devait penser que j'allais poser la question d'usage, genre « Où suis-je ? », mais je ne dis rien. Je profitai de ce temps de pause pour me calmer et reprendre mes esprits.

Je ne comprenais rien à ce qui m'arrivait.

Je fouillai la pièce du regard pour essayer de me repérer. Et de repérer les issues possibles. Je vis une porte et trois fenêtres, toutes fermées. La porte était gardée. Et, sur les trois hommes, l'un au moins était armé.

Patience.

— Parle, ordonna le barbu.

Je continuai à me taire. Il m'assena un coup de pied dans les côtes. Je gémis, mais ne bougeai pas.

— Jed, dit Cookie, ne fais pas ça.

Le dénommé Jed me contempla, l'œil noir de fureur.

— Comment as-tu retrouvé Todd ?

La question me désarçonna. Je m'attendais à tout, sauf à ça.

— Quoi ?

— Tu m'as bien entendu. Comment as-tu retrouvé Todd ?

Je ne savais plus que penser. Mais comme je ne voyais pas l'intérêt de mentir, je répondis franchement :

— Sa nécrologie.

Jed regarda Cookie. Tous deux avaient l'air décontenancés.

— J'ai vu sa nécrologie, poursuivis-je. Sur le site de Lanford College. C'est comme ça que je me suis retrouvé à son enterrement.

Jed leva le pied à nouveau, mais Cookie secoua la tête.

— Je ne parle pas de ça, éructa-t-il. Je parle d'avant.

— Quel avant ?

— Ne fais pas l'idiot. Comment as-tu retrouvé Todd ?

— Je ne comprends rien de ce que vous me dites.

La rage dans ses yeux explosa. Sortant le pistolet, il le pointa sur moi.

— Tu mens.

Je ne réagis pas.

Cookie se rapprocha de lui.

— Jed ?

— Écarte-toi, siffla-t-il. Tu sais ce qu'il a fait ? Tu le sais, hein ?

Elle hocha la tête et obéit. Je restai parfaitement immobile.

— Parle, m'ordonna-t-il à nouveau.

— Je ne sais pas ce que vous voulez que je dise.

Je jetai un œil sur le gars assis devant l'ordinateur. Il n'en menait pas large. L'autre, à la porte, non plus. Je repensai à Bob et Otto. À leur sang-froid de professionnels. À l'évidence, ceux-là étaient des amateurs. J'ignorais ce que cela signifiait, sinon que j'étais dans un sale pétrin.

— Encore une fois, fit Jed entre ses dents. Comment as-tu retrouvé Todd ?

— Je viens de vous le dire.

— Tu l'as tué ! hurla-t-il.

— Quoi ? Mais non !

Il s'agenouilla, appuya le canon du pistolet sur ma tempe. Je fermai les yeux et attendis la détonation. Il colla ses lèvres à mon oreille.

— Tu recommences à mentir, chuchota-t-il, et je t'abats.

Cookie :

— Jed ?

— La ferme !

Il appuya suffisamment fort pour me laisser une marque sur la tempe.

— Parle.

— Je n'ai pas...

Son regard me fit comprendre qu'une dénégation de plus scellerait mon sort, définitivement.

— Pourquoi l'aurais-je tué ?

— À toi de nous le dire. Mais d'abord, je veux savoir comment tu l'as retrouvé.

La main de Jed tremblait, le canon de son arme cognait contre ma tempe. Il postillonnait dans sa barbe. Je n'avais plus mal, j'avais peur. Il avait manifestement envie de tirer. Il voulait me tuer.

— Je vous l'ai dit, répondis-je. Je vous en prie. Écoutez-moi.

— Tu mens !

— Je ne...

— Tu l'as torturé, mais il a refusé de parler. Il ne t'aurait pas aidé, de toute façon. Il ne savait rien. Il était juste courageux et sans défense, et toi, espèce d'ordure...

J'étais à deux doigts de la mort. À entendre sa voix tourmentée, je sus qu'il serait impossible de le raisonner. Il fallait faire quelque chose, prendre le risque de le désarmer... sauf que j'étais couché sur le dos, et que le moindre geste me mettrait en danger.

— Je ne lui ai rien fait, je le jure.

— Et je parie que tu vas nous dire que tu n'as pas rendu visite à sa veuve aujourd'hui ?

— Ah, mais si, acquiesçai-je avec empressement, trop heureux de coopérer. Je suis bien allé la voir.

— Mais elle ne savait rien non plus, hein ?

— À propos de quoi ?

Le canon s'enfonça un peu plus.

— Pourquoi es-tu allé là-bas ?

Je soutins son regard.

— Vous savez pourquoi.

— Tu cherchais quoi ?

— Pas quoi, dis-je. Qui. Je cherchais Natalie.

Il hocha la tête. Ses lèvres esquissèrent un sourire glacial. J'avais donné la réponse qu'il attendait... et ce n'était pas bon.

— Pourquoi ? questionna-t-il.

— Comment ça, pourquoi ?

— Qui t'a engagé ?

— Personne ne m'a engagé.

— Jed !

Ce n'était pas Cookie cette fois, mais le gars à l'ordinateur.

Jed se retourna, agacé.

— Quoi ?

— Viens voir. On a de la visite.

Jed écarta le pistolet de ma tête. J'exhalai un long soupir de soulagement. L'autre fit pivoter l'écran de façon que Jed puisse le voir. C'était une vidéo de surveillance en noir et blanc.

— Qu'est-ce qu'ils font là ? demanda Cookie. Si jamais ils le trouvent ici...

— Ce sont des amis, répondit Jed. Pas de panique. Tant que...

Je n'attendis pas plus longtemps. C'était l'occasion ou jamais. Sans crier gare, je bondis sur mes pieds et fonçai vers le gars qui bloquait la porte. J'avais l'impression de me mouvoir au ralenti, comme si cette porte était beaucoup trop loin. J'avançai l'épaule, prêt à lui rentrer dedans.

— Halte !

Plus que deux pas. Il s'accroupit afin de parer mon attaque. Durant ces quelques secondes – ces nanosecondes –, mon cerveau fonctionna à plein régime, calculant et recalculant. Combien de temps me faudrait-il pour l'assommer ? Combien avant d'ouvrir la porte pour pouvoir sortir ?

Réponse : beaucoup trop.

Ils seraient deux, voire quatre à me sauter dessus. À moins que Jed ne tire purement et simplement. En fait, s'il était assez rapide, il dégainerait avant même que je ne gagne la sortie.

Non, la seule solution serait de les prendre par surprise. Alors, au dernier moment, je bifurquai à droite et, sans un regard en arrière, sans la moindre hésitation, je plongeai, la tête la première, par la fenêtre.

Dans une nouvelle explosion de verre, j'entendis Jed crier :

— Rattrapez-le !

J'avais compté sur mon élan pour effectuer un roulé-boulé et me relever sans dommage. Erreur. Ma chute se transforma en dégringolade, et je continuai à rouler sur le sol jusqu'à ce que ça s'arrête. Hébété, je me redressai péniblement.

Où diable étais-je ?

Pas le temps de réfléchir. Je devais être dans la cour. Devant moi, je distinguai la masse sombre d'un bois. J'en déduisis que je tournais le dos à l'entrée de la propriété. Je fis volte-face quand j'entendis s'ouvrir la porte d'entrée. Les trois hommes en sortirent.

Je pivotai et détalai vers le bois. Je n'y voyais goutte, mais pas question de ralentir. J'avais trois gars à mes trousses... dont au moins un armé.

— Par ici ! hurla quelqu'un.

— On ne peut pas, Jed. Tu as vu ce qu'il y avait sur l'écran.

J'accélérai et... vlan, me pris un tronc d'arbre en pleine figure. Ce fut un peu comme quand Vil Coyote marche sur un râteau : un bruit mat suivi de vibrations. Le cerveau secoué, je m'arrêtai et m'affaissai sur le sol. Ma tête déjà douloureuse me faisait souffrir atrocement.

Le faisceau lumineux d'une lampe de poche arrivait dans ma direction.

J'essayai de ramper pour mieux me cacher et heurtai de côté un autre arbre, ou peut-être le même. Ma tête gémit en signe de protestation. Je rampai en sens inverse, m'aplatissant le plus possible. Le rayon lumineux fendit l'air au-dessus de moi.

J'entendis des pas qui se rapprochaient.

Il fallait que je bouge.

Des pneus crissèrent sur le gravier. Une voiture venait de s'arrêter devant la maison.

— Jed ?

Un chuchotement rauque. La lampe de poche s'immobilisa. Quelqu'un appela à nouveau. La lumière s'éteignit. Je me retrouvai plongé dans le noir. Les pas s'éloignèrent.

Debout, imbécile ! Lève-toi et file.

Mais ma tête refusait d'obéir. Étendu à plat ventre, je coulai un regard en direction de la vieille ferme. Pour la première fois, je pus enfin la voir de l'extérieur. Je n'en croyais pas mes yeux. J'eus l'impression que la terre se dérobait sous moi.

C'était le bâtiment principal du centre de ressourcement créatif.

Qu'est-ce que cela signifiait, bon sang ?

Je me soulevai légèrement pour mieux voir la voiture qui venait d'arriver. Cette fois, mon soulagement fut d'une nature différente.

C'était une voiture de police.

Je comprenais maintenant leur affolement. Jed et sa bande avaient installé une caméra de surveillance à l'entrée du chemin. D'où la panique en voyant débarquer les flics. Normal.

Je me relevai pour rejoindre mes sauveurs. Jed et ses acolytes n'allaient pas me tuer devant eux. J'étais à la lisière du bois, à une trentaine de mètres de la voiture de police, quand une autre pensée me traversa l'esprit.

L'autre jour, comment les flics avaient-ils su que j'étais là ?

Et d'ailleurs, s'ils venaient me secourir, pourquoi prenaient-ils tout leur temps ? Pourquoi Jed avait-il dit que c'étaient des « amis » ? Je marquai le pas ; mon soulagement avait fait long feu. À ce propos, pourquoi Jed les accueillait-il avec un grand sourire et un signe de la main ? Pourquoi les deux flics le saluaient-ils avec la même décontraction ? Pourquoi ces poignées de main et ces tapes dans le dos comme entre vieux copains ?

— Salut, Jed, lança l'un des deux.

Oh non ! C'était Musclor. Et l'autre, c'était Jerry l'Échalas. Je m'immobilisai.

— Salut, les gars, dit Jed. Ça roule ?

— Ouais. Ça fait longtemps que tu es rentré ?

— Deux jours. Qu'est-ce qui se passe ?

— Tu connais un certain Jake Fisher ? demanda Musclor.

Ça alors. Peut-être qu'ils venaient me sauver, après tout.

— Non, je ne crois pas, répondit Jed.

Les autres étaient tous dehors, à présent. Nouvelles poignées de main, nouvelles tapes dans le dos.

— Les gars, vous connaissez un certain... c'est quoi son nom, déjà ?

— Jacob Fisher.

Tous secouèrent la tête en marmonnant.

— On a un avis de recherche à son nom, expliqua Musclor. Un prof d'université. Il semblerait qu'il ait tué quelqu'un.

Mon sang se glaça.

Jerry l'Échalas ajouta :

— Il l'a même avoué, le con.

— Il a l'air dangereux, opina Jed, mais qu'est-ce que ça a à voir avec nous ?

— Pour commencer, on l'a vu rôder par ici il y a deux jours.

— Ici ?

— Oui. Mais ce n'est pas pour ça que nous sommes là.

Je reculai dans les broussailles.

— On a un GPS qui nous permet de localiser les téléphones portables, dit Musclor.

— Et, renchérit Jerry, les coordonnées nous mènent directement ici.

— Je ne comprends pas.

— C'est pourtant simple, Jed. Nous sommes en mesure de localiser son iPhone. Ce n'est pas sorcier de nos jours. Tiens, j'ai même installé un traqueur sur le portable de mon gosse. Et ça nous dit que l'individu se trouve chez toi en ce moment même.

— Un dangereux criminel ?

— Possible. Si vous alliez tous attendre à l'intérieur ?

Il se tourna vers son coéquipier.

— Jerry ?

Jerry fouilla à l'arrière de la voiture et en sortit une sorte d'appareil électronique ; il le scruta brièvement, tambourina sur l'écran tactile et déclara :

— Il est à moins de cinquante mètres... dans cette direction.

Et il pointa le doigt pile sur l'endroit où je me cachais.

Plusieurs scénarios défilèrent dans mon esprit. Le plus réaliste était de capituler. Sortir du bois avec les mains en l'air, en criant à tue-tête : « Je me rends. » Une fois en garde à vue, au moins je serais hors de portée de Jed et de sa bande.

Ma décision était pratiquement prise quand je vis Jed sortir son arme.

— Qu'est-ce que tu fais, Jed ? s'enquit Musclor.

— C'est mon arme. J'ai un permis et nous sommes chez moi ici.

— Et alors ?

— Cet assassin que vous recherchez...

J'étais un assassin maintenant.

— Il risque d'être armé et dangereux. On ne vous laisse pas y aller tout seuls, sans renfort.

— Nous n'avons pas besoin de renfort. Range ça, Jed.

Le scénario le plus réaliste ne me semblait soudain plus si réaliste que ça. Jed avait deux raisons de vouloir me tuer. *Primo*, il me croyait mêlé à l'assassinat de Todd. C'est pour ça qu'ils m'avaient attiré dans ce traquenard. Et *secundo*, les morts ne parlent pas. Si je me rendais, si je racontais aux flics les événements de cette nuit, ce serait peut-être ma parole contre la leur, mais il y aurait une balle chez Cookie correspondant à son arme, et le coup de fil que Cookie m'avait passé. Ce n'était pas gagné, mais, à coup sûr, Jed ne voudrait pas prendre ce risque.

S'il me tuait maintenant – s'il tirait au moment même où je me rendais –, il pourrait toujours invoquer la légitime défense ou, pire, l'accident, le doigt qui aurait glissé sur la détente. Tous ses potes s'empresseraient de corroborer son histoire, et le seul à pouvoir les contredire – à savoir votre serviteur – serait en train de manger les pissenlits par la racine.

Par ailleurs, si je me rendais, combien de temps passerais-je à moisir au poste de police ? Je n'étais plus très loin de la vérité. Je le sentais. Or ils me prenaient pour un meurtrier. J'avais avoué, non ? Je n'étais donc pas près de sortir du trou.

Et je perdrais l'occasion de pouvoir parler à Julie, la sœur de Natalie.

— Par ici, fit Jerry l'Échalas.

203

Ils se dirigèrent vers moi. Jed leva son pistolet, prêt à s'en servir.

Je reculai lentement, la tête dans du coton.

— S'il y a quelqu'un dans ce bois, cria Musclor, sortez les mains en l'air !

Je fis encore quelques pas et me réfugiai derrière un arbre. Le bois était dense. Si je m'y enfonçais suffisamment, je serais en sécurité, du moins pour quelque temps. Je ramassai une pierre et la lançai de toutes mes forces vers la gauche. Toutes les têtes se tournèrent. Des torches s'allumèrent et se braquèrent dans cette direction.

— Là-bas ! hurla quelqu'un.

Jed ouvrait la marche, l'arme au poing.

Me rendre ? Sûrement pas.

Musclor se rapprocha de Jed. Ce dernier pressa le pas et se mit presque à courir, mais l'autre leva le bras pour l'arrêter.

— Doucement, fit Musclor. Il pourrait être armé.

Là-dessus, Jed, évidemment, était mieux renseigné que lui.

Jerry l'Échalas ne bougea pas.

— Ce truc dit qu'il est toujours par là.

Et il tendit la main dans ma direction. Rapidement, j'ensevelis mon téléphone – deux portables perdus en trois jours – sous un tas de feuilles et battis en retraite en essayant de faire le moins de bruit possible. J'emportai plusieurs pierres, pour créer une diversion au cas où.

Les autres se regroupèrent autour de Jerry et s'avancèrent lentement vers le téléphone.

Je me frayai un passage entre les arbres, de plus en plus profondément dans le bois. D'eux, je ne voyais plus que les lumières dans l'obscurité.

— Il est tout près, annonça Jerry.

— Lui ou son portable, dit Jed qui avait compris la ruse.

Je poursuivais mon chemin à l'aveuglette, courbé en deux, sans savoir où j'allais ni où finissait ce bois.

Peut-être, me disais-je, que je pourrais revenir discrètement vers la maison.

J'entendais marmonner derrière moi. Ils s'étaient arrêtés. La lumière était dirigée vers le sol.

— Il n'est pas là, dit quelqu'un.

Musclor, dépité :

— Je vois ça.

— Si ça se trouve, votre traqueur est en panne.

Ils devaient être à l'endroit où j'avais hâtivement enterré mon téléphone. Cela me laissait une petite avance. Je me redressai quand, soudain...

N'étant ni médecin ni scientifique, je ne saurai vous expliquer le fonctionnement de l'adrénaline. Elle m'avait permis de dépasser la douleur causée par le coup sur la tête, mon saut par la fenêtre, la chute qui avait suivi, ma collision avec l'arbre... alors même que je sentais ma lèvre enfler, que je sentais le goût métallique du sang dans ma bouche.

Ce que je sais – que je découvrais en cet instant même à mes dépens –, c'est que l'adrénaline ne se trouve pas dans l'organisme en quantité illimitée. C'est sûrement un moteur puissant, mais ses effets, comme je n'allais pas manquer de le constater, sont limités dans le temps.

À un moment donné, le moteur finit par caler.

La douleur ne se réveilla pas, non ; elle me faucha comme la faux d'un moissonneur tranche un épi de blé. Transpercée par un éclair aveuglant, ma tête explosa. Je tombai à genoux et dus même me plaquer la main sur la bouche pour étouffer mon cri.

J'entendis une autre voiture sur le chemin qui menait à la maison. Musclor avait-il appelé des renforts ?

Ça criait au loin :

— C'est son téléphone !

— Qu'est-ce qui… Il l'a enterré !

— Dispersez-vous !

Derrière moi, je distinguai un bruissement de feuilles. Combien de temps mon avance résisterait-elle aux lampes torches et aux balles ? Je jouai encore une fois avec l'idée de me rendre, mais non, ça ne me plaisait toujours pas.

La voix de Musclor, à nouveau :

— Recule, Jed. On gère.

— Je suis chez moi, rétorqua Jed. Et le terrain est trop grand pour vous deux.

— N'empêche…

— Je suis chez moi, Jerry.

Jed avait pris un ton cassant.

— Et vous, vous êtes ici sans mandat.

— Un mandat, pour quoi faire ?

C'était Musclor.

— Tu plaisantes, hein ? On s'inquiète pour ta sécurité.

— Moi aussi. Vous n'avez aucune idée de l'endroit où cet assassin se cache, n'est-ce pas ?

— Eh bien…

— Si ça se trouve, il est dans la maison. En embuscade. Non, vieux… on ne vous lâche pas.

Silence.

Lève-toi, me dis-je.

— Tout le monde reste bien en vue, décréta Musclor. Je ne veux pas d'actes héroïques. Si vous remarquez quelque chose, vous criez à l'aide.

Des murmures d'assentiment, puis des faisceaux lumineux trouèrent l'obscurité. J'étais fait comme un rat.

Debout, abruti !

Malgré ma tête qui éclatait, je parvins à me relever. Je titubai en avant tel un monstre de cinéma aux jambes raides. Je dus faire trois ou quatre pas quand un rayon de lumière me balaya le dos.

Je bondis derrière un arbre.

Avais-je été repéré ?

J'attendis que quelqu'un appelle pour prévenir les autres. Mais tout ce que j'entendais, le dos collé contre le tronc, c'était le bruit de ma propre respiration. J'étais pratiquement sûr d'avoir été repéré.

Des pas. Venant dans ma direction.

Pourquoi, s'il m'avait vu, n'appelait-il pas ? Peut-être qu'il m'avait pris pour un arbre ?

Ou peut-être qu'il avait l'intention de tirer. Ni vu ni connu.

Les pas se rapprochaient.

Mon cerveau se livra à un rapide calcul avant d'arriver à cette conclusion aussi simple qu'accablante : j'étais fichu. Dans l'état où j'étais, je n'irais pas bien loin. Réflexion faite, j'avais le choix entre me faire prendre et me faire tuer. Restait à me débrouiller pour ne pas me faire tuer.

Comment, c'était une autre paire de manches.

Un rayon lumineux dansa devant moi. Plaqué contre l'arbre, je me haussai sur la pointe des pieds. Comme si cela pouvait changer quelque chose.

J'entendais les pas à un mètre ou deux maintenant.
Je me crispai, m'en remettant à la providence divine,
quand j'entendis chuchoter :

— Ne dites rien. Je sais que vous êtes derrière cet
arbre.

C'était Cookie.

— Je vais passer devant. Suivez-moi en restant aussi
près que possible.

— Hein ?

— Faites ce que je vous dis.

Son ton n'admettait pas de réplique.

— Collez-vous à moi.

Cookie dépassa l'arbre, manquant se cogner à lui,
et continua à marcher. Sans hésiter, je lui emboîtai
le pas. Au loin, je vis des lumières sur la droite et la
gauche.

— Vous ne faisiez pas semblant, dit Cookie.

Je ne voyais pas à quoi elle faisait allusion.

— Vous aimiez Natalie, n'est-ce pas ?

— Oui, murmurai-je.

— Je vais vous conduire le plus loin possible. On
va arriver à un sentier. Vous prendrez sur la droite. Ne
vous montrez pas. Le sentier vous mènera à la clairière
derrière la chapelle blanche. À partir de là, vous sau-
rez trouver votre chemin. Je vais essayer de faire diversion. Mettez-vous à l'abri. Ne rentrez pas chez vous.
Ils vous retrouveraient là-bas.

— Qui me retrouverait ?

Je m'efforçais de marcher dans ses pas, comme un
gamin qui en singe un autre.

— Il faut arrêter ça, Jake.

— Qui me retrouverait ?

— C'est plus grave que ce que vous pouvez imaginer. Vous ne savez pas à qui vous avez affaire. Vous n'avez pas idée.

— Dites-le-moi alors.

— Si vous n'arrêtez pas, vous allez tous nous faire tuer.

Cookie bifurqua à gauche. Je la suivis.

— Le sentier est devant. Je prends à gauche, et vous à droite. Vous avez compris ?

— Où est Natalie ? Est-ce qu'elle est en vie ?

— Dans dix secondes, nous serons sur le sentier.

— Répondez-moi.

— Vous ne m'écoutez pas. Je vous demande de lâcher l'affaire.

— Dans ce cas, dites-moi où est Natalie.

J'entendis Musclor crier quelque chose à distance. Cookie ralentit le pas.

— S'il vous plaît.

Sa voix était sourde, lointaine.

— Je ne sais pas où elle est. Je ne sais pas si elle est morte ou vivante. Jed ne le sait pas non plus. Aucun de nous ne le sait.

Nous étions parvenus à un sentier caillouteux. Elle tourna à gauche.

— Une dernière chose, Jake.

— Oui ?

— Si vous remettez les pieds ici, je ne pourrai pas vous sauver.

Cookie me montra l'arme qu'elle tenait à la main.

— Je vous liquiderai.

22

JE RECONNUS LE SENTIER.

Il y avait un petit étang sur la droite. Natalie et moi nous y étions baignés un soir tard. Nous étions sortis, pantelants, et nous étions allongés nus, enlacés, peau contre peau.

— Ça ne m'est encore jamais arrivé, avait-elle dit lentement. Enfin, ça m'est déjà arrivé… mais pas comme ça.

J'avais compris. À moi non plus, ça n'était jamais arrivé.

Je dépassai le vieux banc de jardin où nous nous asseyions après avoir bu un café avec des scones chez Cookie. Un peu plus loin, je distinguai le vague contour de la chapelle. J'y accordai à peine un regard ; je n'avais pas besoin de ce souvenir-là pour me freiner dans ma course. Je suivis le sentier jusqu'au village. Six cents mètres environ me séparaient de ma voiture. Les flics l'avaient-ils repérée ? J'en doutais. Je ne pourrais pas aller bien loin avec — compte tenu de l'avis de recherche —, mais en même temps, je ne voyais pas d'autre moyen de partir d'ici.

Il faisait si noir que je dus faire appel à ma mémoire pour la retrouver. En fait, je butai contre elle. Lorsque j'ouvris la portière, l'éclairage intérieur perça l'obscurité. Je me glissai au volant et refermai la portière à la hâte. Et maintenant ? En un sens, j'étais un homme en cavale. Je me souvins d'un film où un fuyard échangeait sa plaque d'immatriculation avec celle d'une autre voiture. Ce serait une idée. Trouver une voiture en stationnement, dévisser sa plaque. Sauf que je n'avais pas de tournevis. Je fouillai dans ma poche et tombai sur une pièce de dix cents. Pourrais-je l'utiliser comme tournevis ?

Cela prendrait trop longtemps.

J'avais bien une destination en tête. Je me dirigeai donc vers le sud, prenant garde à conduire ni trop vite ni trop doucement, alternant frein et accélérateur, comme si le fait de rouler à la bonne vitesse pouvait me rendre invisible. Les routes étaient sombres. J'avais un peu de temps devant moi, à condition d'éviter les grands axes.

Sans mon iPhone, je me sentais nu et désemparé. Incroyable comme ces appareils régulent notre existence. Question argent, je n'avais que soixante dollars sur moi. Pas de quoi tirer des plans sur la comète. Si je me servais de ma carte bancaire, la police s'en apercevrait et viendrait me cueillir aussitôt. Enfin, le temps que mon compte soit débité, ce qui me laissait un peu de marge. Les flics sont forts, mais ils ne sont pas omnipotents.

Je n'avais pas vraiment d'autre choix que de prendre un risque calculé. L'autoroute inter-États était juste en face. Je l'empruntai jusqu'à la première aire de service et me garai tout au fond, dans la partie la moins éclairée. Relevant mon col comme pour mieux me dissimuler, je descendis de voiture. Je passai devant la petite boutique quand quelque chose attira mon regard.

Ils vendaient des stylos et des marqueurs. Pas beaucoup, mais on ne savait jamais…

Je réfléchis une seconde ou deux, puis poussai la porte. Mais quelle ne fut pas ma déception quand j'examinai leur sélection d'articles.

— Je peux vous aider ?

La fille derrière le comptoir devait avoir vingt ans à tout casser. Elle était blonde, avec des mèches roses. Oui, roses.

— J'aime bien vos cheveux.

Plus charmeur que moi, tu meurs.

— Le rose ?

Elle désigna ses mèches.

— C'est pour la campagne de sensibilisation contre le cancer. Dites, vous êtes sûr que ça va ?

— Mais oui, pourquoi ?

— Vous avez une grosse bosse sur la tête. Je crois qu'elle saigne.

— Ah ça ! Ce n'est rien. Rien de grave.

— Nous vendons des kits de premiers secours, si ça peut vous être utile.

— Oui, peut-être.

Je me retournai vers le présentoir de stylos.

— Je cherche un marqueur rouge, mais je n'en vois pas.

— On n'en a pas. Seulement des noirs.

— Ah…

Elle scruta mon visage.

— En fait, j'en ai un ici.

Elle ouvrit un tiroir et en sortit un Sharpie rouge.

— On s'en sert pour l'inventaire, pour rayer des trucs.

Je fis de mon mieux pour masquer mon anxiété.

— Y aurait-il moyen de vous l'acheter ?

— Je ne crois pas qu'on ait le droit de faire ça.

— S'il vous plaît. C'est très important.

Elle parut hésiter.

— Vous savez quoi ? Vous achetez un kit de premiers secours et promettez de soigner cette bosse, et je vous offre le stylo.

Une fois l'affaire conclue, je m'éclipsai aux toilettes. L'heure tournait. Tôt ou tard, une voiture de police ferait le tour des stations-service. J'inspirai profondément et me regardai dans la glace. Aaargh. J'avais le front enflé et une entaille au-dessus de l'œil. Je la nettoyai du mieux que je pus, mais renonçai au bandage, trop voyant.

Le distributeur de billets se trouvait près de l'entrée, mais j'avais quelque chose de plus urgent à faire.

Je me précipitai vers ma voiture. Mon numéro d'immatriculation était 704 LI6. Les plaques dans le Massachusetts sont rouges. À l'aide du marqueur, je transformai le 0 en 8, le L en E, le I en T, le 6 en 8. Reculant, j'examinai le résultat. De près, la falsification sautait aux yeux, mais de loin on pouvait lire 784 ET8.

J'aurais souri de ma propre ingéniosité si j'en avais eu le temps. Je retournai au distributeur, réfléchissant à la meilleure manière de l'approcher. Tous les distributeurs de billets sont équipés d'une caméra... De toute façon, même si je passais inaperçu, les autorités verraient bien que j'avais utilisé ma carte.

L'essentiel était de faire vite. Et s'ils avaient ma photo, eh bien, tant pis.

J'ai deux cartes bancaires. Je retirai le maximum autorisé sur chacune d'elles et me remis en chemin. Je pris la première sortie et continuai sur les routes secondaires. Arrivé à Greenfield, je garai la voiture dans une ruelle du centre-ville. J'hésitai à prendre le bus, mais c'était trop risqué. Du coup, je trouvai un taxi et lui demandai de me conduire à Springfield. De là, je pris un car Peter Pan jusqu'à New York. Pendant tout le trajet, je me tins sur le qui-vive... au cas où un flic ou un voyou me sauterait dessus.

Vous avez dit parano ?

Une fois à Manhattan, je pris un autre taxi et me rendis à Ramsey, dans le New Jersey, où habitait Julie Pottham, la sœur de Natalie.

À Ramsey, le chauffeur demanda :

— OK, chef, où c'est que je vous dépose ?

Il était 4 heures du matin, beaucoup trop tard (ou trop tôt, c'est selon) pour aller frapper chez la sœur de Natalie. Et puis, j'avais besoin de souffler. Ma tête me faisait mal. J'avais les nerfs en pelote. Et je tremblais d'épuisement.

— On va chercher un motel.

— Il y a un Sheraton un peu plus loin.

Où je devrais présenter des papiers d'identité et sans doute une carte bancaire.

— Non, quelque chose de plus... abordable.

Nous en trouvâmes un qui ne payait pas de mine, un motel pour routiers, maris infidèles et nous autres, fugitifs. Il s'appelait fort pertinemment Le Bon Motel. Cette franchise me plut. Il n'était ni exceptionnel ni excellent... mais c'était « le bon ». Un panneau au-dessus de l'auvent annonçait : « Chambre à l'heure » (comme au Ritz-Carlton), « Téléviseur couleur » et, mon préféré, « Serviettes disponibles ».

Ici, on ne me réclamerait ni papiers ni carte bancaire.

214

La réceptionniste septuagénaire m'enveloppa d'un regard blasé. Sur son badge, on lisait « Mabel ». Ses cheveux avaient la consistance du foin. Je demandai une chambre donnant sur l'arrière du bâtiment.

— Vous avez réservé ?

— Vous rigolez ou quoi ?

— Mais oui, je rigole. Par contre, les chambres du fond sont toutes prises. Tout le monde veut une chambre du fond. Ça doit être la vue sur la benne à ordures. J'ai une jolie chambre qui donne sur le magasin Staples, si ça vous dit.

Mabel me remit la clé de la chambre 12, beaucoup moins sordide que je ne l'aurais imaginé. Elle était propre, mais je préférais ne pas penser à tout ce qui avait pu se produire ici. Néanmoins, le Ritz-Carlton, ce n'était guère mieux dans le genre.

Je m'écroulai tout habillé sur le lit et sombrai dans le sommeil, de ceux où l'on ne se voit pas partir et où, au réveil, on a perdu toute notion du temps. Au lever du jour, je cherchai mon iPhone sur la table de nuit, puis me rappelai que je ne l'avais plus. C'est la police qui l'avait. Étaient-ils en train d'examiner à la loupe toutes les recherches que j'avais effectuées, tous mes mails et mes textos ? Étaient-ils en train de passer au peigne fin mon appartement sur le campus ? Tant pis... de toute façon, ils ne trouveraient rien de compromettant.

Ma tête me faisait toujours mal. Je sentais le bouc. Une douche serait la bienvenue, mais pas si je devais enfiler les mêmes vêtements ensuite. Je sortis en titubant, la main en visière pour me protéger les yeux du soleil, comme un vampire ou comme quelqu'un qui aurait passé la nuit au casino. Mabel était toujours à la réception.

— Dites, vous finissez à quelle heure ? demandai-je.

— Vous me draguez ou quoi ?

— Euh… non.

— Parce que vous feriez mieux de vous débarbouiller un peu avant de vous lancer. J'ai des exigences, moi.

— Vous auriez de l'aspirine ou de l'Advil ?

Fronçant les sourcils, Mabel fouilla dans son sac et me sortit tout un arsenal d'antalgiques. Je pris deux comprimés d'Advil, les avalai et la remerciai.

— Au supermarché Target deux rues plus loin, ils ont un rayon grandes tailles. Au cas où vous voudriez changer de tenue.

Lumineuse idée. Je m'achetai un jean, une chemise de flanelle et des sous-vêtements de rechange. Plus une brosse à dents de voyage, du dentifrice et du déodorant. Je ne comptais pas prolonger ma cavale, mais il y avait une chose que je devais faire avant de me rendre aux autorités.

C'était aller parler à la sœur de Natalie.

Dernier achat : un téléphone jetable. J'appelai Benedict sur son portable et à son bureau. Pas de réponse. Il devait être trop tôt pour lui. Je cherchai qui je pourrais contacter et téléphonai à Shanta. Elle répondit dès la première sonnerie.

— Allô ?

— C'est moi, Jake.

— C'est quoi, ce numéro d'appel ?

— Un téléphone jetable.

Il y eut une pause.

— Vous voulez bien me dire ce qui se passe ?

— J'ai deux flics du Vermont aux fesses.

— Pourquoi ?

Je lui expliquai en deux mots.

— Attendez, fit Shanta, vous avez échappé à des policiers ?

— Je n'étais pas très rassuré. J'avais peur de me faire descendre.

— Eh bien, allez vous rendre maintenant.

— Non, pas encore.

— Jake, écoutez-moi. Si vous êtes en fuite, si la police vous recherche...

— J'ai quelque chose à faire avant.

— Vous rendre, voilà ce que vous avez à faire.

— Je vais le faire, mais...

— Mais quoi ? Avez-vous perdu la boule ?

Peut-être bien.

— Où êtes-vous, bon sang ?

Je ne répondis pas.

— Jake ? Ce n'est pas un jeu. Où êtes-vous ?

— Je vous rappellerai.

Et je coupai la communication, furieux contre moi-même. J'avais eu tort d'appeler Shanta. C'était une amie, mais elle avait d'autres priorités.

OK, respirons un bon coup.

Je composai le numéro de la sœur de Natalie.

— Allô ?

Je raccrochai. Julie était chez elle. C'était tout ce que je voulais savoir. Le numéro d'une centrale de taxis figurait en bonne place dans ma chambre. Beaucoup de gens, j'imagine, préféraient ne pas arriver au Bon Motel avec leur propre véhicule. J'appelai ce numéro et demandai au taxi de venir me chercher au Target. Puis je me réfugiai aux toilettes, me lavai de mon mieux dans le lavabo et enfilai mes nouvelles nippes.

Un quart d'heure après, je sonnais à la porte de Julie Pottham.

Elle avait une double porte, dont une à panneau vitré, de façon à voir les visiteurs sans être obligée d'ouvrir. Lorsqu'elle me vit sur son perron, Julie écarquilla les yeux et porta la main à sa bouche.

— Vous persistez à faire semblant de ne pas savoir qui je suis ? lui demandai-je.

— Allez-vous-en tout de suite ou j'appelle la police.

— Pourquoi m'avez-vous menti, Julie ?

— Débarrassez-moi le plancher.

— Non. Appelez donc la police. Ils m'embarqueront, mais je reviendrai. Ou je vous suivrai sur votre lieu de travail. Ou je repasserai le soir. Je ne partirai pas tant que vous n'aurez pas répondu à mes questions.

Le regard de Julie glissa de gauche à droite. Ses cheveux étaient toujours du même châtain terne. Elle n'avait pas beaucoup changé en six ans.

— Laissez ma sœur tranquille. Elle est mariée et heureuse dans son couple.

— Avec qui ?

— Comment ?

— Todd est mort.

Voilà qui eut l'air de la calmer.

— Qu'est-ce que vous racontez ?

— Il a été assassiné.

Ses yeux s'agrandirent.

— Quoi ? Oh, mon Dieu, qu'est-ce que vous avez fait ?

— Moi ? Rien. Vous ne croyez tout de même pas... ?

La conversation prenait un tour surréaliste.

— Ça n'a rien à voir avec moi. Todd a été retrouvé chez lui, dans la maison où il vivait avec sa femme et ses deux enfants.

— Des enfants ? Ils n'ont pas d'enfants.

Je me bornai à la regarder.

— Elle me l'aurait dit…

Sa voix se brisa. Julie semblait en état de choc. Je ne m'y attendais pas. Je pensais qu'elle était dans le coup.

— Julie, dis-je lentement, essayant de regagner son attention, pourquoi avez-vous feint de ne pas me connaître quand je vous ai téléphoné ?

Sa voix était toujours lointaine.

— C'était où ?

— Quoi ?

— Todd. Ça s'est passé où ?

— Il vivait à Palmetto Bluff, en Caroline du Sud.

Elle secoua la tête.

— Ça n'a aucun sens. Vous vous êtes trompé. Ou alors vous mentez.

— Non.

— Si Todd était mort – assassiné, selon vous –, Natalie me l'aurait dit.

J'humectai mes lèvres. Puis, m'efforçant de parler posément :

— Vous êtes donc en contact avec elle ?

Pas de réponse.

— Julie ?

— Natalie craignait que ça n'arrive un jour.

— Quoi, qu'est-ce qu'elle craignait ?

Son regard s'éclaircit enfin et se planta dans le mien tel un laser.

— Que vous veniez me voir. Elle m'a même soufflé quoi dire dans ce cas-là.

Je déglutis.

— Et qu'êtes-vous censée me dire ?

— « Rappelle-lui sa promesse. »

Je fis un pas en avant.

— J'ai tenu ma promesse. Je l'ai tenue six ans. Ouvrez-moi, Julie.

— Non.

— Todd est mort. Si promesse il y a eu, c'est fini maintenant.

— Je ne vous crois pas.

— Allez voir sur le site de Lanford College. Il y a sa nécrologie.

— Quoi ?

— Sur le Net. Todd Sanderson. Lisez sa nécro. J'attendrai ici.

Elle recula sans un mot et ferma la porte. Je ne savais pas trop ce que ça voulait dire. Allait-elle allumer son ordinateur ou bien m'opposait-elle une fin de non-recevoir ? N'ayant rien d'autre à faire, j'attendis, planté devant sa porte d'entrée. Dix minutes plus tard, Julie revint, tira le verrou et me fit signe d'entrer.

Je m'assis sur le canapé. Elle prit place en face de moi, hagarde, les yeux comme deux billes fracassées.

— Je ne comprends pas. C'est écrit qu'il était marié et père de deux enfants. Je croyais…

— Qu'est-ce que vous croyiez ?

Elle secoua vigoureusement la tête.

— Qu'est-ce que ça peut vous faire ? Natalie vous a quitté. Je vous ai vu au mariage. J'étais sûre que vous n'y assisteriez pas, mais Natalie était persuadée du contraire. Pourquoi ? Vous êtes maso ?

— Elle savait que j'avais besoin de voir ça de mes propres yeux.

— Pourquoi ?

— Parce que je n'y croyais pas.

— Qu'elle soit tombée amoureuse d'un autre ?

— Oui.

— C'est pourtant vrai, dit Julie. Et elle vous a fait promettre de lui fiche la paix.

— Je savais que cette promesse était un leurre. Au moment même où je lui ai donné ma parole, alors même que je la regardais échanger les vœux avec un autre homme, je n'ai jamais cru que Natalie avait cessé de m'aimer. Je sais que j'ai l'air de nier la réalité, ou d'être aveuglé par un ego démesuré. Mais je sais aussi comment c'était entre nous. Tous les clichés sur les deux cœurs qui battent à l'unisson, le soleil qui perce à travers les nuages, la communion des corps et des esprits... tout ça, je l'ai vécu. Ça ne s'invente pas. Avec Natalie, je me sentais vivant. Tout vibrait, tout pétillait autour d'elle. Et je sais qu'elle ressentait la même chose. L'amour ne nous avait pas rendus aveugles. Bien au contraire. Il nous a permis d'y voir clair, et c'est pour ça que je suis incapable de baisser les bras. Je n'aurais jamais dû lui faire cette promesse. Les choses étaient confuses dans ma tête, mais pas dans mon cœur. J'aurais dû écouter mon cœur.

Je me tus, et mes yeux débordèrent.

— Vous le pensez vraiment, n'est-ce pas ?

Je hochai la tête.

— Quoi que vous disiez.

— Et pourtant…, fit Julie.

— Et pourtant, terminai-je à sa place, Natalie a rompu avec moi pour épouser son ex-petit ami.

Julie fit la moue.

— Son ex-petit ami ? Todd n'a jamais été son petit ami. Ils venaient de se rencontrer. Tout s'est passé très vite.

J'essayai de remettre de l'ordre dans mes idées.

— Elle m'avait dit qu'ils avaient été amoureux autrefois, qu'ils avaient même vécu ensemble. Puis qu'ils s'étaient quittés pour finalement se rendre compte qu'ils étaient faits l'un pour l'autre.

Julie secouait la tête, et je sentis le sol se dérober sous mes pieds.

— Ç'a été un coup de foudre. C'est ce que Natalie m'a raconté. Je ne voyais pas l'intérêt de ce mariage précipité, mais Natalie est une artiste, elle a toujours été imprévisible. Et passionnée.

C'était à n'y rien comprendre. Ou alors, pour la première fois, j'entrevoyais peut-être une lueur dans l'obscurité.

— Où est-elle ? demandai-je.

Julie repoussa ses cheveux derrière son oreille en évitant de me regarder.

— S'il vous plaît, dites-le-moi.

— C'est incompréhensible, fit-elle.

— Je sais. C'est pour ça que je suis là.

— Elle m'a interdit de vous révéler quoi que ce soit.

Que répondre à cela ?

— Il serait préférable que vous partiez maintenant, dit Julie.

Au contraire, c'était peut-être le moment de tenter une autre approche, histoire de lui faire baisser la garde.

— Où est votre père ? la questionnai-je.

Lorsque je l'avais interpellée à travers la vitre, son visage s'était décomposé petit à petit. Là, on avait l'impression qu'elle venait de recevoir une gifle.

— Pardon ?

— Il avait enseigné à Lanford College... dans mon propre département, qui plus est. Où est-il maintenant ?

— Qu'est-ce qu'il vient faire là-dedans ?

Bonne question. Excellente, même.

— Natalie ne m'a jamais parlé de lui.

— Ah bon ?

Julie eut un vague haussement d'épaules.

— Peut-être que vous deux n'étiez pas si proches que ça.

— Elle est venue avec moi sur le campus, mais elle ne l'a pas mentionné une seule fois. Pourquoi ?

Julie réfléchit un instant.

— Ça fait vingt-cinq ans qu'il est parti, vous savez. J'avais cinq ans à l'époque. Natalie, neuf. Je me souviens à peine de lui.

— Où est-il allé ?

— Qu'est-ce que ça peut faire ?

— S'il vous plaît. Où est-il allé ?

— Il a pris le large avec une étudiante, mais ça n'a pas duré. Ma mère... elle ne lui a jamais pardonné. Il s'est remarié, a fondé une nouvelle famille.

— Où sont-ils ?

— Aucune idée, ça ne m'intéresse pas. D'après ma mère, il est quelque part sur la côte Ouest. C'est tout ce que je sais.

— Et Natalie ?

— Eh bien ?

— Elle était attachée à son père ?

— Quelle importance ? Il nous a abandonnées.

— Savait-elle où il était ?

— Non. Mais, à mon avis, ses problèmes avec les hommes viennent de là. Quand on était petites, elle croyait dur comme fer que papa reviendrait, que la famille serait à nouveau réunie. Même après qu'il s'est remarié. Même après qu'il a eu d'autres enfants. Maman disait que c'était un bon à rien. Pour elle, il était mort... et pour moi aussi.

— Mais pas pour Natalie.

Perdue dans ses pensées, Julie ne répondit pas.

— Qu'y a-t-il ?

— Ma mère vit dans une maison médicalisée maintenant. Des complications dues au diabète. J'ai essayé de prendre soin d'elle, mais...

Sa voix se brisa.

— Maman n'a jamais refait sa vie, vous comprenez. Le départ de mon père l'a anéantie. Et malgré ça, Natalie espérait toujours une sorte de réconciliation. C'est une idéaliste, ma sœur. Comme si le fait de retrouver papa allait gommer la notion même d'abandon... et que l'homme qu'elle rencontrerait ne l'abandonnerait pas non plus.

— Julie ?

Je fis en sorte que mon regard croise le sien.

— Cet homme, elle l'a rencontré.

Julie se tourna vers la fenêtre du jardin, cilla. Une larme roula sur sa joue.

— Où est Natalie ?

Elle secoua la tête.

224

— Je ne partirai pas tant que vous ne me l'aurez pas dit. Je vous en prie. Si elle tient toujours à ne pas me voir...

— Mais bien sûr qu'elle ne veut plus vous voir, siffla Julie, soudain excédée. Sinon elle vous aurait déjà contacté. Vous aviez raison, tout à l'heure.

— À propos de quoi ?

— Du déni de réalité.

— Dans ce cas, aidez-moi, répliquai-je sans me démonter. Une bonne fois pour toutes, aidez-moi à y voir clair.

J'ignore si mes paroles l'avaient touchée. Peut-être avait-elle compris que je ne lâcherais pas le morceau. Mais, pour une raison ou une autre, elle finit par céder.

— Après le mariage, Natalie et Todd sont partis s'installer au Danemark. C'était leur point d'ancrage, mais ils voyageaient beaucoup. Todd travaillait comme médecin pour une organisation humanitaire. Je n'arrive pas à retenir son nom. Quelque chose à voir avec les débuts.

— Nouveau Départ.

— C'est ça. Ils allaient dans les pays pauvres. Todd soignait les nécessiteux. Natalie peignait et donnait des cours. Elle adorait ça. Ils étaient heureux. Enfin, c'est ce que je croyais.

— Quand l'avez-vous vue pour la dernière fois ?

— Au mariage.

— Attendez. Vous n'avez pas revu votre sœur depuis six ans ?

— C'est exact. Après le mariage, Natalie m'a expliqué que sa vie avec Todd serait un fabuleux voyage. Et que je ne la reverrais pas de sitôt.

Je n'en croyais pas mes oreilles.

— Et vous n'êtes jamais allée la voir ? Elle-même n'est jamais revenue ?

— Non. Elle m'avait prévenue. Je reçois des cartes postales du Danemark. C'est tout.

— Et des mails, des coups de fil ?

— Elle n'a ni Internet ni téléphone. Elle estime que les nouvelles technologies faussent son jugement et nuisent à son travail.

Je grimaçai.

— Elle vous a dit ça ?

— Oui.

— Et vous y avez cru ? Imaginez, s'il y avait une urgence.

Julie haussa les épaules.

— C'est la vie qu'elle a choisie.

— Et vous n'avez pas trouvé ça bizarre ?

— Si. En fait, je lui ai opposé les mêmes arguments que vous. Mais que voulez-vous ? Elle a été très claire là-dessus : c'était son choix. Une nouvelle page se tournait. Qui suis-je pour me mettre en travers de son chemin ?

Je secouai la tête, incrédule.

— La dernière carte que vous avez reçue d'elle, c'était quand ?

— Ça fait un moment déjà. Plusieurs mois. Peut-être six.

Je me laissai aller en arrière.

— Donc, en réalité, vous ne savez pas où elle est, n'est-ce pas ?

— Je dirais au Danemark, mais en fait, je n'en sais rien. Je ne comprends pas non plus comment son mari aurait pu vivre avec une autre femme en Caroline du Sud. Ça ne tient pas debout. J'ignore où elle est.

Un coup brusque frappé à la porte nous fit sursauter tous les deux. Julie me prit même la main, comme pour se rassurer. On frappa à nouveau, puis nous entendîmes une voix.

— Jacob Fisher ? Police. La maison est cernée. Sortez, les mains en l'air.

23

JE REFUSAI DE PARLER TANT QUE MON AVOCAT
– Benedict – ne serait pas là.

Cela prit un certain temps. Le policier qui dirigeait les opérations se présenta comme étant Jim Mulholland de la police de New York. J'avais du mal à comprendre ce que la police de New York venait faire dans cette histoire. Lanford College se trouve dans le Massachusetts. J'avais tué Otto sur la route 91, toujours dans le même État. J'avais fait une incursion dans le Vermont, et ils étaient venus me chercher dans le New Jersey. À part pour ma traversée de Manhattan en transports en commun, je ne voyais pas en quoi le NYPD pouvait être mêlé à cet imbroglio.

Mulholland était un type baraqué avec une grosse moustache qui faisait irrésistiblement penser à Magnum. Il souligna le fait que je n'étais pas en état d'arrestation et que j'étais libre de partir quand je voulais, mais qu'ils seraient heureux, vraiment *très* heureux que j'accepte de coopérer. Sur le chemin du commissariat, il entretint avec moi une conversation polie à propos de tout et de rien. Il me proposa une boisson fraîche, du café, des sandwichs… tout ce que je désirais. Soudain affamé, j'acceptai. Mais, au moment de mordre dans mon sandwich, je me souvins que seuls les coupables mangeaient en garde à vue. J'avais lu ça quelque part. Le coupable sait de quoi il retourne ; du coup, il mange et il dort. Alors que l'innocent est trop nerveux, trop désemparé pour ça.

Mais au fait, de quel côté me situais-je ?

Je dévorai mon sandwich à belles dents. De temps à autre, Mulholland ou sa collègue, Susan Telesco, une grande blonde en jean et col roulé, essayaient d'engager la discussion. Je les renvoyais dans les cordes, leur rappelant que j'avais droit à l'assistance d'un avocat. Benedict débarqua trois heures plus tard. Tous les quatre – Mulholland, Telesco, Benedict et votre serviteur –, nous nous installâmes autour d'une table dans une salle d'interrogatoire aménagée de façon à ne pas trop intimider le visiteur. Ce n'est pas que j'avais une grande expérience des salles d'interrogatoire, mais j'imaginais ça plutôt blanc et nu. Alors que celle-ci était dans les tons beige satiné.

— Vous savez pourquoi vous êtes ici ? demanda Mulholland.

Benedict fronça les sourcils.

— Vous êtes sérieux, là ?

— Pardon ?

— Quelle réponse attendez-vous, au juste ? Des aveux, peut-être ? « Mais oui, inspecteur Mulholland, je suppose que vous m'avez arrêté parce que j'ai mitraillé deux débits de boissons » ? Épargnez-nous les préliminaires et venez-en au fait.

— Écoutez, fit Mulholland en se calant dans sa chaise, nous sommes de votre côté.

— Vous m'en direz tant.

— Non, sincèrement. Nous voudrions éclaircir quelques points de détail, après quoi tout le monde pourra rentrer tranquillement chez lui.

— De quoi parlez-vous ? s'enquit Benedict.

Mulholland fit signe à Telesco. Elle ouvrit une chemise et fit glisser une feuille de papier sur la table. Je vis les photos, de face et de profil, et mon sang ne fit qu'un tour.

C'était Otto.

— Vous connaissez cet homme ? me demanda Telesco.

— Ne réponds pas.

Je n'en avais pas l'intention, mais Benedict posa la main sur mon bras, juste au cas où.

— Qui est-ce ?

— Il s'appelle Otto Devereaux.

Un frisson me courut le long de l'échine. J'avais vu leurs visages. Ils avaient donné leurs vrais prénoms, du moins en ce qui concernait Otto. Cela signifiait une seule chose : je n'étais pas censé sortir vivant de cette estafette.

— Dernièrement, votre client a déclaré avoir eu une altercation avec un homme correspondant au signalement d'Otto Devereaux sur une voie rapide du Massachusetts. Dans sa déposition, il dit qu'il a été obligé de tuer M. Devereaux en situation de légitime défense.

— Mon client est revenu sur ses déclarations. Il était désorienté et sous l'emprise de l'alcool.

— Vous ne comprenez pas, dit Mulholland. On n'est pas là pour lui sonner les cloches. Si on pouvait, on lui donnerait une médaille.

Il écarta les bras.

— Nous sommes tous du même bord ici.

— Ah oui ?

— Otto Devereaux était une ordure profession-
nelle de tout premier plan. On vous déroulerait bien
son CV, mais ça prendrait trop de temps. Disons, dans
les grandes lignes, qu'on y trouve des homicides, des
agressions, du racket. On le surnommait M. Bricolage
parce qu'il se servait d'outils pour extorquer des informations à ses victimes. Il a travaillé comme homme de
main pour les fameux frères Ache jusqu'à ce que l'un
d'eux estime qu'il était incontrôlable. Du coup, il s'est
mis à son compte et a loué ses services à quiconque
avait besoin d'un authentique taré grandeur nature.

Il me sourit.

— Écoutez, Jake, je ne sais pas comment vous avez
réussi à venir à bout de ce type, mais en tout cas, la
société vous doit une fière chandelle.

— Donc, dit Benedict, en théorie vous êtes là pour
nous remercier ?

— Il n'y a rien de théorique là-dedans. Vous êtes
un héros. Nous voulons vous serrer la main.

Personne ne serra la main de personne.

— Dites-moi, reprit Benedict, où avez-vous découvert son corps ?

— Ça n'a pas d'importance.

— Et quelle est la cause du décès ?

— Ça n'a pas d'importance non plus.

Benedict eut un large sourire.

— Est-ce ainsi qu'on traite les héros ?

Il hocha la tête dans ma direction.

— Bon, s'il n'y a rien d'autre, je pense que nous
allons vous laisser.

Mulholland regarda Telesco. Je crus voir un petit
sourire sur son visage. Ça ne me disait rien qui vaille.

— Très bien, déclara-t-il, puisque vous le prenez comme ça.

— Ce qui veut dire ?

— Rien du tout. Vous êtes libres de partir.

— Nous sommes désolés de ne pas pouvoir vous être plus utiles, dit Benedict.

— Ne vous inquiétez pas. Encore une fois, nous voulions juste remercier l'homme qui a liquidé ce type.

— Mmm.

Nous étions debout tous les deux.

— Nous trouverons la sortie.

Nous étions déjà à la porte quand Susan Telesco dit :

— Au fait, Pr Fisher...

Je fis volte-face.

— Si vous le permettez, j'ai une autre photographie à vous montrer.

Ils me considéraient l'un et l'autre d'un air nonchalant, comme si ma réponse avait un intérêt purement anecdotique. Que je voie la photo ou que je pousse la porte, c'était du pareil au même. Je ne bougeai pas. Ils ne bougeaient pas non plus.

— Professeur Fisher ?

Telesco sortit la photo de la chemise et la posa face contre la table, comme si on était au casino en train de jouer au black-jack. J'entrevis une lueur dans son œil. La température dans la pièce avait chuté de dix degrés.

— Montrez-moi ça.

Elle retourna la photo. Je me figeai.

— Connaissez-vous cette femme ?

Je contemplai fixement la photo. Bien sûr que je la connaissais.

C'était Natalie.

— Professeur Fisher ?

— Je la connais, oui.

L'image était en noir et blanc, on aurait dit la capture d'une vidéo de surveillance. Natalie semblait se hâter le long d'une sorte de couloir.

— Que pouvez-vous nous dire à son sujet ?

Benedict posa la main sur mon épaule.

— Pourquoi toutes ces questions ?

Telesco darda son œil sur moi.

— Vous étiez chez sa sœur quand on vous a interpellé. Vous voulez bien nous dire ce que vous faisiez là-bas ?

— Je répète, fit Benedict, pourquoi toutes ces questions ?

— Cette femme s'appelle Natalie Avery. Nous nous sommes longuement entretenus avec sa sœur, Julie Pottham, qui affirme qu'elle vit au Danemark.

Cette fois, je pris la parole.

— Qu'est-ce que vous lui voulez ?

— Je ne suis pas en mesure d'en dire plus.

— Dans ce cas, déclarai-je, moi non plus.

Telesco regarda Mulholland. Il haussa les épaules.

— Très bien. Vous êtes libres de partir.

Nous étions là tous les quatre, à jouer à qui craquerait le premier. En l'absence d'atouts, ce fut moi.

— Nous étions ensemble autrefois.

Ils attendirent la suite.

— Jake…, fit Benedict.

Je le fis taire d'un geste.

— Je suis à sa recherche.

— Pourquoi ?

Je jetai un coup d'œil sur Benedict. Il semblait aussi curieux que les flics.

— Je l'aimais, répondis-je. Je n'arrive pas à l'oublier. J'espérais… je ne sais pas, une sorte de réconciliation.

Telesco nota quelque chose.

— Et pourquoi maintenant ?

Je repensai au mail anonyme :

```
Tu avais promis.
```

Me rasseyant, je fis glisser la photo vers moi. Une boule se forma dans ma gorge. Je déglutis avec effort. Natalie rentrait la tête dans les épaules. Son beau visage... Je sentis la boule qui grossissait... Elle avait l'air paniquée. Je posai le doigt sur sa tête, comme pour la réconforter. Cela me rendait malade de la voir dans cet état.

— Où cette photo a-t-elle été prise ? demandai-je.

— Peu importe.

— Vous la recherchez, non ? Pourquoi ?

Ils échangèrent un nouveau regard. Telesco hocha la tête.

— Disons, commença Mulholland lentement, que Natalie présente un certain intérêt pour nous.

— Est-ce qu'elle court un risque ?

— Pas de notre fait.

— Ça veut dire quoi, ça ?

— À votre avis ?

Pour la première fois, le masque tomba, et le visage de Mulholland s'empourpra de colère.

— Nous la recherchons, en effet...

Il saisit la photo d'Otto.

— ... tout comme les amis de ce type. Qui préférez-vous qui la trouve en premier ?

À force de scruter la photo, ma vue se brouillait quand je remarquai quelque chose. Je m'efforçai de n'en rien laisser paraître. Dans le coin inférieur droit, il y avait un cachet avec la date et l'heure. Le 24 mai, 11 h 47… il y avait six ans.

Cette photo remontait à quelques semaines avant notre rencontre.

— Professeur Fisher ?

— Je ne sais pas où elle est.

— Mais vous aimeriez la retrouver ?

— Oui.

— Pourquoi maintenant ?

Je haussai les épaules.

— Elle me manque.

— Mais pourquoi maintenant ?

— Maintenant, l'an dernier ou dans un an… c'est tombé comme ça.

À l'évidence, ils ne me croyaient pas.

— Auriez-vous une piste ?

— Non.

— Nous pouvons l'aider, fit Mulholland.

Je ne dis rien.

— Si jamais les amis d'Otto la retrouvent avant…

— Que lui veulent-ils ? Et vous, que lui voulez-vous ?

Ils changèrent de sujet.

— Vous étiez dans le Vermont. Deux officiers de police vous ont identifié, et votre iPhone a été trouvé là-bas. Pourquoi ?

— C'est là que nous nous sommes connus.

— Elle logeait dans cette ferme ?

Je parlais trop.

— Nous nous sommes rencontrés dans le Vermont. Elle s'est mariée dans la chapelle du village.

— Et comment votre téléphone a-t-il atterri là-bas ?

— Il a dû tomber de sa poche, intervint Benedict. À ce propos, pourrait-on le récupérer ?

— Bien sûr. Pas de problème, on va arranger ça.

Il y eut une pause. Je regardai Telesco.

— Ça fait six ans que vous la recherchez ?

— Nous l'avons cherchée au début, oui. Moins ces dernières années.

— Pourquoi ? Pourquoi maintenant ?

Ils se regardèrent, et Mulholland lança à Telesco :

— Dites-lui.

Elle se tourna vers moi.

— Nous avons interrompu nos recherches car nous étions sûrs qu'elle était morte.

Je m'étais plus ou moins attendu à cette explication.

— Et qu'est-ce qui vous a fait croire ça ?

— Nous avons besoin de votre aide.

— Je ne sais absolument rien.

— Si vous nous dites ce que vous savez, répliqua Telesco durement, nous passerons l'éponge sur Otto.

Benedict :

— Que diable insinuez-vous par là ?

— Votre client a invoqué la légitime défense.

— Eh bien ?

— Vous vouliez connaître la cause du décès. Je vais vous la dire : il a eu le cou brisé. Je vais aussi vous apprendre quelque chose. Ce genre de fracture relève rarement de la légitime défense.

— Pour commencer, nous nions toute implication dans la mort de ce malfrat...

Telesco leva la main.

— Ne nous faites pas perdre notre temps.

— Je ne sais rien, dis-je.

— Otto n'était pas de cet avis, n'est-ce pas ?

La voix de Bob : « Où est-elle ? »

Mulholland se pencha vers moi.

— Vous êtes bouché ou quoi ? Vous croyez vous en tirer comme ça ? Vous pensez qu'ils vous ont oublié ? Ils vous ont sous-estimé la première fois. Mais ça ne leur arrivera plus.

— Qui ça, « ils » ? demandai-je.

— Des individus extrêmement dangereux. Vous n'avez pas besoin d'en savoir plus.

— Ça n'a ni queue ni tête, votre histoire, commenta Benedict.

— Écoutez-moi bien, reprit Mulholland. Soit ils retrouvent Natalie les premiers, soit c'est nous. À vous de choisir.

— Je ne sais rien, je vous assure.

Ce qui était vrai, dans une certaine mesure. Mais par ailleurs, Mulholland avait omis une autre probabilité, aussi mince soit-elle.

Que je la retrouve avant tout le monde.

24

BENEDICT CONDUISAIT.

— Tu veux bien me mettre au parfum ?

— C'est une longue histoire, répondis-je.

— On a une longue route devant nous. À propos, où veux-tu aller ?

Bonne question. Je ne pouvais pas regagner le campus, pas seulement parce que j'y étais *persona non grata*, mais parce que, comme Mulholland et Telesco me l'avaient rappelé, j'avais une bande de dangereux criminels à mes trousses. Je me demandai si Jed et Cookie en faisaient partie. C'était peu probable. Bob et Otto étaient des professionnels ; m'enlever était pour eux une simple tâche de routine. Jed et Cookie étaient des amateurs… maladroits, nerveux, en colère. J'ignorais ce que cela signifiait, mais je me doutais que c'était important.

— Je ne sais pas trop.

— Je reprends le chemin du campus, OK ? Toi, explique-moi ce qui se passe.

Je m'exécutai. Les yeux rivés sur la route, Benedict ponctuait mon récit d'un occasionnel hochement de tête. Le visage fermé, il gardait en permanence les

mains à dix heures dix. Lorsque je me tus, il resta
muet pendant quelques instants.

Puis :

— Jake ?

— Oui ?

— Il faut que tu arrêtes ça.

— Je ne suis pas sûr de pouvoir arrêter.

— Il y a plein de gens qui veulent te faire la peau.

— Je n'ai jamais été très aimé, tu sais.

— Certes, mais tu as mis le pied dans un sacré mer-
dier.

— Vous autres lettrés avec vos images poétiques.

— Je ne plaisante pas.

J'avais bien compris.

— Ces gens dans le Vermont, fit Benedict. Qui
sont-ils ?

— De vieux amis, en un sens. C'est ça, le plus
bizarre. Jed et Cookie étaient là le jour où j'ai rencontré Natalie.

— Et maintenant ils veulent te tuer ?

— Jed me croit mêlé à l'assassinat de Todd Sanderson. Mais je ne vois pas en quoi ça le touche ni d'où il
connaissait Todd. Il doit y avoir un lien entre eux deux.

— La réponse est évidente, non ?

Je hochai la tête.

— Natalie. La première fois que je l'ai vue, elle était
assise à côté de Jed. J'ai même cru un instant qu'il y
avait quelque chose entre eux.

— Eh bien, acquiesça Benedict, on dirait que le lien
vous touche tous les trois.

— Comment ça ?

— Vous avez tous connu Natalie. Dans le sens
biblique, s'entend.

239

Cela ne me plut guère.

— On n'en sait rien, protestai-je faiblement.

— Puis-je énoncer une vérité ?

— Si tu y tiens.

— Les femmes, j'en ai fréquenté un certain nombre. Sans vouloir me vanter, certains me qualifieraient même d'expert en la matière.

J'esquissai une moue.

— Sans te vanter ?

— Il y a des femmes qui sont source d'ennuis. Tu comprends ce que je te dis ?

— Source d'ennuis.

— C'est ça.

— Ce que tu veux dire, c'est que Natalie est une de ces femmes-là ?

— Toi, Jed, Todd. Sauf ton respect, il n'y a qu'une seule explication qui tienne.

— Laquelle ?

— Ta Natalie est une frappadingue de la pire espèce.

Je fronçai les sourcils. Nous roulâmes quelque temps en silence.

— J'ai une maisonnette d'amis qui me sert de bureau, dit Benedict. Tu peux t'y installer, le temps que l'orage soit passé.

— Merci.

Il y eut un nouveau silence.

— Jake ?

— Oui.

— Plus elles sont cinglées, plus elles nous attirent. C'est notre problème, à nous, les hommes. On raconte que nous avons horreur des complications, mais en fait, c'est tout le contraire.

— Finement observé, Benedict.

— Je peux te poser une autre question ?

Je crus voir ses doigts se crisper sur le volant.

— Bien sûr.

— Comment es-tu tombé sur la nécrologie de Todd ?

Je me tournai vers lui.

— Quoi ?

— Sa nécro. Comment se fait-il que tu sois tombé dessus ?

J'ignorais si ma perplexité se lisait sur mon visage.

— C'était sur la page d'accueil du site de Lanford, rappelle-toi. Tu veux savoir quoi, au juste ?

— Rien. Je me demandais, c'est tout.

— Je te l'ai montrée dans mon bureau… et tu m'as encouragé à aller à l'enterrement.

— Exact, opina Benedict. Et maintenant, je t'encourage à laisser tomber.

Je ne répondis pas. Le silence se prolongea. Benedict le rompit le premier.

— Il y a autre chose qui me turlupine.

— Quoi donc ?

— Comment la police a-t-elle su que tu étais chez la sœur de Natalie ?

Je m'étais posé la même question. Pourtant, la réponse était évidente.

— Shanta.

— Elle savait où tu étais ?

Je lui rapportai notre conversation téléphonique. Le fait est que j'avais commis la bêtise de garder mon appareil jetable. Or si la police est capable de vous localiser grâce à votre portable, il n'y avait pas de raison que, connaissant le numéro (qui avait dû s'afficher sur le téléphone de Shanta), ils ne puissent pas retrouver ma trace par ce biais-là. Comme je l'avais toujours sur moi, j'hésitai à le balancer par la fenêtre. Mais bon, ce n'était pas utile. Ce n'étaient pas les flics qui m'inquiétaient le plus.

Après ma mise à l'écart, j'avais préparé une valise que j'avais déposée, avec mon ordinateur portable, dans mon bureau à Clark House. Et si quelqu'un surveillait mon appartement et mon bureau sur le campus ? C'était peu plausible, mais on ne savait jamais. Benedict suggéra de nous garer à bonne distance. Nous inspectâmes les alentours, mais il n'y avait rien de suspect en vue.

— On pourrait envoyer un étudiant chercher tes affaires.

Je secouai la tête.

— J'en ai déjà un qui a laissé des plumes dans cette histoire.

— Il n'y a aucun danger, là.

— Je préfère m'en occuper moi-même.

Clark House était fermé. J'y pénétrai prudemment par la porte de derrière. Ayant récupéré valise et ordinateur, je regagnai à la hâte la voiture de Benedict. Personne ne m'avait tiré dessus. Nous étions les meilleurs. Benedict m'emmena chez lui et me déposa devant la maison d'amis.

— Merci, dis-je.

— J'ai une pile de copies à corriger. Ça va aller ?

— Mais oui.

— Tu devrais voir un médecin, pour ta tête.

J'avais toujours une douleur résiduelle, due à la commotion, à la fatigue, au stress ou aux trois réunis. De toute façon, je ne pensais pas qu'un médecin puisse m'aider. Je remerciai encore Benedict et m'installai dans la pièce principale de la maison. Sortant mon ordinateur portable, je le posai sur le bureau. Il était temps d'enfiler mon habit de cyberdétective. Vous vous demandez peut-être d'où me venaient ce titre et ces compétences de cyberenquêteur. À dire vrai, de nulle part. Sinon que je sais entrer des mots dans le champ de recherche de Google.

Une date, pour commencer : le 24 mai, six ans plus tôt.

La date sur l'image de vidéosurveillance. En toute logique, s'il était arrivé quelque chose ce jour-là, les médias en auraient parlé. Je tombai tout d'abord sur une kyrielle de liens à propos d'un ouragan dans le Kansas. J'ajoutai alors « ville de New York », histoire de cibler davantage. J'appris ainsi que l'équipe de hockey des New York Rangers avait perdu contre celle des Buffalo Sabres, 1 but à 2. Lien suivant : au base-ball, les New York Mets avaient battu les Arizona Diamondbacks, 5 à 3. C'est une vraie obsession, le sport, dans ce pays.

Je finis par repérer un site qui regroupait les quotidiens new-yorkais et leurs archives. Ces quinze derniers jours, presque tous les journaux avaient consacré leur une à une série de cambriolages audacieux dans des banques new-yorkaises. Les malfaiteurs opéraient de nuit, sans laisser le moindre indice, ce pour quoi on les surnommait « les Invisibles ». Intéressant. Je cliquai sur le lien des archives en date du 24 mai et consultai les pages actualités.

Gros titres de la journée : un homme armé attaque le consulat français. La police démantèle un trafic d'héroïne géré par un gang ukrainien. L'incendie à Staten Island serait d'origine criminelle. Le gestionnaire d'un *hedge fund* de Solem Hamilton était mêlé à une escroquerie du type chaîne de Ponzi. Un contrôleur d'État était accusé d'avoir violé les règles de déontologie.

Bref, je n'étais guère plus avancé. Ou peut-être que si. Peut-être que Natalie avait fait partie du gang ukrainien. Peut-être qu'elle connaissait le gestionnaire du hedge fund – la photo ressemblait au hall d'entrée d'un immeuble de bureaux – ou le contrôleur d'État. Où étais-je ce jour-là, il y a six ans ? Le 24 mai. L'année scolaire tirait à sa fin. En fait, les cours devaient être bel et bien terminés.

Il y a six ans.

Ma vie, comme Benedict me l'avait rappelé au bar, était sens dessus dessous. Mon père venait de mourir d'une crise cardiaque. Ma thèse était au point mort. Le 24 mai. C'était l'époque où le Pr Trainor avait organisé sa fête et servi de l'alcool à des petits jeunes. Mes rapports avec le Pr Hume avaient souffert de mon obstination à réclamer une sanction.

Mais il ne s'agissait pas de ma vie. Il s'agissait de Natalie.

L'image datait du 24 mai. À supposer qu'il y ait eu un crime commis ce jour-là, à quel moment les journaux en parleraient-ils ?

Réponse : le 25 et non le 24.

Je compulsai donc les archives du 25 mai. À la une : mort violente du philanthrope local Archer Minor. Deux morts dans un incendie à Chelsea. Un adolescent non armé abattu par la police. Un homme tue son ex-femme. Un proviseur de lycée arrêté pour détournement de fonds.

J'étais en train de perdre mon temps.

Je fermai les yeux, les frottai. La tentation était forte de laisser tomber. Pourquoi ne pas respecter la promesse faite à la femme de ma vie ? D'accord, ainsi que Benedict l'avait fait remarquer, peut-être Jed et Todd avaient-ils eux aussi vu en Natalie la femme de leur vie. Quelque chose de primitif – appelons ça de la jalousie – frémit en moi.

Mais non, désolé, je ne marchais pas.

Jed ne m'avait pas agressé en amant jaloux. Todd... je n'y comprenais rien, mais cela n'avait pas d'importance. Je ne pouvais pas faire machine arrière. Ce n'était pas dans mon caractère. Du reste, quel individu normalement constitué accepterait de vivre dans une pareille incertitude ?

Une petite voix dans ma tête souffla : « Au moins, tu *vivras*. »

Tant pis. C'était trop tard, de toute façon. J'avais été agressé, menacé, molesté, arrêté, et j'avais même tué un homme...

Eh, minute papillon. J'avais tué un homme et désormais je connaissais son nom.

Penché sur le clavier, je tapai *Otto Devereaux.*

Je m'attendais à trouver un avis de décès, mais le premier lien, ce fut un forum pour « fanas de gangsters ». Véridique. Je cliquai pour accéder aux discussions, mais d'abord il fallait créer un profil. Ce que je fis.

Il y avait un sujet intitulé REPOSE EN PAIX, OTTO.

Nom d'un chien ! Otto Devereaux, l'un des pires tueurs de la mafia, s'est fait rompre le cou ! Son corps a été balancé sur le bas-côté de la voie rapide comme un sac d'ordures. Respect, Otto. Tu savais jouer de la gâchette, mon pote.

Je secouai la tête. Et maintenant quoi... un site pour les fans des pédophiles ?

Il y avait une dizaine de commentaires évoquant les prouesses les plus macabres d'Otto et – mais oui – chantant ses louanges. On dit qu'on trouve toutes sortes d'ignominies sur Internet. J'étais tombé sur un site dédié aux admirateurs de grands criminels. Drôle de monde.

Au onzième commentaire, je touchai le jackpot.

Otto reposera au funérarium Franklin à Queens. L'enterrement aura lieu samedi. C'est une cérémonie privée, mais on peut toujours envoyer des fleurs. Voici l'adresse.

Il y avait un carnet sur le bureau. J'attrapai un crayon et me calai dans ma chaise. J'écrivis le nom de Natalie sur la gauche. Celui de Todd en dessous. Et le mien, celui de Jed, de Cookie, de Bob, d'Otto... tous les noms qui me venaient à l'esprit. Delia Sanderson. Eban Trainor. Aaron Kleiner, le père de Natalie, et sa mère, Sylvia Avery. Julie Pottham. Même Malcolm Hume. Tous. Et, du côté droit de la page, je dessinai un tableau synchronique, de haut en bas.

Je voulais remonter le plus loin possible dans le temps. À l'origine de tous ces événements.

Commençons par le commencement.

Il y a vingt-cinq ans, le père de Natalie qui avait enseigné ici, à Lanford College, avait pris la tangente avec une étudiante. D'après Julie Pottham, ce cher vieux papa avait changé de région et s'était remarié. Seul problème, on avait perdu sa trace. Qu'avait dit Shanta ? Tel père, telle fille. Tous deux, Natalie et son père, semblaient s'être volatilisés. Comme s'ils n'avaient jamais existé.

Je traçai une ligne reliant Natalie à son père.

Puis je réfléchis à ce que j'avais appris de Julie. Ses informations concernant son père lui venaient de sa mère. Peut-être que maman en savait plus qu'elle ne voulait bien l'admettre. Peut-être même qu'elle avait l'adresse de papa. Il fallait absolument que je lui parle.

J'entourai le nom de Sylvia Avery.

En remontant dans le temps, j'arrivai à l'époque, vingt ans plus tôt, où Todd Sanderson avait été étudiant ici. Après le suicide de son père, il avait frôlé l'exclusion. Je repensai à son dossier, à sa nécrologie. Les deux citaient l'association caritative qu'il avait créée pour se racheter.

J'écrivis *Nouveau Départ* sur mon carnet.

Un, Nouveau Départ était né ici même, sur ce campus, dans le sillage des ennuis personnels de Todd. Deux, il y a six ans, Natalie avait dit à sa sœur qu'elle et Todd allaient parcourir le monde pour le compte de Nouveau Départ. Trois, Delia Sanderson, la véritable épouse de Todd, m'avait dit que Nouveau Départ avait été l'œuvre de sa vie. Quatre, le Pr Hume, mon vénéré maître, avait été directeur d'études au moment de la création de Nouveau Départ.

Je tapotai le papier avec mon crayon. Tout cela tournait autour de Nouveau Départ. Même si j'ignorais ce qui se cachait derrière le « cela ».

Je décidai de creuser l'histoire de cette association. Si Natalie avait réellement participé à leurs actions, l'un d'entre eux pourrait avoir une idée de l'endroit où elle se trouvait. Je lançai donc une nouvelle recherche sur le Net. Les membres de Nouveau Départ aidaient les gens à repartir de zéro, même si leur champ d'action me semblait un peu flou. Ils opéraient les enfants atteints d'une malformation congénitale tel le bec-de-lièvre, par exemple. Ils aidaient les dissidents politiques qui cherchaient asile, les entrepreneurs confrontés à une faillite ; ils vous aidaient à retrouver un emploi quel que soit votre passif.

Bref, comme le disait l'accroche en bas de leur page d'accueil, ils aidaient quiconque avait « réellement, désespérément besoin de prendre un nouveau départ ».

Je fronçai les sourcils. Difficile de faire plus vaseux.

Il y avait un lien pour ceux qui voulaient faire un don. Nouveau Départ étant une association à but non lucratif, toutes les contributions étaient déductibles fiscalement. Il n'y avait aucun nom de responsable, aucune mention de Todd Sanderson ou de Malcolm Hume. Il n'y avait pas d'adresse. Le numéro de téléphone avait pour indicatif 843, la Caroline du Sud. Je composai ce numéro et tombai sur une boîte vocale. Je ne laissai pas de message.

Je trouvai une société en ligne qui enquêtait sur les diverses œuvres de charité, « pour vous permettre de donner en toute confiance ». Moyennant une somme modique, on vous envoyait un rapport complet sur n'importe quelle organisation, y compris la déclaration fiscale 990 (je ne voyais absolument pas ce que c'était) et « une analyse exhaustive avec les données financières, les missions réalisées, le curriculum des dirigeants, les investissements, l'argent dépensé pour la collecte de fonds et autres activités ». Je payai le prix demandé et reçus un mail disant que le rapport me parviendrait dès le lendemain.

Je pouvais attendre jusque-là. Ma tête m'élançait comme un orteil écrasé. Je n'aspirais qu'à une chose :

dormir. Demain matin, j'irais à l'enterrement d'Otto Devereaux, mais, pour le moment, mon corps avait besoin de repos. Je pris une douche et m'écroulai raide mort, ce qui, étant donné les circonstances, paraissait somme toute logique.

25

BENEDICT SE PENCHA PAR LA VITRE DE LA VOITURE. Sa voiture, soit dit en passant.

— Je n'aime pas ça.

Je ne me fatiguai pas à répondre. On avait abordé le sujet une bonne dizaine de fois déjà.

— Merci de me prêter ta caisse.

J'avais abandonné ma propre voiture à Greenfield, avec sa fausse plaque d'immatriculation. À un moment ou un autre, il faudrait bien que je songe à la récupérer, mais ça pouvait attendre.

— Je peux t'accompagner, dit Benedict.

— Tu as cours aujourd'hui.

Il n'objecta pas. Nous ne manquions jamais un cours. J'avais déjà causé assez de mal à nos étudiants en me lançant dans cette drôle d'aventure. Inutile d'en rajouter.

— Tu comptes donc te pointer comme ça à l'enterrement de ce gangster ?

— Plus ou moins, oui.

— Plutôt moins que plus, on dirait.

Il n'avait pas tort. J'envisageais d'assister de loin à l'enterrement d'Otto Devereaux. Dans l'espoir d'apprendre pourquoi il m'avait enlevé, pour qui il travaillait, pourquoi ils recherchaient Natalie. Je n'avais pas de plan à proprement parler, mais l'autre option – attendre les bras croisés que Bob ou Jed me tombent dessus – ne me souriait pas plus que ça.

Mieux valait être proactif. C'est ce que j'aurais dit à mes étudiants.

La route 95 entre le Connecticut et New York est un vaste chantier quasi ininterrompu qui voudrait se faire passer pour une autoroute. Néanmoins, je réalisai une honnête moyenne. Le funérarium Franklin était situé dans Northern Boulevard dans le quartier de Flushing à Queens. Bizarrement, la photo sur leur site représentait le fameux Bow Bridge à Central Park, le pont sur lequel se retrouvent les amoureux dans toutes les comédies romantiques qui ont Manhattan pour décor. Je ne voyais pas bien le rapport, jusqu'à ce que je me gare devant le funérarium.

Vous parlez d'une dernière demeure.

Le bâtiment semblait avoir été construit vers la fin des années soixante-dix pour accueillir deux cabinets de dentistes et peut-être un proctologue. La façade était en stuc jauni, couleur dentition de fumeur. Les fêtes, les mariages, les célébrations sont souvent à l'image de ceux qu'on fête. Mais pas les enterrements. La mort est un formidable dénominateur commun, si bien que toutes les cérémonies funèbres finissent par se ressembler, sauf au cinéma. Elles sont toujours formelles et apprêtées et n'offrent que peu de réconfort.

Comment faire, maintenant que j'étais là ? Je ne pouvais pas y aller comme ça. Imaginez que je tombe sur Bob. Je pouvais toujours rester au fond, mais un type de mon gabarit passe rarement inaperçu. Il y avait un homme en noir qui indiquait aux arrivants où stationner. Il me demanda :

— L'enterrement Johnson ou Devereaux ?

Et, comme j'ai l'esprit vif, je répondis :

— Johnson.

— Garez-vous sur la gauche.

Je pénétrai sur le vaste parking. Les gens réunis pour l'enterrement Johnson étaient massés devant l'entrée. Pour Devereaux, une tente avait été dressée à l'arrière. Je trouvai une place dans un coin et m'y garai en marche arrière. De là, j'avais une vue imprenable sur la tente. Si jamais quelqu'un me remarquait, je pourrais toujours faire l'éploré qui avait besoin d'un moment de solitude pour se ressaisir.

La dernière fois que j'avais assisté à un enterrement, c'était six jours plus tôt, dans une petite chapelle blanche à Palmetto Bluff. Six années s'étaient écoulées entre le mariage dans une chapelle blanche et les funérailles dans une autre. Six ans, et pas un jour sans que je pense à Natalie.

Et elle, qu'avait-elle fait pendant ces six années ?

Une limousine allongée s'arrêta devant la tente. Deux hommes en costume sombre s'approchèrent pour ouvrir cérémonieusement les portières. Une femme gracile, la trentaine, descendit en s'appuyant sur leurs bras. Elle était accompagnée d'un petit garçon aux cheveux longs, âgé de six ou sept ans, et vêtu de noir. Je trouvai ça presque obscène. Un petit garçon, ça ne devrait pas porter un costume noir.

Jusqu'ici, l'idée qu'Otto puisse avoir une famille ne m'avait même pas effleuré. Qu'il puisse avoir une compagne gracile qui partageait son lit et ses rêves. Ou un fils aux cheveux longs qui l'aimait et avec qui il jouait au ballon dans le jardin. D'autres gens sortirent de la limousine. Une femme âgée pleurait à chaudes larmes dans un mouchoir froissé. Elle dut être à moitié portée jusqu'à la tente par un couple dans les trente, trente-cinq ans. La mère d'Otto et peut-être son frère et sa sœur, allez savoir. La famille se posta en rang à l'entrée de la tente pour accueillir amis et proches. Ils avaient l'air anéantis. Le petit garçon semblait perdu, désorienté, apeuré, comme si quelqu'un venait de lui porter un coup en traître.

Et ce quelqu'un, c'était moi.

Je restais coi dans la voiture. J'avais considéré Otto comme une entité isolée. Sa mort accidentelle avait été un drame personnel, la fin d'une vie solitaire. Sauf que personne n'est totalement isolé. La mort, ça fait des vagues, ça crée un écho.

Le spectacle était pénible, mais pas au point de me faire regretter mon geste. Je me redressai légèrement pour mieux examiner l'assistance. Je m'attendais à un genre de casting de figurants pour *Les Soprano.* Il y en avait, bien sûr, mais dans l'ensemble la foule était passablement hétéroclite. Il y eut des poignées de main, des embrassades. Certains étreignaient longuement les membres de la famille ; d'autres se contentaient d'une petite tape dans le dos. À un moment, la femme que j'avais cataloguée comme étant la mère d'Otto faillit s'évanouir. Deux hommes la retinrent.

J'avais tué son fils. C'était un fait établi et en même temps surréaliste.

Une nouvelle limousine s'arrêta pile devant la famille en deuil. L'espace d'un instant, tout le monde parut se figer. Deux types baraqués comme des attaquants des New York Jets ouvrirent la portière arrière.

L'homme qui en descendit était grand et maigre, les cheveux gominés. Un murmure s'éleva dans l'assemblée. L'homme devait avoir dans les soixante-dix ans, et sa tête me parut vaguement familière, sans que j'arrive à la remettre. Il ne rejoignit pas la file d'attente… qui s'écarta d'elle-même telle la mer Rouge devant Moïse. Je remarquai qu'il arborait une fine moustache, comme dessinée au crayon. Il s'approcha, hochant la tête à droite et à gauche, serrant des mains au passage.

Manifestement, c'était une grosse pointure.

L'homme à la fine moustache salua personnellement chaque membre de la famille. L'un d'eux – peut-être le beau-frère d'Otto – mit un genou à terre. L'homme hocha la tête et l'autre se releva, contrit. L'un des baraqués le précédait, l'autre le suivait. Personne ne leur emboîta le pas.

Après avoir serré la main de la mère d'Otto, la dernière personne de la rangée, l'homme à la moustache fit demi-tour et regagna sa limousine. L'un de ses gardes du corps lui ouvrit la portière. L'autre s'installa au volant. Personne ne pipa tant qu'ils ne furent pas partis.

En fait, personne ne pipa pendant une bonne minute, même après leur départ. Je vis une femme esquisser un signe de croix. Puis la file se remit en branle. Je me demandais qui était ce personnage quand la mère d'Otto fondit à nouveau en larmes. Ses genoux fléchirent, et elle s'effondra dans les bras d'un homme pour sangloter contre sa poitrine. Je me raidis. L'homme lui caressa le dos, lui prodigua des paroles de réconfort. Elle se cramponna à lui, et il attendit patiemment qu'elle se calme.

Cet homme, c'était Bob.

Malgré la distance qui nous séparait, je plongeai sous le tableau de bord. Mon cœur battait la chamade.

J'inspirai profondément et risquai un coup d'œil en direction de la tente. Bob était en train de se dégager doucement des bras de la mère d'Otto. Il lui sourit et rejoignit un groupe d'hommes dix mètres plus loin.

Ils étaient cinq en tout. L'un d'eux sortit un paquet de cigarettes. Tout le monde en prit une, sauf Bob. Il était bon de savoir que mon gangster se préoccupait de sa santé. J'attrapai mon téléphone, braquai le zoom sur le visage de Bob et cliquai à quatre reprises.

Et ensuite ? Devais-je attendre l'enterrement, puis suivre Bob jusque chez lui ?

Je n'en savais trop rien. L'objectif premier était de découvrir sa véritable identité en espérant apprendre ainsi les raisons pour lesquelles il en avait après Natalie. Je pouvais aussi le regarder monter dans sa voiture, noter le numéro de la plaque et demander à Shanta d'essayer de l'identifier. Mais je ne faisais plus vraiment confiance à Shanta, et puis, si ça se trouve, Bob était venu à l'enterrement avec ses copains fumeurs.

Quatre d'entre eux se détachèrent du groupe et s'engouffrèrent dans la tente, laissant Bob avec le cinquième homme. Il avait l'air plus jeune et portait un costume tellement brillant qu'on aurait dit une boule de disco. Bob sembla lui donner des instructions. M. Bling-Bling écouta sans cesser de hocher la tête. Pour finir, Bob s'en fut rejoindre les autres, mais pas M. Bling-Bling qui se dirigea, d'un pas exagérément chaloupé – on aurait dit un personnage de dessin animé –, vers une Cadillac Escalade immaculée.

Je me mordis la lèvre, indécis. L'enterrement risquait de durer un certain temps… une demi-heure, une heure peut-être. Plutôt que de rester planté là, autant suivre M. Bling-Bling pour voir où cela allait me mener.

255

Je remis le moteur en marche et m'engageai derrière lui dans Northern Boulevard. Je trouvais ça un peu bizarre, de filer le train à un gangster, mais bon, la journée tout entière semblait être placée sous le signe de l'étrange. J'ignorais à quelle distance il me fallait suivre la Cadillac. Il tourna dans Francis Lewis Boulevard. Je restais deux voitures derrière lui. Futé. Je me sentais comme Starsky et Hutch. Enfin, l'un des deux.

Quand je suis stressé, j'aime bien me raconter des blagues vaseuses.

M. Bling-Bling bifurqua sur le parking d'une vaste jardinerie appelée Global Garden. Super, me dis-je. Il est allé chercher des décorations florales pour l'enterrement. Encore une bizarrerie : on s'habille en noir, mais on choisit des fleurs colorées en guise d'ornement. Le magasin, cependant, était fermé. M. Bling-Bling se gara à l'arrière. Moi aussi, mais à bonne distance. Il descendit de la Cadillac et se dirigea, toujours en chaloupant, vers la porte de service. Sans vouloir porter un jugement hâtif, compte tenu de ses fréquentations, de son costume et de sa démarche affectée, je le soupçonnai d'être ce que les jeunes d'aujourd'hui nomment un bouffon. Il martela la porte avec sa chevalière et attendit, sautillant comme un boxeur qui attend l'annonce de début du match sur le ring. Je crus que le sautillement, c'était pour la frime. La suite me prouva que non.

Un garçon – il aurait pu être un de mes étudiants – vêtu du tablier vert du magasin et d'une casquette de base-ball à l'envers ouvrit la porte, sortit, et M. Bling-Bling lui envoya son poing en pleine figure.

Bon sang, où étais-je tombé ?

La casquette valsa. Le jeune homme suivit en se tenant le nez. L'autre l'empoigna par les cheveux et, se penchant si bas que je craignis qu'il ne lui morde le nez sans doute déjà cassé, il se mit à lui hurler dessus. Puis, se redressant, il donna un coup de pied dans les côtes du garçon qui se plia de douleur.

Ça suffisait.

Mû par un mélange grisant mais dangereux de peur et d'instinct, j'ouvris la portière de ma voiture. La peur pouvait être maîtrisée. J'avais appris ça de mon expérience de videur.

— Halte ! criai-je.

Et, c'est là que, l'instinct entrant en jeu, j'ajoutai :

— Police !

La tête de M. Bling-Bling pivota dans ma direction.

Je sortis mon portefeuille et l'ouvris d'un coup sec. À cette distance, il n'y verrait que du feu. C'était avant tout une affaire de contenance. Il suffisait d'être ferme, de garder son sang-froid.

Le garçon ramassa sa casquette, l'enfonça sur sa tête, la visière en arrière, et disparut dans le bâtiment. Imperturbable, je refermai mon portefeuille et me dirigeai vers M. Bling-Bling. Lui aussi semblait avoir une certaine expérience de la chose. Il ne chercha pas à fuir ni à se justifier. Il n'avait même pas l'air coupable. Il attendit juste, patiemment, que je m'approche.

— J'ai une question pour vous, déclarai-je. Une seule. Si vous y répondez, on oublie ça.

— Quoi ça ? répliqua-t-il en souriant.

Ses dents minuscules ressemblaient à des Tic-Tac.

— Il n'y a rien à oublier, si ?

J'avais mon iPhone à la main, avec la plus nette des quatre photos de Bob.

— Qui est cet homme ?

M. Bling-Bling jeta un coup d'œil, sourit à nouveau.

— Montrez-moi votre plaque.

Au temps pour la contenance.

— Répondez-moi.

— Vous n'êtes pas flic.

Il trouvait ça drôle.

— Vous savez comment je le sais ?

La porte du magasin s'entrouvrit. Je croisai le regard du garçon. Il hocha la tête en signe de remerciement.

— Si vous étiez flic, vous sauriez qui c'est.

— Dites-moi son nom et...

M. Bling-Bling plongea la main dans sa poche. Il avait peut-être un flingue sur lui. Ou un couteau. Ou bien il cherchait un mouchoir. Je n'en savais rien. Et ça ne m'intéressait pas.

J'en avais plus qu'assez.

Sans crier gare, j'abattis mon poing sur son nez. J'entendis le cartilage craquer, comme quand on marche sur un gros scarabée. Le sang jaillit. À travers l'interstice de la porte, je vis le garçon qui souriait.

— Qu'est-ce qui... ?

Je lui balançai un autre direct, visant le nez indiscutablement cassé.

— Qui est-ce ? demandai-je. Comment s'appelle-t-il ?

M. Bling-Bling mit ses mains en coupe comme si son nez était un oiseau blessé. Je balayai sa jambe. Il s'écroula presque au même endroit que le petit jeune la minute d'avant. Derrière lui, la porte se referma. Le garçon ne voulait pas être mêlé à ça. Je comprenais. Le pantalon brillant de mon homme était maculé de sang, mais j'étais sûr que ça partirait comme sur du vinyle. Je me baissai, le poing en l'air.

— Qui est-ce ?

— Alors là..., nasilla-t-il, vaguement épaté. Vous, vous êtes un homme mort.

Cela m'arrêta presque dans mon élan.

— Qui est-ce ?

Je lui montrai à nouveau le poing. Il leva la main en un geste de protection piteux. Aucune chance qu'il puisse arrêter le coup.

— OK, OK, fit-il. Danny Zuker. Voilà à qui vous avez affaire, mon pote. Danny Zuker.

Contrairement à Otto, Bob ne m'avait pas donné son vrai nom.

— Vous êtes un homme mort, vieux.

— J'avais entendu la première fois, le rabrouai-je.

Mais même moi, je sentis la peur dans ma voix.

— Danny, il est du genre rancunier. Franchement, vous êtes un homme mort. Vous avez pigé ? Vous savez ce que vous êtes ?

— Un homme mort, ça va, j'ai compris. Allongez-vous sur le ventre, la joue droite au sol.

— Pourquoi ?

Je levai le poing. Il se coucha sur le ventre, mais du mauvais côté. Je lui ordonnai de tourner la tête et extirpai son portefeuille de sa poche arrière.

— Vous me volez maintenant ?

— La ferme.

Je lus à voix haute :

— Edward Locke, domicilié ici même, à Flushing, New York.

— Ouais, et alors ?

— Je connais votre nom et votre adresse. Vous voyez, on peut être deux à jouer à ce petit jeu-là.

Il s'esclaffa.

— Quoi ?

— Personne n'y joue aussi bien que Danny Zuker.

Je laissai tomber le portefeuille.

— Vous avez donc l'intention de lui parler de notre petite échauffourée ?

— Notre quoi ?

— Vous allez lui parler de ceci ?

Je le vis sourire à travers le sang.

— À la minute où vous serez parti, vieux. Pourquoi, vous allez encore me menacer, hein ?

— Pas du tout, répondis-je posément. Vous êtes tout à fait libre de lui dire. Seulement, de quoi aurez-vous l'air ?

Le nez dans le bitume, il fronça les sourcils.

— Comment ça, de quoi j'aurai l'air ?

— Vous, Edward Locke, venez de vous prendre une dérouillée par quelqu'un que vous ne connaissez pas. Qui vous a explosé le nez, et a bousillé votre beau costume... Mais vous êtes encore vivant. Comment est-ce possible ?

— Hein ?

— Vous êtes encore vivant parce que vous avez balancé Danny Zuker après deux bourre-pifs.

— Ce n'est pas vrai ! Jamais je ne...

— Vous m'avez donné son nom. Croyez-vous que Danny appréciera ? Vous semblez bien le connaître. Comment réagira-t-il en apprenant que vous l'avez balancé ?

— Je ne l'ai pas balancé !

— Vous le lui expliquerez.

Il y eut un silence.

— À vous de voir, déclarai-je. Si vous ne parlez pas, Danny n'en saura rien. Il ne saura pas non plus que vous vous êtes fait tabasser.

Nouveau silence.

— Nous nous sommes bien compris, Edward ?

Il ne répondit pas, et je ne pris pas la peine d'insister. Il était temps de partir. Je doutais qu'il puisse lire d'ici la plaque minéralogique – la plaque de Benedict –, mais mieux valait être prudent.

— Je vais m'en aller maintenant. Restez face contre terre jusqu'à ce que je sois parti, et tout ira bien.

— À part mon nez cassé, maugréa-t-il.

— Vous vous en remettrez. Ne bougez pas, d'accord ?

Je m'éloignai à reculons, sans le quitter des yeux puis je montai dans la voiture et démarrai. J'étais assez content de moi, même si, honnêtement, il n'y avait pas de quoi pavoiser. Je repris Northern Boulevard en sens inverse et repassai devant le funérarium. Sans m'arrêter. J'avais pris assez de risques pour aujourd'hui. Je profitai du feu rouge pour jeter un rapide coup d'œil sur ma boîte mail. Bingo. J'avais un message de la société en ligne chargée d'enquêter sur les associations caritatives.

```
Objet : Analyse complète sur Nou-
veau Départ
```

Cela pouvait attendre mon retour. À moins que... Deux rues plus loin, je repérai une échoppe appelée Cybercraft Internet Café. On se serait cru dans un rayon informatique à l'heure d'affluence. Des dizaines d'ordinateurs s'alignaient dans des compartiments exigus le long du mur. Ils étaient tous pris. Aucun client, excepté votre serviteur, ne semblait avoir plus de vingt ans.

— Va falloir patienter, m'informa une espèce de petit branleur avec plus de piercings que de dents.

— D'accord, acquiesçai-je.

Au bout d'un moment, cependant, je m'apprêtais à partir quand un groupe de ce qu'on nomme des gamers poussa des cris et, avec force tapes dans le dos et poignées de main alambiquées, libéra plusieurs terminaux à la fois.

— Qui c'est qu'a gagné ? demanda Branleur.

— Randy Corwick, mec.

Branleur avait l'air content.

— Allez payer.

Puis, s'adressant à moi :

— Vous en avez pour combien de temps, papy ?

— Dix minutes, répondis-je.

— Je vous en donne cinq. Prenez le numéro six. Il est chaud bouillant, mec. Faudrait pas le laisser refroidir avec des trucs ringards.

Super. Je me connectai rapidement et ouvris ma boîte mail. Je téléchargeai le rapport financier sur Nouveau Départ. Il faisait dix-huit pages. Il y avait une déclaration fiscale, des courbes de dépenses, des courbes de revenus, des courbes de rentabilité, la courbe de la durée de vie utile des immeubles et des équipements, quelque chose sur la composition du passif, un bilan, un truc appelé analyse des comparables...

J'enseigne les sciences politiques. Je ne connais rien à la comptabilité.

Vers la fin, je trouvai l'historique de l'association. Elle avait effectivement été fondée par trois personnes. Le Pr Malcolm Hume était cité comme conseiller pédagogique. Et deux étudiants, comme coprésidents. L'un était Todd Sanderson. Et l'autre, Jedediah Drachman.

Mon sang ne fit qu'un tour. Quel est le diminutif que vous donneriez à Jedediah ?

Jed.

Je pataugeais toujours dans la semoule, mais une chose était sûre : Nouveau Départ était à l'origine de tout.

— Le temps est écoulé, papy.

C'était Branleur.

— Y a un autre terminal qui va se libérer dans un quart d'heure.

Je secouai la tête, payai et regagnai ma voiture d'un pas mal assuré. Mon maître pouvait-il être mêlé à tout cela ? Quelle sorte de bienfaisance était-ce, si elle impliquait mon élimination ? Je décidai de rentrer et de soumettre la question à Benedict. Peut-être qu'il aurait une idée.

Je mis le moteur en marche et, toujours hébété, repris le boulevard en direction de l'ouest. J'avais rentré l'adresse du funérarium dans le GPS, mais, pour le trajet du retour, je pensais trouver celle du domicile de Benedict dans « Destinations récentes ». Au premier feu rouge, je cliquai sur l'icône correspondante. Je recherchais l'adresse de Benedict à Lanford quand mon regard tomba sur l'adresse en tête de liste, la dernière en date. Ce n'était pas Lanford, Massachusetts.

C'était Kraftboro, dans le Vermont.

26

MON UNIVERS TANGUA, chavira et bascula cul par-dessus tête.

Je contemplai fixement le GPS. L'adresse complète était 260 VT-14, Kraftboro, Vermont. Je la connaissais. Je l'avais rentrée il y a peu de temps dans mon propre GPS.

C'était l'adresse du centre de ressourcement créatif.

Mon meilleur ami s'était rendu à la résidence où Natalie avait logé six ans auparavant. Il s'était rendu à l'endroit où elle avait épousé Todd. À l'endroit où, tout récemment, Jed et sa bande avaient tenté de me tuer.

Pendant quelques secondes, je fus incapable de bouger. La radio marchait, mais je n'aurais su dire ce qu'elle diffusait. C'était comme si un couvercle s'était rabattu sur le monde. La réalité mit du temps à percer à travers le brouillard, mais alors elle m'assomma tel un crochet du gauche inopiné.

J'étais seul.

Même mon meilleur ami m'avait menti. Plus exactement, était en train de me mentir.

Attends, me dis-je. Il doit bien y avoir une explication rationnelle.

Oui, mais laquelle ? Comment expliquer cette adresse dans le GPS de Benedict ? Que se passait-il, bon sang ? À qui pouvais-je faire confiance ?

Je ne connaissais qu'une réponse et elle concernait cette dernière question : à personne.

Je suis un grand garçon. Je me considère comme quelqu'un d'indépendant. Mais jamais, je crois, je ne m'étais senti aussi perdu ni n'avais éprouvé un sentiment aussi cuisant de solitude.

Assez, Jake. Arrête de t'apitoyer sur toi-même. C'est le moment d'agir.

Pour commencer, je consultai les autres adresses dans le GPS de Benedict, mais ne trouvai rien d'intéressant. Si, son adresse personnelle, que j'activai pour pouvoir rentrer. Pendant le trajet, je zappai d'une station radio à l'autre en quête de l'impossible chanson parfaite. Je sifflotai tous les airs ringards qui se présentaient. Rien à faire. Et les travaux sur la route 95 achevèrent de me mettre les nerfs en pelote.

Tout en conduisant, je tins des conversations imaginaires avec Benedict. En fait, je répétai la façon dont je l'aborderais, ce que je dirais, comment il réagirait et ainsi de suite.

En arrivant dans sa rue, j'agrippai convulsivement le volant. Puis je regardai l'heure. Il avait un séminaire, donc il ne serait pas chez lui. Tant mieux. Je me garai devant la maison d'amis et me dirigeai vers sa porte d'entrée. À dire vrai, j'avais besoin d'en savoir plus. Je n'étais pas prêt à l'affronter. Je n'avais pas assez d'éléments. Selon la simple formule de Francis Bacon, celle que nous citons constamment à nos étudiants : « Savoir, c'est pouvoir. »

Benedict planquait un double des clés dans une pierre factice à côté de sa poubelle. Je le sais parce que je suis son meilleur ami. Nous n'avons pas de secrets l'un pour l'autre.

Mais je venais de découvrir que c'était faux. Et notre amitié, était-elle factice elle aussi ?

Je songeai à ce que Cookie m'avait chuchoté dans l'obscurité du bois : « Si vous n'arrêtez pas, vous allez tous nous faire tuer. »

Visiblement, ce n'était pas une figure de style, et pourtant je n'arrêtais pas, au risque de mettre « toutes » ces vies en péril. Qui étaient ces « tous » ? Quel était ce danger dont la nature m'échappait ? Benedict était-il chargé de garder un œil sur moi ?

Ce n'était pas le moment de céder à la paranoïa.

Une chose à la fois. Après tout, il existait peut-être une explication plausible à la présence de cette adresse dans son GPS. Je n'ai pas beaucoup d'imagination. J'ai même tendance à voir les choses de façon linéaire. On aurait pu emprunter sa voiture. Voire la voler. Une de ses conquêtes nocturnes aurait pu vouloir visiter une exploitation d'agriculture biologique. À moins que, une fois de plus, je ne refuse de voir la réalité en face.

Je glissai la clé dans la serrure. Allais-je vraiment franchir cette ligne-là ? Allais-je fouiller la maison de mon meilleur ami ?

Et comment donc.

J'entrai par la porte de derrière. Mon appartement pouvait être charitablement décrit comme fonctionnel. La maison de Benedict ressemblait au palais d'un sultan. Le salon regorgeait de poufs poire de toutes les couleurs. Les murs étaient tendus de tapisseries chamarrées. De hautes statuettes africaines se dressaient aux quatre coins de la pièce. Curieusement, je me sentais bien dans ce décor tape-à-l'œil. Le gros pouf jaune était mon préféré. J'en avais vu, des matchs de foot dans ce pouf. J'avais aussi beaucoup joué à la Xbox.

Justement, les manettes de la Xbox étaient posées dessus. Sauf qu'elles ne m'apprendraient pas grand-chose. Je me demandai ce que je cherchais au juste. Un indice, j'imagine. Pour comprendre ce que Benedict était allé faire dans cette ferme-résidence-antre de malfaiteurs à Kraftboro, dans le Vermont.

Je commençai par regarder dans les tiroirs. Cuisine, rien. Chambre d'amis, rien. Placard et commode dans le salon, toujours rien. Le bureau de Benedict avec l'ordinateur se trouvait dans sa chambre. J'ouvris les tiroirs du bureau. Rien.

Dans le classeur pour dossiers suspendus, il y avait des factures, des copies d'étudiants, des horaires de cours. Pour ce qui était des documents un tant soit peu personnels, il n'y avait – roulement de tambour, s'il vous plaît – absolument rien.

Rien comme rien.

Cela m'interloqua. Chez moi, il n'y avait pas grand-chose certes, mais, tout de même, un peu plus de traces de mon passé. De vieilles photos, quelques lettres.

Rien de tel chez Benedict. Et alors ?

Je voulus m'asseoir derrière son bureau. Benedict étant bien plus petit que moi, il n'y avait pas de place pour y glisser mes genoux. Me penchant, j'appuyai sur une touche du clavier de l'ordinateur. L'écran s'alluma. Comme beaucoup de gens, Benedict n'éteignait pas son ordinateur. Fallait-il être vieux jeu pour fouiller dans les tiroirs ! Plus personne ne garde ses secrets dans un tiroir.

Nous les stockons dans l'ordinateur.

J'ouvris Microsoft Office et consultai les documents les plus récents. Le premier était un document Word intitulé VBM-WXY.doc. Drôle de nom. Je cliquai dessus.

Le fichier ne s'ouvrit pas. Il était protégé par un mot de passe.

Ah bon.

Je ne me creusai pas la tête pour essayer de le deviner. Je cherchai plutôt un moyen de le contourner. Mais rien ne me venait à l'esprit. Les autres fichiers étaient des recommandations pour des étudiants. Deux pour l'école de médecine, deux pour l'école de droit et une pour une école de commerce.

Quel était donc ce fichier protégé par le mot de passe ?

Je cliquai sur l'icône de la boîte mail. Pour accéder à la messagerie, il fallait également un mot de passe. J'inspectai le bureau à la recherche d'un bout de papier avec le précieux sésame inscrit dessus – beaucoup de gens le notent sur un bout de papier –, mais il n'y avait rien. Encore une piste qui finissait en cul-de-sac.

Je cliquai sur le navigateur et tombai sur la page Yahoo ! Actualités. Finalement, c'est dans l'historique que je trouvai mon bonheur. Benedict s'était récemment connecté sur Facebook. Je cliquai sur le lien. Le profil d'un homme s'afficha. Appelé, croyez-le ou non, John Smith. Il n'y avait pas sa photo. Il n'avait pas d'amis. Quant à l'adresse, c'était New York, NY.

Cet ordinateur était connecté à Facebook sous le nom de John Smith.

Un compte bidon. Ça arrive souvent… J'ai un ami abonné à un serveur de musique qui passe par Facebook. Du coup, chaque fois qu'il écoutait un morceau, tous ses amis étaient au courant. Moyennement ravi, il créa un faux profil comme celui-ci afin de garder ses goûts musicaux pour lui.

Le fait que Benedict utilise un faux profil ne signifiait rien en soi. Mais il y avait mieux. Lorsque j'entrai son nom dans le moteur de recherche, je m'aperçus qu'il n'existait pas de compte Facebook au nom de Benedict Edwards. Il y avait deux autres Benedict Edwards dans le répertoire : l'un était musicien à Oklahoma City, et l'autre, danseur à Tampa, en Floride. Aucun des deux n'était mon Benedict Edwards à moi.

Bon, d'accord, ça aussi, c'était monnaie courante. Moi-même, j'avais un compte Facebook que je n'utilisais pratiquement jamais, ou juste pour voir les photos que les gens mettaient sur leur page. C'était peut-être pareil pour Benedict. Il avait créé ce compte pour pouvoir consulter les liens Facebook, point.

Un coup d'œil sur l'historique, et mon hypothèse vola en éclats. En haut de la liste figurait le lien vers la page d'un dénommé Kevin Backus. L'espace d'une seconde, je crus que c'était un autre pseudo de Benedict, mais non, Kevin Backus était un type au physique quelconque, qui posait avec des lunettes noires et le pouce en l'air. Je fronçai les sourcils.

Kevin Backus. Ni ce nom ni ce visage ne me disaient rien.

Je cliquai sur la page « À propos ». Elle était vide. Ni adresse, ni diplôme, ni profession, rien. Seule était précisée la mention « en couple ». Avec une femme qui s'appelait Marie-Anne Cantin.

Je me frottai le menton. Marie-Anne Cantin. Ce nom-là aussi m'était inconnu. Il apparaissait en bleu, donc elle avait elle aussi un profil. Il suffisait de cliquer dessus.

Lorsque sa page s'afficha – lorsque je vis la photo de Marie-Anne Cantin –, je la reconnus sur-le-champ.

C'était cette photo que Benedict avait dans son portefeuille.

Oh ! non. Je déglutis, me redressai, retins mon souffle. Tout s'éclaircissait. J'en avais le cœur gros. Marie-Anne Cantin était une femme superbe. Une Afro-Américaine au port altier, aux pommettes hautes… sauf qu'en regardant son profil de près, je constatai mon erreur sur un point.

Elle n'était pas afro-américaine. Elle était africaine tout court. Marie-Anne Cantin, d'après sa page Facebook, vivait au Ghana.

Intéressant, même si ce détail devait être relégué dans la rubrique de-quoi-je-me-mêle. Quelque part, Benedict avait croisé le chemin de cette femme. Il était tombé amoureux d'elle. Il l'aimait toujours. Mais quel rapport avec son incursion à Kraftboro ?

Petite minute.

Moi aussi, j'étais tombé amoureux d'une femme. Moi aussi, je l'aimais toujours. Moi aussi, j'étais allé à Kraftboro, dans le Vermont.

Ce Kevin Backus, serait-ce le Todd Sanderson de Benedict ?

D'accord, c'était un peu tiré par les cheveux, mais Marie-Anne Cantin était la seule piste dont je disposais. Je cliquai sur « À propos ». Son cursus était impressionnant. Études d'économie à l'université d'Oxford et diplôme de droit à Harvard. Conseiller juridique à l'ONU, elle était née à Accra, la capitale du Ghana, où elle résidait à ce jour. Et elle était « en couple » avec Kevin Backus.

Je voulus voir ses photos, mais elles étaient classées « privé ». Je retournai alors sur la page de Kevin Backus. Ses albums photo étaient en accès libre. Parfait. Je cliquai sans trop savoir ce que je cherchais.

Le premier album s'intitulait tout bêtement « Les bons moments ». Il y avait là une vingtaine d'images, de ce brave Kevin avec sa chérie, ou de Marie-Anne seule. Ils avaient l'air heureux. Enfin, elle avait l'air heureuse. Lui, c'était pire que ça : il semblait au bord de l'extase. J'imaginai Benedict en train de regarder ces photos. Je voyais aussi le verre de whisky dans sa main. Le jour qui baisse. Le reflet bleuâtre de l'écran sur ses lunettes d'homme-fourmi. La larme qui perle au bord de sa paupière.

J'entendais encore sa voix pâteuse : « La seule femme que j'aie jamais aimée... »

Pauvre Benedict.

Pauvre peut-être, mais je ne voyais toujours pas le rapport avec son voyage dans le Vermont. Je jetai un œil sur les autres albums. Il y en avait un qui s'appelait « Famille ». Kevin avait deux frères et une sœur. Sa mère apparaissait sur nombre de photos. En revanche, aucune trace du père. Il y avait un album intitulé « Chutes de Kintampo » et un autre, « Parc national de Mole ». C'étaient surtout des photos de paysages et autres merveilles de la nature.

Le dernier album s'appelait « Oxford – remise de diplômes ». Curieux. Kevin et Marie-Anne s'étaient-ils connus sur les bancs de la fac ? Étaient-ils « en couple » depuis ce temps-là ? Cela me paraissait bien long, mais pourquoi pas ?

À voir les tenues, les coiffures et le visage de Kevin, ces photos-là remontaient à quinze ou vingt ans, avant l'ère du tout numérique. Je parcourus distraitement les vignettes quand une photo de la deuxième rangée accrocha mon regard.

La main tremblante, j'attrapai la souris, déplaçai le curseur sur l'image et cliquai dessus. C'était une photo de groupe. Huit jeunes diplômés radieux en toge noire. Je reconnus Kevin Backus sur la droite, à côté d'une jeune fille inconnue. À en juger par leur posture, ils étaient ensemble. En fait, en y regardant de plus près, j'avais devant moi quatre couples le jour de la remise des diplômes. Je n'en étais pas absolument sûr – c'était peut-être juste une disposition fille-garçon –, mais il me semblait qu'il y avait autre chose là-dessous.

Mon œil fut immédiatement attiré par la jeune femme sur la gauche. C'était Marie-Anne Cantin. Avec un sourire éblouissant, le sourire qui tue.

Bon sang, Benedict. Je comprenais mieux maintenant.

Marie-Anne couvait du regard un jeune homme que je ne reconnus pas au premier abord.

Lui aussi était africain ou afro-américain. Il avait le crâne rasé. Il était glabre. Il ne portait pas de lunettes. C'est pour ça que j'eus du mal à le reconnaître.

Benedict.

Mais il y avait un hic. Deux, plus précisément. *Primo*, Benedict n'avait pas étudié à Oxford. Et *secundo*, le nom sous la photo n'était pas Benedict Edwards, mais Jamal W. Langston.

Peut-être que ce n'était pas Benedict. Peut-être que Jamal W. Langston lui ressemblait.

Je fronçai les sourcils. Mais oui, bien sûr. Et, comme par hasard, Benedict était raide amoureux d'une fille qui, dans le temps, avait fréquenté quelqu'un qui lui ressemblait.

C'était débile comme raisonnement.

Vous parlez d'un micmac ! Ou alors, au contraire, les pièces du puzzle étaient en train de se mettre en place. Je tapai *Jamal W. Langston* sur Google. Le premier résultat, ce fut le lien vers un journal intitulé le *Statesman*, « le plus vieux journal d'informations générales du Ghana – fondé en 1949 ».

Je cliquai sur l'article. Quand je lus le titre, je faillis m'étrangler, mais en même temps, le tableau commença à se dessiner beaucoup plus nettement.

C'était la notice nécrologique de Jamal W. Langston.

Comment était-ce possible ? Je me mis à lire, écarquillant les yeux au fur et à mesure que les pièces s'imbriquaient les unes dans les autres.

Derrière moi, une voix fit avec lassitude :

— Bon Dieu, j'aurais préféré que tu ne voies pas ça.

Réprimant un frisson, je me retournai lentement. Benedict avait une arme à la main.

27

DE TOUS LES MOMENTS SURRÉALISTES que j'avais vécus ces derniers jours, me faire tenir en joue par mon meilleur ami arrivait largement en tête du palmarès. Je secouai la tête. Pourquoi n'avais-je rien vu venir ? Ses lunettes avec leur monture qui repoussait les limites du ridicule. Cette coiffure qui me faisait douter de sa santé mentale ou de son continuum espace-temps.

Benedict portait un col roulé vert, un pantalon en velours beige, une veste en tweed… et un pistolet pointé dans ma direction. Ça me donnait presque envie de rire. J'avais un million de questions à lui poser, mais je commençai par celle qui m'obsédait depuis le début.

— Où est Natalie ?

S'il fut surpris, il n'en laissa rien paraître.

— Je ne sais pas.

Je désignai le pistolet dans sa main.

— Tu as l'intention de t'en servir ?

— J'ai prêté serment, répondit-il. J'ai juré.

— De me descendre ?

— D'éliminer quiconque découvrirait mon secret.

— Même ton soi-disant meilleur ami ?

— Même lui.

Je hochai la tête.

— J'ai compris, tu sais.

— Compris quoi ?

— Jamal W. Langston, dis-je en montrant l'écran. Le procureur qui avait déclaré la guerre aux tout-puissants cartels de la drogue du Ghana au mépris de sa propre sécurité. Lui seul a pu en venir à bout. Cet homme est mort en héros.

J'attendis une réaction qui ne vint pas.

— Un type courageux, ajoutai-je.

— Un crétin, rectifia Benedict.

— Les trafiquants ont juré de se venger... et, à en croire cet article, ils ont réussi. Jamal W. Langston a été brûlé vif. Sauf que ce n'est pas vrai, n'est-ce pas ?

— Ça dépend.

— De quoi ?

— Non, Jamal n'a pas été brûlé vif, dit Benedict. Mais les cartels ont eu leur revanche.

Le voile proverbial me tomba des yeux. Ou plutôt non, ce fut comme un objectif effectuant une mise au point. La masse informe au loin se condensait peu à peu, retrouvait un contour définissable. Pas à pas, l'image se précisait. Natalie, la résidence, notre rupture brutale, le mariage, la police de New York, cette capture de vidéosurveillance, son mystérieux mail, la promesse qu'elle m'avait extorquée six ans auparavant... tout se tenait.

— Tu as falsifié ta propre mort pour protéger cette femme, c'est ça ?

— Et me protéger, moi.

— Mais surtout elle.

Au lieu de répondre, Benedict – ou devais-je l'appeler Jamal ? – s'approcha de l'écran et effleura doucement le visage de Marie-Anne.

— Qui est-elle ? demandai-je.

— Ma femme.

— Elle sait ce que tu as fait ?

— Non.

— Attends un peu, m'exclamai-je, sidéré. Elle te croit mort ?

Il hocha la tête.

— Ça fait partie du serment qu'on prête. C'est le seul moyen d'assurer la sécurité de chacun.

Je repensai à lui, assis à cette même place, devant Facebook, à contempler les photos, son statut, les événements de sa vie… comme le fait d'être « en couple » avec un autre.

— Qui est Kevin Backus ?

Benedict esquissa un semblant de sourire.

— Kevin est un vieil ami. Il a attendu longtemps pour tenter sa chance. C'est bon. Je ne veux pas qu'elle reste seule. C'est un mec bien.

Le silence même était poignant.

— Vas-tu m'expliquer ce qui se passe ? lui dis-je.

— Il n'y a rien à expliquer.

— Je pense que si.

Il secoua la tête.

— Je t'ai déjà tout dit. Je ne sais pas où est Natalie. Je ne l'ai jamais rencontrée. Je n'ai jamais entendu parler d'elle, si ce n'est par toi.

— J'ai un peu de mal à te croire.

— Tant pis.

Il avait toujours le pistolet à la main.

276

— Qu'est-ce qui t'a mis la puce à l'oreille ?

— Le GPS dans ta voiture. J'ai vu que tu étais allé à Kraftboro.

Il fit une grimace.

— Suis-je bête.

— Pourquoi es-tu allé là-bas ?

— À ton avis ?

— Aucune idée.

— Je voulais te sauver la vie. Je suis arrivé à la ferme juste après les flics. Mais, apparemment, tu n'as pas eu besoin de mon aide.

Je me souvins de la voiture sur le chemin... juste quand les flics avaient exhumé mon téléphone.

— Tu vas me tuer ? questionnai-je.

— Tu aurais dû écouter Cookie.

— Je ne pouvais pas. Tu es bien placé pour comprendre ça, non ?

— Moi ?

L'air se chargea d'électricité.

— Tu dérailles complètement. J'ai fait tout ça pour protéger la femme que j'aime. Alors que toi, tu cherches à la faire tuer.

— Vas-tu me tuer, oui ou non ?

— Je voudrais que tu comprennes.

— Je crois avoir compris, répondis-je. En tant que procureur, tu as envoyé de gros méchants derrière les barreaux. Et ils ont voulu se venger.

— Plus que voulu, fit-il doucement, le regard rivé sur la photo de Marie-Anne. Ils l'ont enlevée. Ils l'ont même... ils l'ont brutalisée.

— Oh ! non !

Derrière ses lunettes d'homme-fourmi, ses yeux s'emplirent de larmes.

— C'était un avertissement. J'ai réussi à la récupérer. Et j'ai su que nous devions partir tous les deux.

— Alors, pourquoi ne pas l'avoir fait ?

— Ils nous auraient retrouvés. Le cartel ghanéen arrose toute l'Amérique latine. Ils peuvent étendre leurs tentacules n'importe où. J'ai bien pensé à nous faire passer pour morts tous les deux, mais…

— Mais quoi ?

— Malcolm a dit que ça ne marcherait pas.

Je déglutis.

— Malcolm Hume ?

Il acquiesça.

— Il se trouve que Nouveau Départ avait une antenne dans la région. Ils ont entendu parler de ma situation. Le Pr Hume a eu pour mission de s'occuper de moi. Sauf qu'il n'a pas tout à fait respecté le protocole. Il m'a fait venir ici en pensant que je serais utile à la fois en tant qu'enseignant et aussi, le cas échéant, en tant que membre actif de l'association.

— Tu veux dire, pour aider des gens comme Natalie ?

— Je ne sais rien à son sujet.

— Tu parles.

— C'est extrêmement compartimenté. Chaque membre traite un dossier différent. Je n'ai travaillé qu'avec Malcolm. J'ai passé quelque temps dans ce centre de formation dans le Vermont, mais je ne connaissais pas, par exemple, l'existence de Todd Sanderson.

— Et notre amitié ? demandai-je. Ça faisait partie de ton job ? Tu étais censé me surveiller ?

— Non. Pourquoi t'aurait-on surveillé ?

— À cause de Natalie.

— Je te l'ai déjà dit, je ne l'ai jamais rencontrée. J'ignore tout de son histoire.

— Mais elle a une histoire, n'est-ce pas ?

— Tu ne comprends pas. Je n'en ai pas la moindre idée.

Il secoua la tête.

— Personne ne m'a parlé de ta Natalie.

— En même temps, ce serait logique, non ? Reconnais-le.

Il ne répondit pas.

— Tu n'as pas dit résidence. Tu as dit centre de formation. Riche idée, franchement. Maquiller ça en résidence pour artistes dans un coin paumé. Qui irait soupçonner quoi que ce soit ?

— J'en ai déjà trop dit, déclara Benedict. Ça n'a pas d'importance.

— Nouveau Départ. Rien que le nom… j'aurais dû m'en douter. Leur but, c'est d'offrir à ceux qui en ont besoin un nouveau départ dans la vie. Le cartel de la drogue voulait ta mort. Eux, ils t'ont sauvé. Ça suppose une autre identité. Et forcément devenir quelqu'un d'autre. On vous entraîne à vous comporter différemment, à parler une autre langue ou avec un accent, à porter un déguisement peut-être, comme le tien. D'ailleurs, tu n'enlèverais pas ces lunettes à la con maintenant ?

Il sourit presque.

— Je ne peux pas. Je portais des lentilles là-bas.

Je plissai le front.

— Donc, il y a six ans, Natalie atterrit dans ce centre de formation. Je ne sais pas encore pourquoi. Il y a sûrement un rapport avec la photo que le NYPD m'a montrée. Elle aurait commis un crime ou, plus

279

vraisemblablement, elle a été témoin de quelque chose de grave.

Je marquai une pause. Il y avait des lacunes dans ce raisonnement ; néanmoins, je poursuivis :

— Nous nous sommes rencontrés. Nous sommes tombés amoureux. Ça a dû être apprécié moyennement, à moins que, je ne sais pas, elle se soit trouvée là pour une autre raison quand nous avons entamé notre relation. Puis soudain, il a fallu qu'elle disparaisse. Et vite. Imagine qu'elle ait voulu que je l'accompagne. Comment votre organisation aurait-elle réagi ?

— Pas bien.

— Justement. Comme avec Marie-Anne et toi.

Je parlais sans me donner le temps de réfléchir, car les pièces se mettaient en place d'elles-mêmes.

— Seulement, Natalie me connaissait. Elle connaissait mes sentiments pour elle. Elle savait que si elle rompait du jour au lendemain, je ne marcherais pas. Que si elle s'évanouissait dans la nature, je remuerais ciel et terre pour la retrouver.

Benedict se bornait à me dévisager sans un mot.

— Résultat ? continuai-je. Votre organisation aurait pu mettre sa mort en scène, comme elle l'a fait pour toi, sauf que dans son cas, ce n'était pas crédible. Si la police new-yorkaise ou des types comme Danny Zuker étaient à ses trousses, il aurait fallu des preuves drôlement solides... je ne sais pas, moi... un cadavre, plus les histoires d'ADN, bref, ça n'aurait pas fonctionné. D'où ce mariage bidon. En un sens, c'était la solution idéale. Pour me convaincre, pour convaincre sa famille et ses amis proches. D'une pierre deux coups. Elle m'a raconté que Todd était un de ses ex, et qu'elle s'était rendu compte qu'elle n'aimait que lui. C'était bien plus plausible qu'un gars qu'elle venait juste de rencontrer. Sauf que, quand j'en ai parlé à Julie, elle m'a dit qu'elle ne le connaissait pas. Elle croyait que c'était un coup de foudre. D'une manière ou d'une autre, même si nous trouvions ça bizarre, que pouvions-nous faire ? Natalie était mariée et elle n'était plus là.

Je le regardai.

— J'ai raison, Benedict ? Ou Jamal. Ou quel que soit ton nom, à la fin. Est-ce que je brûle, au moins ?

— Je ne sais pas. Je ne te mens pas. Je ne sais rien à propos de Natalie.

— Est-ce que tu vas me tuer ?

Il n'avait pas lâché son pistolet.

— Non, Jake, je ne crois pas.

— Pourquoi ? Et ton précieux serment ?

— Le serment, c'est sérieux. Tu n'imagines pas à quel point.

Plongeant la main dans sa poche, il en sortit une petite boîte. Comme celle où ma grand-mère gardait ses gélules.

— Chacun de nous en a une sur lui.

— Qu'est-ce qu'il y a dedans ? demandai-je.

Il l'ouvrit. À l'intérieur se trouvait une unique capsule noir et jaune.

— Du cyanure, dit-il simplement.

Un courant d'air froid s'engouffra dans la pièce.

— Celui qui a tué Todd Sanderson a dû le prendre par surprise... sans lui laisser le temps d'avaler la sienne.

Il fit un pas vers moi.

— Tu comprends mieux maintenant ? Tu comprends pourquoi Natalie t'a arraché cette promesse ?

J'étais comme pétrifié.

— Si tu la retrouves, tu la tues. C'est aussi simple que ça. Si l'organisation est compromise, beaucoup de gens vont mourir. Des gens bien. Des gens comme ta Natalie et ma Marie-Anne. Des gens comme toi et moi. Tu vois pourquoi il faut que tu lâches l'affaire ?

Je voyais, oui. Mais je ne désarmais pas.

— Il doit y avoir un autre moyen.

— Il n'y en a aucun.

— Tu n'y as pas encore réfléchi, c'est tout.

— Oh si, répondit-il avec, dans la voix, une douceur que je ne lui connaissais pas. Plus que tu ne le crois. Pendant des années.

Il remit la boîte à pilule dans sa poche.

— Tu sais que je dis la vérité, Jake. Tu es mon meilleur ami. À l'exception de cette femme que je ne reverrai plus, ne toucherai plus jamais, tu es la personne qui compte le plus dans ma vie. S'il te plaît, Jake. S'il te plaît, ne m'oblige pas à commettre l'irréparable.

28

JE FAILLIS RACCROCHER.

Ou plutôt, je raccrochai pendant un petit moment. À première vue, Benedict – il tenait à ce que je continue à l'appeler ainsi, histoire d'éviter les lapsus – avait entièrement raison. Il fallait que je lâche l'affaire.

Il restait encore plein de zones d'ombre, bien sûr. J'ignorais pourquoi Natalie avait disparu. Et même si elle était encore en vie. La police la croyait morte. Sans doute parce que, lorsqu'on a quelqu'un comme Danny Zuker ou Otto Devereaux à ses trousses, les chances de survie sont infinitésimales.

Je ne savais pas non plus combien ils étaient dans l'organisation, ni combien de personnes ils avaient aidées. Au fond, cela n'avait pas grande importance. Ce qui l'était, c'était que des vies humaines étaient en jeu. J'avais conscience de la valeur d'un serment. Je comprenais, quand on avait consenti autant de sacrifices et pris de tels risques, qu'on soit capable de tuer pour se protéger et protéger les êtres chers.

C'était aussi un immense soulagement de savoir que ma relation avec Natalie n'avait pas été factice, qu'elle avait sacrifié notre amour pour nous sauver l'un et l'autre. Sauf que ce constat, et le sentiment de totale impuissance qui l'accompagnait, me brisaient le cœur. La douleur était toujours là… différente, mais, d'une certaine manière, plus intense.

Comment l'atténuer ? Oui, vous avez deviné. Benedict et moi mîmes le cap sur le Bar Bibliothèque. Cette fois, nous ne fîmes pas semblant de chercher le réconfort dans les bras d'une inconnue. Nous savions que seuls des amis comme Jack Daniel's et Ketel One pourraient chasser momentanément nos idées noires.

Notre soirée Jack-Ketel battait son plein lorsque je posai une question toute bête :

— Pourquoi je ne peux pas être avec elle ?

Benedict ne répondit pas. Il avait l'air fasciné par quelque chose au fond de son verre. Mais je ne me décourageai pas.

— Pourquoi ne puis-je pas disparaître moi aussi et vivre seul avec elle ?

— Tu serais prêt à abandonner l'enseignement, ta vie ici, tout ?

— Oui, acquiesçai-je avec véhémence. Sans hésiter.

Benedict s'absorba à nouveau dans la contemplation de son verre.

— Oui, je comprends, fit-il avec une infinie tristesse.

— Alors ?

Il ferma les yeux.

— Je regrette. Ce n'est pas possible.

— Pourquoi ?

— Pour deux raisons, dit-il. Premièrement, ça ne se fait pas. C'est le protocole qui veut ça, c'est comme ça qu'on compartimente. Ce serait trop dangereux.

— Je trouverai bien une solution.

Ma voix pâteuse se fit implorante.

— Ça fait six ans déjà. Je pourrais dire que je pars pour l'étranger ou...

— Tu parles trop fort.

— Désolé.

— Jake ?

— Oui ?

Il plongea son regard dans le mien.

— C'est la dernière fois qu'on aborde ce sujet. Je sais que c'est dur, mais tu dois me promettre de ne plus le remettre sur le tapis. Suis-je clair ?

Je ne répondis pas directement.

— Tu as mentionné deux raisons pour lesquelles je ne pourrais pas la rejoindre.

— En effet.

— Quelle est la seconde ?

Baissant les yeux, il termina son verre d'un seul trait et, sans prendre le temps d'avaler, fit signe au barman de lui en servir un autre. Le barman fronça les sourcils. Il avait du mal à nous suivre.

— Benedict ?

Il renversa son verre pour faire tomber les toutes dernières gouttes.

— Personne ne sait où est Natalie.

J'esquissai une grimace.

— J'ai bien compris la nécessité de garder le secret...

— Ce n'est pas le seul paramètre.

L'air impatient, il se tourna vers le barman.

— Personne ne sait où elle est.

— Voyons, quelqu'un doit bien savoir.

Il secoua la tête.

— C'est comme ça qu'on fonctionne. C'est notre issue de secours. Le moyen pour nos membres de rester en vie, du moins je l'espère. Todd a été torturé. Tu le sais, n'est-ce pas ? Il aurait pu révéler certaines choses – la ferme dans le Vermont, quelques noms –, mais même lui ignorait où se trouvaient les gens une fois qu'ils avaient pris un...

Il esquissa des guillemets avec ses doigts.

— ... « nouveau départ ».

— Pourtant toi, ils savent qui tu es.

— Seul Malcolm est au courant. Je suis une exception parce que je viens de l'étranger. Les autres ? Nouveau Départ les prend en main, leur fournit tous les outils. Après quoi, pour la sécurité de tous, ils s'en vont de leur côté et personne ne connaît leur destination finale. C'est ce que j'appelle compartimenter.

Personne ne savait où était Natalie. Je m'efforçai de digérer cette information, mais ça ne passait pas. Natalie était en danger, et je ne pouvais rien faire pour elle. Natalie était seule quelque part où je ne pouvais pas la rejoindre.

Benedict se tut. Il m'avait tout dit. Tout ce qu'il lui était possible de dévoiler. Lorsque nous quittâmes le bar et reprîmes en titubant le chemin de la maison, je me fis une promesse à ma façon. Fini, j'abandonnais ma quête. Je pouvais continuer à vivre malheureux – je l'avais bien fait jusqu'à présent –, mais pas en sachant que je mettais en danger celle que j'aimais. On m'avait mis en garde à de nombreuses reprises. Il était temps que j'obéisse.

Je laissais tomber.

C'est ce que je me dis en pénétrant d'un pas mal assuré dans la maison d'amis. C'est ce que je comptais faire quand ma tête toucha l'oreiller et que je fermai les yeux. C'est ce que je croyais quand, me retournant sur le dos, je fixai le plafond qui tanguait au-dessus de moi. C'est ce que je considérais comme acquis quand – le réveil digital affichait 6 h 18 – je me souvins d'une chose qui m'avait complètement échappé.

Le père de Natalie.

Je me dressai sur le lit, soudain raide comme un bout de bois.

Je ne savais toujours pas ce qu'il était advenu du Pr Aaron Kleiner.

Si Julie Pottham avait raison, si son père était réellement parti avec une étudiante, puis avait refait sa vie, Shanta n'aurait eu aucun mal à le retrouver. Non, il avait disparu.

Tout comme sa fille Natalie à une vingtaine d'années d'intervalle.

Peut-être que l'explication était simple. Lui aussi aurait été pris en charge par Nouveau Départ. Mais non, l'association n'existait que depuis vingt ans. La disparition du Pr Kleiner aurait-elle présidé à sa création ? Malcolm Hume avait connu le père de Natalie. D'ailleurs, c'est lui que la mère de Natalie était venue trouver après le départ de son mari. Imaginons que mon mentor l'ait aidé à disparaître avant de créer une structure, sous couvert de bienfaisance, pour porter secours à des gens comme lui.

Ce n'était pas totalement absurde.

Ce qui l'était, en revanche, c'est que sa fille disparaisse brutalement vingt ans après.

Quel rapport entre le sort de Natalie et celui de son père ? Pourquoi la police m'avait-elle montré une photo vieille de six ans ? Et que venaient faire là-dedans Danny Zuker et Otto Devereaux ?

Autant de questions qui se bousculaient dans mon esprit.

Je sortis du lit en réfléchissant à ce que j'allais faire. Sauf qu'il n'y avait rien à faire. J'avais promis à Benedict de ne plus m'en mêler. Et si Natalie avait choisi de disparaître, eh bien, je devais respecter son choix. Elle avait certainement pesé le pour et le contre, et je n'avais qu'à me fier à son jugement.

Qui étais-je pour m'immiscer dans ses plans ?

Ainsi fortifié dans ma détermination, je résolus une fois de plus d'abandonner, de me résigner à vivre avec cette terrible frustration quand une autre pensée me frappa de plein fouet. Tétanisé, je la tournai et la retournai dans tous les sens. Voilà une chose que personne n'avait remarquée... et qui changeait radicalement la promesse que j'avais faite à Benedict.

Il s'apprêtait à aller en cours quand je me précipitai dehors. En voyant ma tête, il se figea lui aussi.

— Ça ne va pas ?

— Je ne peux pas abandonner.

Benedict poussa un soupir.

— On en a déjà discuté.

— Je sais. Mais quelque chose nous a échappé.

Son regard fit le tour du jardin, comme s'il craignait la présence d'une oreille indiscrète.

— Jake, tu as promis...

— Ça n'a pas commencé avec moi.

— Quoi ?

— Cette nouvelle menace. L'intérêt de la police. Otto Devereaux et Danny Zuker. Nouveau Départ en état de siège. Ce n'est pas moi qui ai tout déclenché en essayant de localiser Natalie.

— Je ne vois pas de quoi tu parles.

— L'assassinat de Todd, déclarai-je. C'est ça qui m'a poussé à réagir. Vous autres, vous pensez que c'est moi qui ai saboté votre couverture. En fait, non. Quelqu'un était déjà au courant. Ce quelqu'un a retrouvé Todd, l'a torturé et tué. Moi, c'est la nécro de Todd qui m'a servi de point de départ.

— Ça ne change rien, dit Benedict.

— Mais bien sûr que si. Si Natalie était planquée, bien à l'abri quelque part, d'accord, je comprendrais que je n'aie pas à m'en mêler. Seulement ne vois-tu pas ? Elle est en danger. Quelqu'un sait qu'elle ne s'est pas mariée, n'est pas partie vivre à l'étranger. Quelqu'un est allé jusqu'à tuer Todd Sanderson. Quelqu'un la cherche... et Natalie ne se doute de rien.

Benedict se frotta le menton.

— Ils sont à ses trousses, insistai-je. Je ne peux pas laisser tomber. Tu ne comprends pas ?

Il secoua la tête.

— Non, je ne comprends pas.

Sa voix trahissait son épuisement.

— Je ne vois pas ce que tu peux faire sinon causer sa mort. Écoute-moi, Jake. Je comprends ton point de vue, mais nous avons pris des dispositions pour protéger le groupe. Tout le monde s'est mis au vert jusqu'à ce que les choses se calment.

— Mais Natalie est...

— ... en sécurité, du moment que tu n'interfères pas. Dans le cas contraire, c'est la mort assurée non seulement pour elle, mais pour Marie-Anne, pour moi et des tas d'autres gens. Je vois ce que tu veux dire, mais tu fais fausse route. Tu refuses de voir la réalité en face. Tu es tellement obsédé par Natalie que tu déformes les faits pour te donner l'excuse d'intervenir. Tu n'es pas d'accord ?

— Pas du tout.

Il jeta un coup d'œil à sa montre.

— Il faut que j'aille à mon cours. On en reparlera plus tard. N'entreprends rien d'ici là, OK ?

Je ne répondis pas.

— Promets-moi, Jake.

Je promis. Mais cette fois-ci, je tins parole six minutes plutôt que six ans.

29

JE FIS UN SAUT À LA BANQUE et retirai quatre mille dollars en liquide. La guichetière dut demander l'autorisation à son chef, lequel s'en fut trouver le directeur de l'agence. Je ne me souvenais même plus à quand remontait mon dernier retrait au guichet plutôt qu'au distributeur.

J'allai ensuite acheter deux téléphones jetables. Sachant que les flics pouvaient vous localiser n'importe où grâce à votre portable, je coupai mon iPhone et le fourrai dans ma poche. Si j'avais des appels à passer, j'utiliserais les téléphones jetables que j'allumerais le moins possible. Car si la police était capable de me repérer, un type comme Danny Zuker l'était probablement aussi. Ma parano – cela pouvait se comprendre – en était à son niveau maximal.

Commençons par le commencement. Benedict avait beau jurer que personne ne savait où était Natalie, je ne le croyais pas totalement. Et comme Malcolm Hume était l'un des instigateurs de Nouveau Départ, je décidai qu'il était temps d'appeler mon ancien mentor.

La dernière fois que j'avais vu l'homme dont j'occupe le bureau à présent, c'était il y a deux ans à un séminaire sur la violation de la Constitution. Il arrivait de Floride, bronzé et en pleine forme. Ses dents étaient d'une blancheur surnaturelle. Comme beaucoup de retraités qui habitent en Floride, il avait l'air épanoui, reposé et très vieux. Nous avions passé de bons moments ensemble, mais il y avait maintenant une certaine distance entre nous. Malcolm Hume était comme ça. J'avais une profonde affection pour lui. Mon père mis à part, il était mon modèle de référence. Mais il nous avait clairement fait comprendre que la retraite, c'était la fin. Il abhorrait les vieux professeurs ou administrateurs qui s'incrustaient bien au-delà de leur date de péremption, comme ces joueurs de base-ball d'âge mûr qui refusent d'admettre l'inévitable. Après avoir quitté notre vénérable institution, le Pr Hume n'y était jamais retourné. Malgré ses quatre-vingts ans, Malcolm Hume était du genre à aller de l'avant.

Du coup, en dépit de notre passé commun, nous ne communiquions pas souvent. Cette page-là de sa vie avait été tournée. Aujourd'hui, Malcolm Hume se consacrait au golf, à son cercle de lecture de polars et à ses soirées bridge. Il était fort possible que Nouveau Départ ne fasse plus partie de ses préoccupations. Mais tant pis, j'avais besoin de savoir.

Je composai son numéro de téléphone à Vero Beach et tombai sur son répondeur. Sa voix de stentor, devenue rocailleuse avec l'âge, m'invita à laisser un message. J'allais le faire quand je me rendis compte que je n'avais pas de numéro à lui donner, surtout avec un téléphone éteint presque en permanence. Je n'avais qu'à réessayer plus tard.

Bon, et maintenant ?

Mon cerveau se remit à carburer, revenant pour la énième fois à la question du père de Natalie. C'était lui, la clé du mystère. Qui pourrait m'éclairer sur son véritable sort ? À l'évidence, la mère de Natalie.

Je pensai appeler Julie Pottham pour la prier de me mettre en contact avec sa mère, mais je sentis que ce serait une perte de temps. Je me rendis donc à la bibliothèque municipale et demandai à utiliser Internet. Sylvia Avery était domiciliée chez sa fille Julie à Ramsey, New Jersey. Je me rencognai dans mon siège, puis ouvris les Pages jaunes et cherchai toutes les résidences médicalisées dans les environs de Ramsey. Il y en avait trois. Je téléphonai aux trois et demandai à parler à Sylvia Avery. Chaque fois, on me répondit qu'ils n'avaient pas de « résidente » (ce fut le terme employé) à ce nom. J'élargis alors la recherche au comté de Bergen. Vu le nombre d'adresses, je cliquai sur la carte et appelai celles qui étaient proches de Ramsey. Au sixième appel, la réceptionniste de la résidence services Hyde Park répondit :

— Sylvia ? Je crois qu'elle a travaux manuels avec Louise. Désirez-vous laisser un message ?

Travaux manuels avec Louise. Comme si elle était à l'école primaire.

— Non, je rappellerai, merci. Vous avez des heures de visite ?

— Il est préférable de venir entre 8 et 20 heures.

— Je vous remercie.

Je raccrochai et jetai un œil sur le site de la résidence Hyde Park. Leur emploi du temps quotidien était mis en ligne. Les travaux manuels avec Louise étaient bien inscrits au programme. Suivis du club de Scrabble, de la séance Voyage en fauteuil – aucune idée de ce que ça voulait dire – et de Mémoire pâtissière. Demain, il y avait une sortie de trois heures au centre commercial de Paramus, mais aujourd'hui rien, tout le monde était là. Tant mieux.

Je me présentai chez un loueur de voitures et demandai un modèle de catégorie moyenne. On me proposa une Ford Fusion. Je n'eus pas d'autre choix que de payer avec ma carte bancaire. Et je repris la route pour aller rendre visite à la mère de Natalie.

Une fois sur la route 95, je me revis effectuant le même trajet... Bon sang, c'était hier. Je m'arrêtai, sortis mon iPhone, l'allumai. Il y avait des mails et des appels téléphoniques. Dont trois de Shanta. Sans m'en préoccuper, je cherchai rapidement Danny Zuker sur le Net. Il y en avait un célèbre qui travaillait à Hollywood. J'ajoutai le mot « gangster » à son nom. Rien. Y compris sur le forum du fan-club du crime organisé. Aucune trace de Danny Zuker.

Peut-être que j'avais mal orthographié son nom. J'essayai avec Zucker, Zooker et Zoocker. Toujours rien d'intéressant. La sortie de Flushing n'était pas loin. Je décidai de tenter ma chance. Global Garden, la jardinerie où j'avais flanqué une raclée à Edward, était ouverte.

Voilà une affaire qui méritait réflexion... quand j'en aurais le temps. Avais-je vraiment besoin de lui casser la figure pour obtenir des informations ? Dans mes cours, je parle souvent de l'importance des instincts primaires dans le discours politique et philosophique. M'estimais-je au-dessus des lois ? Ces lois si chères à mon cœur étaient-elles destinées à protéger les autres ou à nous protéger de nous-mêmes ?

Je ne savais plus très bien de quel côté je me situais.

Je me garai, passai devant une vaste promotion sur « les vivaces et les poteries » et pénétrai dans le magasin. Il était immense. Une odeur âcre de paillis flottait dans l'air. Je me dirigeai vers la gauche, naviguant entre fleurs coupées, arbustes, accessoires de maison, meubles pour patio, sacs de tourbe et de terreau. Je balayais les rayons du regard à la recherche d'un tablier vert vif. Il me fallut bien cinq minutes, mais je finis par le trouver. Mon petit gars travaillait, curieusement, dans la section engrais.

Il avait un pansement sur le nez et un œil au beurre noir. Et il portait toujours sa casquette de base-ball à l'envers. Il était en train de charger des sacs d'engrais sur le chariot d'un client. Celui-ci lui parlait, et le garçon opinait avec ferveur. Il avait une boucle d'oreille. Les mèches blondes dépassant de la casquette étaient probablement le fruit d'une décoloration. Il se mettait en quatre pour le client, sans cesser de sourire. J'étais impressionné.

J'allai me poster derrière lui et j'attendis. Tout en réfléchissant à un angle d'attaque pour éviter qu'il ne me file entre les doigts. Lorsqu'il en eut terminé avec son client, il regarda aussitôt à droite et à gauche pour voir si on avait besoin de lui. Je me rapprochai, lui tapai sur l'épaule.

Il se retourna, dégainant son sourire.

— Puis-je… ?

En me voyant, il s'arrêta net. Pensant qu'il allait détaler, j'étais prêt à l'empoigner par le bras. Mais comment faire sans attirer l'attention sur nous ?

— Vous ?

Il me sauta au cou. Je m'attendais à tout sauf à ça. Néanmoins, je me laissai faire.

— Merci, mon frère. Vraiment, merci.

— Euh… je t'en prie.

— Sérieux, vous êtes mon héros ! Edward est un pourri, il s'en prend à moi parce que je ne suis pas costaud. Merci, oh, merci !

Je répétai qu'il n'y avait pas de quoi.

— C'est quoi, votre truc ? s'enquit-il. Vous n'êtes pas flic. Ça, je le sais. Alors, vous êtes un genre de superhéros ou bien ?

— Superhéros ?

— Ben, quelqu'un qui se balade et qui sauve des gens. En plus, vous lui posez des questions sur son contact chez MM.

Il se rembrunit soudain.

— Dites donc, j'espère que vous avez toute l'équipe des Avengers derrière vous, si vous comptez vous attaquer à lui.

— C'est ce que je voulais te demander, dis-je.

— Quoi ?

— Edward travaille pour un dénommé Danny Zuker, c'est ça ?

— Vous le savez, non ?

— Qui est Danny Zuker ?

— Un taré de première. Un chiot qui se prend dans ses jambes, il le flingue. C'est un malade, vous n'avez pas idée. Edward fait dans son froc devant lui. Pour de bon.

Génial.

— Et Danny, pour qui travaille-t-il ?

Le garçon fit un pas en arrière.

— Vous ne le savez pas ?

— Non. C'est pour ça que je suis ici.

— Sérieux ?

— Oui.

— Je plaisantais, mon frère... pour le superhéros. Je me suis dit, tiens, il m'a vu en train de me faire démolir, et c'est le genre de truc qu'il ne supporte pas. Mais ce n'est pas ça, hein ?

—. Non. J'ai besoin de renseignements.

— J'espère que dans vos superpouvoirs, vous avez le don de dévier les balles. Parce que, si vous vous fritez avec ces mecs-là...

— Je ferai attention.

— Je ne veux pas qu'il vous arrive des bricoles juste parce que vous m'avez filé un coup de main.

— J'entends bien, répondis-je en adoptant un ton professoral. Dis-moi ce que tu sais, ça me suffira.

Le garçon haussa les épaules.

— Eddie est mon bookmaker. C'est tout. Il aime bien la baston. Mais c'est un petit joueur. Comme je l'ai dit, il bosse pour Danny Z. Lui, Danny, c'est une pointure chez MM.

— C'est quoi, MM ?

— Je me pincerais bien le nez pour vous montrer, mais ça me fait trop mal.

Je hochai la tête.

— Danny serait dans la mafia ? C'est ce que tu essaies de me dire ?

— Je ne sais pas comment on appelle ça. Ce mot, je l'ai entendu seulement dans les vieux films. Tout ce que je peux vous dire, c'est que Danny travaille directement pour le chef de MM. Ce mec, c'est une légende.

— Comment s'appelle-t-il ?

— Vous rigolez ou quoi ? Vous habitez ici et vous ne savez pas ?

— Je n'habite pas ici.

— Ah d'accord !

— Tu veux bien me répondre ?

— Pas de souci. Vous avez été trop sympa avec moi. Je disais donc que Danny Z était le bras droit de MM.

— Et MM, c'est... ?

Une femme âgée nous interrompit.

— Bonjour, Harold.

Il lui adressa un grand sourire.

— Bonjour, madame. Alors, ça pousse, ces pétunias ?

— Vous aviez raison, pour la jardinière. Les compositions florales, c'est vraiment votre truc.

— Merci.

— Si vous avez une minute...

— Je termine avec monsieur et je suis à vous.

La femme s'éloigna en traînant les pieds. Harold, toujours souriant, la suivit des yeux.

— Harold, dis-je, m'efforçant de le ramener au sujet qui me préoccupait. Qui est MM ?

— Vous lisez jamais les journaux ? Danny Z, il taffe pour le grand méchant boss... Maxwell Minor.

Il y eut comme un déclic dans ma tête. Cela dut se voir, car Harold demanda :

— Eh, ça va, mon frère ?

Mon pouls s'était accéléré. Le sang bourdonnait à mes oreilles. J'aurais pu faire cette recherche sur l'iPhone, mais j'avais plutôt besoin d'un grand écran.

— Il me faut un ordinateur.

— Le patron, il ne laisse personne utiliser Internet ici. L'accès est bloqué.

Je le remerciai et me hâtai vers la sortie. Minor. J'avais déjà rencontré ce nom-là au cours de mes recherches. Je démarrai en trombe pour retourner sur Northern Boulevard. Je retrouvai le même Cybercraft

Internet Café. Avec le même petit branleur derrière le comptoir. S'il me reconnut, il n'en laissa rien paraître. Il y avait quatre terminaux ouverts. Je m'installai rapidement et tapai l'adresse pour accéder à la presse new-yorkaise. Une fois dans les archives, je cliquai à nouveau sur la date du 25 mai. L'ordinateur mit un temps fou à ouvrir le fichier.

Allez, plus vite…

Finalement, le titre s'afficha à l'écran :

ASSASSINAT
D'UN PHILANTHROPE

Archer Minor abattu dans son bureau

Je me retins tout juste de crier : « Eurêka ! » Ce ne pouvait être une coïncidence. Je lus l'article en entier.

Archer Minor, fils du parrain de la mafia bien connu Maxwell Minor et défenseur du droit des victimes, a été abattu hier soir dans son cabinet d'avocat de Park Avenue, par un tueur apparemment dépêché par son propre père. Fils repenti, Archer Minor travaillait pour les victimes du crime organisé : il était allé jusqu'à dénoncer publiquement son père et promettre au bureau du procureur de fournir des preuves à charge contre la famille.

L'article ne donnant guère plus de détails, j'entrai le nom d'Archer Minor dans le moteur de recherche. Dans la semaine qui suivait l'assassinat, il y avait au moins un papier par jour. Je les compulsai l'un après l'autre en quête d'un indice, d'un lien possible entre Archer Minor et Natalie. Un titre publié deux jours après les faits attira mon attention.

LA POLICE DE NEW YORK
RECHERCHE UN TÉMOIN
DANS L'AFFAIRE MINOR

Selon une source interne, la police new-yorkaise est en train de chercher une femme qui aurait assisté au meurtre du fils de gangster passé du côté de la loi, Archer Minor. Le NYPD se refuse à tout commentaire. « Nous explorons activement toutes les pistes, déclare sa porte-parole Anda Olsen. Il est possible que nous ayons bientôt un suspect en garde à vue. »

Ça collait. Enfin, ça avait l'air de coller.

Je revis la photo de Natalie sur la capture de vidéo-surveillance dans ce qui ressemblait à l'entrée d'un immeuble de bureaux. Bon, et après ? D'une façon ou d'une autre, Natalie s'était trouvée là-bas ce soir-là, dans le cabinet de Minor. Elle avait vu le meurtre. Voilà qui expliquait son air affolé. Elle s'était sauvée en espérant que ça n'irait pas plus loin, mais le NYPD avait visionné les vidéos de surveillance et l'avait repérée dans le hall.

Il y avait quelque chose là-dedans, quelque chose d'important qui m'échappait. Je repris ma lecture :

Interrogée sur le mobile du crime, Olsen a répondu : « Nous pensons qu'Archer Minor a été tué parce qu'il combattait pour la justice. » Aujourd'hui, le maire de New York, Michael

Bloomberg, a parlé de lui comme d'un héros.
« Il s'est affranchi de son nom et de l'histoire
familiale pour devenir un citoyen exemplaire.
Sa lutte acharnée aux côtés des victimes pour
que les criminels ne restent pas impunis est
gravée dans toutes les mémoires. »
Beaucoup se demandent pourquoi Archer Minor,
qui avait récemment dénoncé son père, Maxwell
Minor, et son célèbre syndicat du crime organisé
connu sous le nom de MM, n'a pas été placé
sous protection policière. « Il ne le souhaitait
pas », dit Olsen. Une source proche de la veuve
de Minor affirme que son mari a consacré sa vie
à racheter les crimes de son père. « Au début,
Archer voulait juste faire de bonnes études et
gagner sa vie honnêtement, déclare la personne
interrogée. Mais il avait beau courir vite, il n'a
jamais pu échapper à cette ombre terrible. »

Ce n'était pas faute d'avoir essayé. Archer
Minor était un ardent défenseur du droit des
victimes. Après avoir fréquenté l'école de droit
de Columbia, il avait travaillé main dans la
main avec les forces de l'ordre. Bien que le
NYPD ne se prononce pas officiellement,
l'une des hypothèses les plus courantes, et
aussi les plus choquantes, est que l'assassinat a
été commandité par son propre père. Maxwell
Minor n'a pas nié directement l'accusation. Il
a toutefois publié un bref communiqué : « Ma
famille et moi sommes dévastés par la mort de
mon fils Archer. Je demande aux médias de
nous laisser vivre notre deuil dans l'intimité. »

J'humectai mes lèvres et cliquai sur le lien « Page suivante ». En voyant la photo de Maxwell Minor, je ne fus guère surpris. C'était l'homme à la fine moustache que j'avais vu à l'enterrement d'Otto Devereaux.

Le puzzle était en train de se reconstituer sous mes yeux.

Je me rendis compte que j'osais à peine respirer. Me laissant aller en arrière, j'essayai de me détendre. Les mains derrière la tête, je fermai les yeux. Mon tableau chronologique s'était doté d'un tas de nouvelles flèches. Je continuerais à fouiller, mais j'étais pratiquement sûr que personne n'avait été condamné pour l'assassinat d'Archer Minor. C'est pour ça que le NYPD, après toutes ces années, continuait à rechercher Natalie.

La suite des événements ? Natalie était entrée en contact avec Nouveau Départ. Mais comment entrait-on en contact avec Nouveau Départ ? Sans doute suivaient-ils l'actualité, comme dans le cas de Benedict alias Jamal. Et ils approchaient ceux qu'ils pensaient pouvoir aider.

Bref, Natalie avait été envoyée au centre de ressourcement créatif qui servait de paravent à l'association. L'idée était lumineuse. Peut-être que certains pensionnaires étaient vraiment là pour des raisons artistiques. En tout cas, Natalie satisfaisait à l'une comme à l'autre des exigences. Elle était censée se cacher là-bas jusqu'à ce que la police résolve l'affaire. Une fois le coupable arrêté, elle pouvait reprendre une vie normale. Ce n'étaient que des suppositions, mais je ne devais pas être loin de la vérité.

Seulement, la sordide réalité finit par la rattraper, tuant dans l'œuf l'espoir de vivre son nouvel amour en toute tranquillité. Elle avait le choix : disparaître ou mourir.

Elle avait choisi de disparaître.

Je parcourus d'autres articles, mais ne découvris rien de neuf. Archer Minor était dépeint comme une sorte d'énigme héroïque. Promis à un avenir de grand criminel, il avait vu son frère aîné se faire exécuter « selon la loi du milieu » d'après la presse, alors qu'il était encore étudiant. C'était donc à lui de reprendre le business familial. Cela me fit presque penser au film *Le Parrain*, sauf que ce fils-là n'avait jamais retourné sa veste. Non seulement Archer avait refusé tout net de faire partie de MM, mais il avait travaillé sans relâche à sa destruction.

Encore une fois, je me demandai ce qui avait amené ma douce Natalie à se trouver dans son bureau ce fameux soir. Elle pouvait certes compter parmi ses clients, mais cela n'expliquait pas une visite aussi tardive. Ou alors, elle connaissait Archer Minor. J'allais abandonner cette piste-là, mettre sa présence sur le compte du hasard, quand mon regard tomba sur une courte et impersonnelle notice nécrologique.

Nom de...

Je fermai les yeux, les frottai, puis relus le texte du début à la fin. C'était impossible. Juste au moment où je croyais tenir le bon bout, je venais de me prendre un nouveau coup derrière la tête.

Archer Minor, 41 ans, résidant à Manhattan, né à Flushing, Queens, New York. Membre associé du cabinet Pashaian, Dressner et Rosenburgh dont le siège se trouve dans l'immeuble Lock-Horne, 245 Park Avenue, New York, il avait reçu nombre de prix et de récompenses pour son action au service d'œuvres caritatives. Diplômé avec les honneurs de Lanford College...

30

À L'AUTRE BOUT DE LA LIGNE, j'entendis Mme Dinsmore pousser un soupir.

— Normalement, vous êtes suspendu, non ?

— Je vous manque. Avouez-le.

Même au cœur de la tourmente, j'avais l'impression que Mme Dinsmore m'aidait à garder les pieds sur terre. La taquiner faisait partie de ces petits rituels réconfortants qui permettaient de tenir le coup dans un monde en folie.

— Pour vous, suspendu, ça veut dire appeler le personnel administratif, observa-t-elle.

— Seulement pour des conversations coquines.

Je la voyais d'ici me fusiller du regard.

— Qu'est-ce que vous voulez, espèce de petit rigolo ?

— J'ai besoin d'un énorme service.

— Et en échange ?

— Je vous ai parlé des conversations coquines, non ?

— Jake ?

Je crois bien que c'était la première fois qu'elle m'appelait par mon prénom.

— Oui ?

Sa voix se radoucit.

— Que se passe-t-il ? Ça ne vous ressemble pas, de vous faire suspendre. Vous êtes quelqu'un d'exemplaire.

— C'est une très longue histoire.

— La fille du Pr Kleiner dont vous êtes tombé amoureux. Vous la recherchez toujours ?

— Oui.

— Cela a quelque chose à voir avec votre suspension ?

— Oui.

Mme Dinsmore s'éclaircit la voix.

— Qu'est-ce qu'il vous faut, professeur Fisher ?

— Le dossier d'un étudiant.

— Encore ?

— Oui.

— Vous avez besoin de son autorisation. Je vous l'ai dit la dernière fois.

— Mais comme la dernière fois, l'étudiant en question n'est plus de ce monde.

— Ah bon, fit-elle. Et qui est-ce ?

— Archer Minor.

Il y eut un silence.

— Vous l'avez connu ? demandai-je.

— Pas en tant qu'étudiant.

— Comment alors ?

— Je me souviens d'avoir lu dans le *Lanford News* qu'il a été assassiné il y a quelques années de ça.

— Il y a six ans.

Le téléphone collé à l'oreille, je mis le moteur en marche.

— Voyons si j'ai tout compris, dit Mme Dinsmore. Vous êtes à la recherche de Natalie Avery, c'est bien ça ?

— C'est ça.

— Et pour ce faire, vous devez consulter les dossiers non pas d'un, mais de deux étudiants assassinés.

Curieusement, je n'y avais pas songé.

— On peut le dire comme ça.

— Si je peux me permettre, il y a moins compliqué comme histoire d'amour.

Je ne répondis pas.

— Je vous rappelle, déclara Mme Dinsmore avant de raccrocher.

La résidence services Hyde Park ressemblait à un hôtel de la chaîne Marriott Courtyard.

Un hôtel haut de gamme, remarquez, avec un belvédère devant, mais tout cela était anonyme, impersonnel et sentait le préfabriqué. Le bâtiment central de trois étages était flanqué de fausses tourelles aux quatre coins. Un panneau surdimensionné disait « Entrée de la résidence ». Je suivis l'allée, gravis la rampe d'accès pour handicapés et poussai la porte.

La réceptionniste était coiffée d'une choucroute rigide façon épouse de sénateur en 1964. Elle m'accueillit d'un sourire tellement figé qu'on aurait dit qu'elle avait avalé un parapluie.

— Vous désirez ?

Je souris et écartai les bras. J'avais lu quelque part que le fait d'écarter les bras donne une impression d'ouverture et de confiance, alors que les bras croisés produisent l'effet inverse. Vrai ou pas, on aurait dit que j'allais la soulever du sol pour l'emporter au loin.

— Je suis venu voir Sylvia Avery.

— Vous l'avez prévenue de votre visite ? s'enquit Choucroute.

— En fait, je passais dans le coin.

Elle prit un air dubitatif. Normal, il ne doit pas y avoir beaucoup de gens qui font un détour par une maison de vieux.

— Vous voulez bien inscrire votre nom ?

— Certainement.

Elle tourna vers moi un épais registre, de ceux que j'associe généralement aux mariages, aux enterrements et aux hôtels dans les vieux films, et me tendit un gros stylo-plume. Je signai, et elle fit pivoter le registre vers elle.

— Monsieur Fisher...

Elle lut mon nom très lentement, me regarda et cilla.

— Puis-je vous demander comment vous connaissez Mme Avery ?

— Par sa fille Natalie. J'avais envie de lui dire bonjour.

— Voilà qui va sûrement faire plaisir à Sylvia.

Choucroute tendit la main gauche.

— Notre salon est disponible et accueillant. Cela ne vous ennuie pas de l'y attendre ?

Accueillant ?

— Pas du tout.

Choucroute se leva.

— Je reviens tout de suite. Mettez-vous à l'aise.

Je passai au salon disponible et accueillant. J'avais bien compris le but de la manœuvre : elle ne voulait pas que la rencontre ait lieu en privé, au cas où mes intentions ne seraient pas honnêtes. On n'était jamais assez prudent, etc. Les canapés étaient plutôt jolis avec leur tissu à fleurs ; cependant, on ne se sentait pas à l'aise dessus. En fait, on n'était à l'aise nulle part. La pièce semblait sortir droit d'un magazine de décoration. Chaque meuble, chaque objet était mis en valeur, mais l'odeur d'antiseptique, de détergent industriel et – oui, j'ose le dire – de vieillesse était omniprésente. Je restai debout. Il y avait une femme âgée avec un déambulateur et un peignoir élimé dans un coin. Elle parlait au mur en gesticulant avec animation.

Mon nouveau téléphone jetable bourdonna. J'avais donné ce numéro à une seule personne, Mme Dinsmore. Il y avait une pancarte interdisant l'usage du portable, mais je n'en étais plus à une transgression près. Je me postai dans un coin, face au mur comme la femme au déambulateur, et chuchotai :

— Allô ?

— J'ai le dossier Archer Minor, dit Mme Dinsmore. Je vous l'envoie par mail ?

— Ce serait super. Vous l'avez sous les yeux ?

— Oui.

— Il n'y a rien de bizarre là-dedans ?

— Je ne l'ai pas encore regardé. Bizarre comment ?

— Vous voudriez bien jeter un œil, vite fait ?

— Je cherche quoi ?

Je réfléchis brièvement.

— Disons un lien entre les deux victimes. Logeaient-ils dans la même résidence ? Suivaient-ils les mêmes cours ?

— Ça, c'est facile. Todd Sanderson n'était même pas encore inscrit chez nous quand Archer Minor a eu son diplôme. Autre chose ?

Je fis un calcul dans ma tête, et un frisson me courut le long de l'échine.

— Vous êtes toujours là ? fit Mme Dinsmore.

Je déglutis.

— Archer Minor était-il là le jour où le Pr Kleiner est parti ?

Il y eut une courte pause. Puis Mme Dinsmore répondit d'une voix assourdie :

— Il me semble qu'il était en première ou en deuxième année.

— Vous pouvez vérifier ?

Je l'entendis tourner les pages. Je jetai un regard en arrière. La vieille femme au peignoir élimé m'adressa un clin d'œil suggestif. Je fis pareil. Il n'y avait pas de raison.

Mme Dinsmore dit :

— Jake ?

Mon prénom, encore.

— Oui ?

— Archer Minor suivait le cours du Pr Kleiner intitulé « Pluralisme et citoyenneté ». D'après le dossier, il a eu un A.

Choucroute revint, poussant la mère de Natalie dans un fauteuil roulant. Je reconnus Sylvia Avery pour l'avoir entrevue au mariage six ans plus tôt. Elle avait mal vieilli et, à en juger par ce que je voyais autour de moi, ça ne s'arrangerait pas.

Le téléphone toujours contre mon oreille, je demandai à Mme Dinsmore :

— Quand ?

— Quand quoi ?

— Quand Archer Minor a-t-il suivi ce cours ?

— Voyons…

Soudain, elle laissa échapper un petit cri, mais je connaissais déjà la réponse.

— C'était durant le semestre où le Pr Kleiner a démissionné.

Je hochai la tête. D'où ce A. Tout le monde l'avait obtenu ce semestre-là.

L'esprit en ébullition, je remerciai Mme Dinsmore et raccrochai tandis que Choucroute propulsait Sylvia Avery vers moi. J'espérais lui parler seul à seule, mais, visiblement, Choucroute n'avait pas l'intention de décamper. Je me raclai la gorge.

— Madame Avery, vous ne vous souvenez peut-être pas de moi…

— Le mariage de Natalie, répliqua-t-elle sans l'ombre d'une hésitation. Vous êtes le type sinistre qu'elle a largué.

Je regardai Choucroute. Elle posa la main sur l'épaule de Sylvia Avery.

— Ça va aller, Sylvia ?

— Mais évidemment, la rabroua l'autre. Allez-vous-en et laissez-nous seuls.

Le sourire figé ne vacilla pas d'un iota, à croire qu'on l'avait fixé avec de la Super Glue. Choucroute regagna sa place à l'accueil. Avec un dernier regard, l'air de dire : « OK, je m'en vais, mais je vous ai à l'œil. »

— Vous êtes trop grand, me dit Sylvia Avery.

— Désolé.

— Ne soyez pas désolé. Mais asseyez-vous, bon sang, que je n'aie pas à me démancher le cou.

— Oh, soufflai-je. Désolé.

— Encore désolé. Allez, asseyez-vous.

Je m'installai sur le canapé. Elle m'examina pendant un moment.

— Qu'est-ce que vous voulez ?

Sylvia Avery paraissait petite et rabougrie dans ce fauteuil roulant, mais en même temps, qui, dans sa situation, aurait une mine florissante ? Je lui répondis par une autre question :

— Avez-vous eu des nouvelles de Natalie ?

Elle me considéra d'un œil torve.

— Qui est-ce que ça regarde ?

— Euh… moi.

— Je reçois une carte de temps en temps. Pourquoi ?

— Mais vous ne l'avez pas revue ?

— Non. Ça ne me dérange pas. Natalie est un électron libre. Elle mène sa barque comme bon lui semble.

— Et savez-vous où l'électron libre a accosté ?

— Ce n'est pas que ça vous concerne, mais elle vit à l'étranger. Elle est très heureuse avec Todd. J'ai hâte qu'ils aient des enfants, ces deux-là.

Ses yeux s'étrécirent légèrement.

— C'est quoi, votre nom, déjà ?

— Jake Fisher.

— Vous êtes marié, Jake ?

— Non.

— Vous n'avez jamais été marié ?

— Non.

— Vous n'avez pas une copine, quelqu'un avec qui ça dure ?

Je m'abstins de répondre.

— Dommage.

Sylvia secoua la tête.

— Un solide gaillard comme vous. Vous devriez être marié. Vous devriez offrir la sécurité à une femme. Vous ne devriez pas rester seul.

Contrarié par le tour que prenait la conversation, je changeai de sujet.

— Madame Avery, savez-vous quel est mon métier ?

Elle me toisa de pied en cap.

— Vous avez l'allure d'un attaquant de première ligne.

— Je suis professeur d'université.

— Ah bon.

Je pivotai pour mieux observer sa réaction à ce que j'allais lui dire.

— J'enseigne les sciences politiques à Lanford College.

Le peu de couleur qui lui restait déserta son visage.

— Madame Kleiner ?

— Je ne m'appelle pas comme ça.

— Mais c'était votre nom autrefois, jusqu'à ce que votre mari quitte Lanford.

Elle ferma brièvement les yeux.

— Qui vous a parlé de ça ?

— C'est une longue histoire.

— C'est Natalie ?

— Non. Elle ne m'a rien dit. Pas un mot. Même quand je l'ai invitée sur le campus.

— Tant mieux.

Elle porta sa main tremblante à sa bouche.

— Mon Dieu, comment est-il possible que vous soyez au courant ?

— Il faut que je parle à votre ex-mari.

— Quoi ?

Elle ouvrit de grands yeux affolés.

— Oh non, ce n'est pas vrai...

— Qu'est-ce qui n'est pas vrai ?

La main sur la bouche, elle se tut.

— S'il vous plaît, madame Avery. C'est très important.

Sylvia Avery serra les paupières comme une gamine qui tente de chasser l'image du croque-mitaine. Je jetai un regard par-dessus son épaule. Choucroute nous observait avec une curiosité non déguisée. Je la gratifiai d'un sourire aussi faux que le sien pour signifier que tout allait bien.

La voix de Sylvia n'était plus qu'un murmure :

— Pourquoi reparler de ça maintenant ?

— Il faut absolument que je le voie.

— C'était il y a si longtemps. Savez-vous ce que j'ai dû endurer pour pouvoir continuer à vivre ? Savez-vous ce que j'ai souffert ?

— Je ne suis pas là pour faire souffrir qui que ce soit.

— Non ? Dans ce cas, cessez de poser des questions. Pourquoi, au nom du ciel, voulez-vous retrouver cet homme ? Avez-vous une idée de l'état dans lequel son départ a plongé Natalie ?

J'attendis, espérant qu'elle m'en dirait davantage.

— Il faut que vous compreniez. Julie, elle était encore petite. Elle se souvient à peine de son père. Mais Natalie ne s'en est jamais remise. Elle n'a jamais accepté cette séparation.

Sa main vola à nouveau vers son visage. Son regard se perdit au loin. J'attendis encore, mais, à l'évidence, elle n'avait rien à ajouter.

Je raffermis ma voix :

— Où est le Pr Kleiner maintenant ?

— En Californie.

— Où en Californie ?

— Je ne sais pas.

— Dans la région de Los Angeles ? À San Francisco ? À San Diego ? C'est grand, la Californie.

— Je ne sais pas, vous dis-je. Nous ne sommes pas en contact.

— Alors comment savez-vous qu'il est en Californie ?

Je la vis hésiter.

— Je n'en suis pas sûre. Il a peut-être déménagé.

Mensonge.

— Vous avez dit à vos filles qu'il s'était remarié. Comment l'avez-vous su ?

— Aaron me l'a annoncé par téléphone.

— Je croyais que vous n'étiez pas en contact.

— Depuis pas mal de temps, oui.

— Comment s'appelle sa femme ?

— Je n'en sais rien. Et même si je le savais, je ne vous le dirais pas.

— Pourquoi ? Vos filles, passe encore. Vous vouliez les préserver. Mais pourquoi me le cacher, à moi ?

Le regard de Sylvia alla de gauche à droite. Je décidai de bluffer.

— J'ai consulté les registres d'état civil. Vous n'avez jamais divorcé, tous les deux.

Elle gémit tout doucement. Impossible que Choucroute l'ait entendu ; pourtant, elle dressa l'oreille comme un chien qui capte un son inaudible pour les êtres humains. Je la rassurai d'un sourire.

— Comment votre époux a-t-il pu se remarier alors que vous n'êtes même pas divorcés ?

— Vous n'avez qu'à le lui demander.

— Que s'est-il passé, madame Avery ?

Elle secoua la tête.

— Laissez tomber.

— Il n'est pas parti avec une étudiante, n'est-ce pas ?

— Si.

À son tour, elle s'efforça de parler fermement. Sans succès. C'était trop mécanique. Elle était trop sur la défensive.

— Aaron m'a quittée pour une autre femme.

— Lanford College est un petit établissement, vous êtes bien placée pour le savoir.

— Évidemment. J'y ai passé sept ans de ma vie. Pourquoi ?

— Une étudiante qui prendrait le large avec un professeur, ça se saurait. Il y aurait une réunion du personnel. Des coups de fil des parents. J'ai consulté les archives. Aucune étudiante ne s'est volatilisée en plein milieu de l'année scolaire. Personne n'a manqué à l'appel.

C'était un nouveau coup de bluff, quoique proche de la vérité. Sur un campus comme le nôtre, les secrets ne sont pas bien gardés. Si une étudiante était partie avec un professeur, tout le monde, à commencer par Mme Dinsmore, aurait su son nom.

— Elle étudiait peut-être à Strickland, le cours préparatoire d'à côté. Oui, il me semble bien qu'elle venait de là.

— Ce n'est pas ce qui s'est passé.

— S'il vous plaît, dit Mme Avery. À quoi jouez-vous ?

— Votre mari a disparu. Et maintenant, vingt-cinq ans après, c'est le tour de votre fille.

Voilà qui éveilla son attention.

— Comment ?

Elle secoua la tête un peu trop vigoureusement, me faisant penser à une enfant obstinée.

— Je vous l'ai dit, Natalie vit à l'étranger.

315

— Non, madame Avery. Et elle n'a jamais épousé Todd. C'était un leurre. Todd était déjà marié. Il a été assassiné il y a une huitaine de jours.

Ce fut le coup de grâce. La tête de Sylvia roula sur le côté, puis retomba comme si son cou était en latex. Derrière elle, je vis Choucroute décrocher le téléphone et parler dans le combiné sans me quitter des yeux. Le sourire figé s'était effacé.

— Natalie était une petite fille si heureuse...

Elle parlait la tête basse, le menton sur la poitrine.

— Vous n'avez pas idée. Ou peut-être que si. Vous l'avez aimée. Vous l'avez connue telle qu'elle était, mais beaucoup plus tard. Après que les choses sont rentrées dans l'ordre.

— Quelles choses ?

— Quand elle était petite, mon Dieu, Natalie ne jurait que par son père. Dès qu'il rentrait après les cours, elle se précipitait sur lui en piaillant de joie.

Sylvia Avery finit par se redresser. Un sourire lointain jouait sur ses lèvres ; son regard embrumé voyait défiler le passé.

— Aaron l'attrapait, la faisait tournoyer, et elle riait, riait...

Elle secoua la tête.

— C'était le bonheur.

— Que s'est-il passé, madame Avery ?

— Il est parti.

— Pourquoi ?

— Ça n'a pas d'importance. Pauvre Natalie. Elle ne s'y est jamais faite, et maintenant...

— Maintenant ?

— Vous ne comprenez pas. Vous ne comprendrez jamais.

— Alors, expliquez-moi.

— Pourquoi ? Qui êtes-vous, à la fin ?

— Je suis l'homme qui l'aime, répondis-je. Et qu'elle aime.

Elle fixait le plancher, comme si elle n'avait même plus la force de lever les yeux.

— Avec le départ de son père, Natalie a changé. Elle est devenue maussade. J'ai perdu ma petite fille. On aurait dit qu'Aaron avait emporté sa joie de vivre. Elle ne pouvait pas l'accepter. Pourquoi son papa l'aurait-il abandonnée ? Qu'avait-elle fait de mal ? Pourquoi ne l'aimait-il plus ?

J'imaginai ma Natalie enfant, perdue et désemparée, et mon cœur se serra.

— Elle ne faisait plus confiance à personne. Ça a duré longtemps. Elle repoussait tout le monde, et en même temps, elle n'a jamais baissé les bras.

Sylvia me toisa.

— L'espoir, Jake, vous savez ce que c'est ?

— Je crois, oui.

— C'est ce qu'il y a de plus cruel au monde. C'est pire que la mort. Une fois qu'on est mort, on ne souffre plus. Mais l'espoir, ça vous soulève pour mieux vous laisser retomber ensuite. Ça vous berce, puis ça vous broie. Encore et encore. Ça n'arrête jamais.

Les mains sur les genoux, elle planta son regard dans le mien.

— Du coup, voyez-vous, j'ai essayé d'étouffer cet espoir.

Je hochai la tête.

— Pour que Natalie oublie son père, vous lui avez dit qu'il vous avait abandonnées.

Ses yeux s'emplirent de larmes.

— J'ai fait au mieux.

— Vous avez raconté qu'il s'était remarié, qu'il avait d'autres enfants. C'était un mensonge, n'est-ce pas ?

Le visage de Sylvia se durcit.

— Madame Avery ?

Elle me regarda.

— Laissez-moi tranquille.

— J'ai besoin de savoir…

— Je me fiche de ce que vous avez besoin de savoir. J'aimerais juste que vous me laissiez tranquille.

Elle voulut reculer son fauteuil. Je le retins. Le fauteuil s'immobilisa, et la couverture glissa de ses genoux. Ma main se desserra de son propre chef. Sa jambe droite était amputée de moitié. Elle remonta la couverture avec une lenteur délibérée. Pour bien me montrer.

— Le diabète, me dit-elle. Je l'ai perdue il y a trois ans.

— Je suis désolé.

— Ce n'est rien, croyez-moi.

Je tendis à nouveau la main, mais elle la repoussa.

— Au revoir, Jake. Laissez ma famille en paix.

Elle recula. Je n'avais plus le choix. C'était le moment ou jamais de lâcher ma bombe.

— Vous souvenez-vous d'un étudiant du nom d'Archer Minor ?

Elle s'arrêta. Sa bouche s'affaissa.

— Archer Minor était inscrit au cours de votre mari à Lanford. Vous souvenez-vous de lui ?

— Comment… ?

Ses lèvres remuèrent, mais aucun son n'en sortit. Puis :

— Je vous en prie…

Si j'avais cru déceler de la peur dans sa voix, maintenant elle était carrément terrifiée.

— Je vous en prie, ne parlez pas de ça.

— Archer Minor est mort, vous savez. Il a été assassiné.

— Bon débarras.

Sur ce, elle serra étroitement les lèvres, comme si elle regrettait déjà les paroles qui venaient de lui échapper.

— S'il vous plaît, racontez-moi ce qui s'est passé.

— Oubliez tout ça.

— Je ne peux pas.

— Je ne vois pas en quoi ça vous regarde.

Elle hocha la tête.

— Je comprends mieux maintenant.

— Quoi donc ? demandai-je.

— Pourquoi Natalie s'est amourachée de vous.

— Comment ça ?

— Vous êtes un idéaliste, comme son père. Lui non plus ne renonçait jamais. Il y a des gens comme ça. Je suis une vieille femme. Écoutez-moi. Le monde est un chaos, Jake. Ceux qui le voient en noir et blanc en paient toujours le prix. Mon mari était de ceux-là. Il n'acceptait aucun compromis. Et vous, Jake, êtes en train de prendre le même chemin.

Ses propos éveillèrent un écho dans ma mémoire. Je repensai à Malcolm Hume, à Eban Trainor, à Benedict aussi.

— Que s'est-il passé avec Archer Minor ?

— Vous ne lâcherez pas. Vous continuerez à creuser jusqu'à ce qu'on y laisse tous notre peau.

— Ça restera entre vous et moi, déclarai-je. Ça ne sortira pas de ces murs. Allez, racontez-moi.

— Et si je refuse ?

— Je continuerai à creuser. Que s'est-il passé avec Archer Minor ?

Elle tira sur sa lèvre, comme en proie à une intense réflexion. Me redressant sur le canapé, je cherchai son regard.

— Vous savez ce qu'on dit : la pomme ne tombe jamais loin du pommier ?

— Oui.

— Ce garçon, il a essayé. Archer Minor voulait être la pomme qui tombe et roule loin de l'arbre. Il voulait devenir quelqu'un de bien. Aaron l'a senti et a tout fait pour l'aider.

Elle prit son temps pour rajuster la couverture sur ses genoux.

— Eh bien ? dis-je. Que s'est-il passé ?

— Archer était complètement perdu à Lanford. Au lycée, son père pouvait faire pression sur ses professeurs qui ne lui donnaient que des bonnes notes. Je ne sais pas s'il a réellement mérité ses résultats à l'examen d'admission. Je ne sais pas comment il a franchi toutes les étapes de la sélection, mais par rapport au niveau d'études, ce garçon était totalement dépassé.

Je me rappelai soudain ce que Mme Dinsmore m'avait dit en parlant du Pr Kleiner.

— Il n'y a pas eu une histoire de fraude, à un moment donné ?

À voir sa tête, j'avais apparemment mis dans le mille.

— Ça concernait Archer Minor ?

Elle ne répondit pas. Ce n'était pas utile.

— Madame Avery ?

— Il a acheté une dissertation à un étudiant qui avait eu son diplôme l'année précédente. L'étudiant avait obtenu un A. Archer l'a retapée et l'a rendue comme si c'était la sienne. Sans changer un seul mot. Il pensait qu'Aaron ne s'en souviendrait pas. Mais Aaron se souvenait de tout.

Je connaissais le règlement. Ce genre de fraude valait une expulsion immédiate à son auteur.

— Et votre mari l'a dénoncé ?

— J'ai essayé de l'en dissuader. J'ai insisté pour qu'il donne une seconde chance à Archer. Je m'en fichais, de la seconde chance, bien sûr. Je savais juste comment ça allait finir.

— Vous vous doutiez que sa famille n'apprécierait pas.

— Aaron l'a dénoncé quand même.

— À qui ?

— Au directeur du département.

Je ressentis un petit pincement au cœur.

— Malcolm Hume ?

— Oui.

Je m'enfonçai dans le canapé.

— Et comment a-t-il réagi ?

— Il voulait qu'Aaron laisse tomber. Il lui a dit de rentrer chez lui et de réfléchir.

Je repensai à mon différend avec Eban Trainor. Il m'avait tenu le même genre de propos. Malcolm Hume. On ne devient pas secrétaire d'État sans pratiquer l'art du compromis, sans arrondir les angles, sans savoir que le monde est tout en nuances de gris.

— Je suis fatiguée, Jake.

— Il y a une chose que je ne comprends pas.

— Oublions tout ça.

— Archer Minor n'a jamais été démasqué. Il a même eu son diplôme avec les honneurs.

— Nous avons reçu des menaces par téléphone. Un homme est venu me voir. Il est entré dans la maison pendant que j'étais sous la douche. Quand je suis sortie, il était assis sur mon lit. Avec les photos de Natalie et Julie. Il n'a rien dit. Il était là avec ces photos. Puis il s'est levé et il est parti. Vous imaginez l'effet que ça fait ?

Je revis Danny Zuker perché sur mon propre lit.

— Vous l'avez dit à votre mari ?

— Bien sûr.

— Et alors ?

Elle mit un peu de temps à répondre.

— Je crois qu'il a finalement pris conscience du danger. Mais il était trop tard.

— Qu'a-t-il fait ?

— Aaron est parti. Pour nous protéger.

Je commençais à y voir plus clair.

— Seulement, vous ne pouviez pas le dire à Natalie. À personne d'autre, d'ailleurs. C'était trop dangereux. Alors vous avez inventé cette histoire, avant de déménager et de changer de nom.

— C'est ça.

Tout n'était pas encore clair, cependant. Quelque chose ne collait pas. Je le sentais, mais sans arriver à mettre le doigt dessus. Comment, par exemple, Natalie était-elle tombée sur Archer Minor vingt ans après ?

— Votre fille pensait que son père l'avait abandonnée.

Sylvia ferma les yeux.

— Et en même temps, vous dites qu'elle ne s'est jamais résignée.

— Elle n'a pas cessé de me harceler. Je n'aurais pas dû lui dire ça. Mais avais-je vraiment le choix ? Ma priorité, c'était la sécurité de mes filles. Et voyez ce qui est arrivé.

Se cachant le visage dans ses mains, elle éclata en sanglots. La vieille femme au déambulateur arrêta de parler au mur. Choucroute semblait sur le point d'intervenir.

— J'aurais dû trouver autre chose. Natalie ne m'a pas lâchée. Elle voulait savoir ce qui était arrivé à son père.

Je compris soudain.

— Vous avez fini par lui dire la vérité.

— Le départ de son père l'avait brisée. Alors oui, je lui ai finalement tout dit. J'ai dit que son père l'aimait. Qu'elle n'avait rien fait de mal. Que jamais il ne l'aurait abandonnée.

— Vous lui avez donc parlé d'Archer Minor. C'est pour ça qu'elle était dans son bureau ce jour-là.

Sylvia Avery se borna à sangloter. Choucroute en avait assez. Se levant, elle se dirigea vers nous.

— Où est votre mari aujourd'hui, madame Avery ?

— Je n'en sais rien.

— Et Natalie ?

— Je ne sais pas non plus. Jake...

Choucroute nous avait rejoints.

— Ça suffit maintenant.

Je l'ignorai.

— Oui, madame Avery ?

— Oubliez tout cela. Ça vaudra mieux pour tout le monde. Ne faites pas comme mon mari.

31

UNE FOIS SUR L'AUTOROUTE, je rallumai mon iPhone. Si jamais quelqu'un me traquait, il me trouverait sur la route 287 du côté du centre commercial de Palisades. Avec ça, il ne serait pas beaucoup avancé. Je m'arrêtai sur le bas-côté. Il y avait deux autres mails et trois appels de Shanta, tous plus urgents les uns que les autres. Dans ses deux premiers mails, elle me priait poliment de la contacter. Dans les deux suivants, elle se faisait plus pressante. Dans le dernier, elle me sortait le grand jeu.

```
À : Jacob Fisher
De : Shanta Newlin
Jake,
Cessez  de  faire  le  mort.  J'ai
découvert  un  lien  important  entre
Natalie  Avery  et  Todd  Sanderson.
Shanta
```

Ça alors. Je pris le pont Tappan Zee, puis la première sortie. J'éteignis l'iPhone, sortis l'un des deux téléphones jetables et composai le numéro de Shanta. Elle répondit dès la deuxième sonnerie.

— Je comprends, fit-elle. Vous êtes fâché contre moi.

— Vous avez donné mon numéro de jetable au NYPD. C'est comme ça qu'ils m'ont retrouvé.

— D'accord, j'avoue, mais c'était pour votre bien. Vous auriez pu vous faire descendre ou épingler pour tentative de résistance aux forces de l'ordre.

— Sauf que je n'ai pas résisté aux forces de l'ordre, mais à une bande d'allumés qui voulaient me tuer.

— Je connais Mulholland. C'est un brave type. Je ne voulais pas qu'un quelconque excité de la gâchette vous prenne pour cible.

— Au nom de quoi ? Je n'étais même pas officiellement considéré comme suspect.

— Aucune importance, Jake. Vous n'êtes pas obligé de me croire. Ce n'est pas grave. Mais il faut qu'on parle.

Je coupai le moteur.

— Vous dites que vous avez découvert un lien entre Natalie et Todd Sanderson.

— Exact.

— Quel est-il ?

— Je vous le dirai quand je vous aurai en face de moi.

J'hésitai.

— Écoutez, Jake, le FBI voulait mettre la main sur vous pour vous interroger en bonne et due forme. Je leur ai dit de me laisser faire.

— Le FBI ? Qu'est-ce qu'ils me veulent ?

— Passez me voir. Tout ira bien, faites-moi confiance.

— Et puis quoi, encore ?

— C'est moi ou le FBI, soupira Shanta. Allez, si je vous dis de quoi il s'agit, vous promettez de venir ?

Je m'accordai un bref instant de réflexion.

— D'accord.

— Promis ?

— Juré, craché. Alors, c'est à propos de quoi ?

— De braquages de banques, Jake.

Le nouveau moi transgressif pulvérisa tous les records de vitesse sur le chemin du retour. Tout au long du trajet, je m'efforçai de faire le tri dans les informations que je venais de recueillir.

Vingt-cinq ans plus tôt, le Pr Aaron Kleiner était allé voir le directeur de son département, Malcolm Hume, parce qu'il avait pris un de ses étudiants en flagrant délit de plagiat (ou de fraude, disons-le tout net). Mon ancien mentor lui avait conseillé sans ambages – comme à moi dans l'affaire Eban Trainor – de laisser tomber.

Je me demandai si c'était Archer Minor lui-même qui avait menacé la famille Kleiner, ou si c'était un des sbires de MM. J'essayai de me mettre à la place du Pr Kleiner. Il avait dû se sentir traqué, piégé, acculé.

Auprès de qui serait-il allé chercher de l'aide ?

La réponse était toujours la même : Malcolm Hume.

Or, des années plus tard, lorsque la fille de Kleiner s'était retrouvée dans la même situation, traquée, piégée, acculée…

Tout me ramenait à mon vieux maître. Je composai à nouveau son numéro en Floride et tombai encore une fois sur sa boîte vocale.

Shanta Newlin habitait une maison de ville en brique que ma mère aurait qualifiée de « mignonnette ». Les jardinières débordaient de fleurs ; les fenêtres étaient cintrées. Tout était parfaitement symétrique. Je remontai le sentier dallé et sonnai à la porte. À ma surprise, ce fut une petite fille qui m'ouvrit.

— Qui es-tu ? questionna-t-elle.

— Je suis Jake. Et toi, qui es-tu ?

La gamine devait avoir dans les cinq ou six ans. Mais avant qu'elle n'ait le temps de me répondre, Shanta arriva en courant, l'air harassé. Ses cheveux étaient attachés, mais quelques mèches lui tombaient sur les yeux. Des gouttes de sueur perlaient sur son front.

— J'en ai assez, Mackenzie, dit-elle, pantelante. Qu'est-ce que je t'ai dit à propos du fait d'ouvrir la porte quand il n'y a pas d'adulte à côté de toi ?

— Rien.

— OK, c'est bon, tu as sûrement raison.

Elle s'éclaircit la voix.

— Il ne faut jamais ouvrir la porte sans un adulte à côté de toi.

La petite fille pointa le doigt sur moi.

— Il est adulte. Il est à côté de moi.

Shanta me lança un coup d'œil excédé. Je haussai les épaules. La gamine n'avait pas entièrement tort. Shanta m'invita à entrer et dit à Mackenzie d'aller jouer dans le salon.

— Je peux aller dehors ? Je veux faire de la balançoire.

Shanta me regarda à nouveau. Et, à nouveau, je haussai les épaules. C'était en train de devenir une seconde nature.

— Bien sûr, on peut tous aller au jardin, répondit-elle avec un sourire tellement forcé qu'il aurait fallu des agrafes pour le faire tenir.

Je ne savais toujours pas qui était Mackenzie ni ce qu'elle faisait là, mais j'avais d'autres chats à fouetter. Nous passâmes au jardin. Il y avait là un portique de jeux flambant neuf en bois de cèdre avec un cheval à bascule, un toboggan, un château fort et un bac à sable. Sa vue m'interloqua ; pour autant que je sache, Shanta vivait seule. Mackenzie grimpa sur le cheval.

— La fille de mon fiancé, lâcha Shanta en manière d'explication.

— Ah…

— On se marie cet automne. Il va venir habiter ici.

— Sympa.

Nous observâmes Mackenzie qui se balançait énergiquement. Elle regarda Shanta d'un œil torve.

— Cette gamine me hait, dit-elle.

— Vous ne lisiez pas les contes de fées quand vous étiez petite ? Vous êtes la méchante marâtre.

— Merci, ça me rassure.

Shanta se tourna vers moi.

— Dieu, que vous avez une sale tête !

— C'est là que je réponds : « Vous devriez voir l'autre » ?

— Qu'est-ce qui vous arrive, Jake ?

— Je cherche quelqu'un que j'aime.

— A-t-elle seulement envie qu'on la trouve ?

— Le cœur a ses raisons.

— Le sexe a ses raisons. Le cœur, lui, est généralement plus intelligent.

Peut-être.

— C'est quoi, cette histoire de braquages de banques ?

Elle abrita ses yeux du soleil.

— On est pressé, hein ?

— On n'est surtout pas d'humeur à jouer.

— D'accord. Rappelez-vous, la première fois que vous m'avez demandé de localiser Natalie Avery…

— Oui ?

— En consultant les fichiers, je suis tombée sur deux liens. Le premier était en rapport avec le NYPD. Une grosse affaire. Natalie Avery était quelqu'un de très important à leurs yeux. J'étais tenue par le secret professionnel. Vous êtes mon ami. Je vous demande de me faire confiance. Mais je fais aussi partie des forces de sécurité. Je ne suis pas autorisée à parler à mes amis des investigations en cours. Vous le comprenez, n'est-ce pas ?

J'acquiesçai d'un signe de la tête à peine perceptible, plus pour l'inciter à poursuivre que pour marquer mon assentiment.

— Sur le moment, j'ai à peine fait attention à l'autre, continua Shanta. Là, il ne s'agissait pas de la retrouver ni même de la contacter. Elle n'était mentionnée qu'en passant.

— C'était quoi ?

— J'y viens. Je veux juste que les choses soient claires, OK ?

Je hochai à nouveau la tête. D'abord, les haussements d'épaules, maintenant les hochements de tête.

— Pour vous prouver ma bonne foi, ajouta-t-elle. Rien ne m'y obligeait, mais j'ai parlé au NYPD, et ils m'ont donné la permission. Je tiens donc à le préciser : je n'enfreins aucune règle de confidentialité.

— Sauf avec vos amis.

— Ça, c'est un coup bas.

— Je sais.

— Et injustifié. Je voulais vous aider.

— Désolé. Alors, le NYPD ?

Elle me laissa mariner encore une seconde ou deux.

— Ils pensent que Natalie Avery a été témoin d'un meurtre… en fait, qu'elle a vu l'assassin et serait capable de l'identifier. Ils pensent aussi qu'il s'agit d'une grosse pointure dans le milieu du crime organisé. En clair, votre Natalie est en mesure de faire tomber l'un des chefs de la mafia new-yorkaise.

J'attendais qu'elle m'en dise plus, mais Shanta se tut.

— Quoi d'autre ? demandai-je.

— C'est tout ce que je peux vous dire.

— Vous me prenez pour un imbécile ?

— Pardon ?

— Le NYPD m'a interrogé. Ils m'ont montré la capture d'une vidéo de surveillance en disant qu'ils souhaitaient lui parler. Tout ça, je le savais déjà. Qui plus est, *vous* saviez que je le savais. Parlons-en, de votre bonne foi. Vous espériez gagner ma confiance en me révélant des éléments connus.

— Ce n'est pas vrai.

— Qui est la victime du meurtre ?

— Je ne suis pas autorisée…

— Archer Minor, fils de Maxwell Minor. La police pense que c'est Maxwell qui a monté le coup.

Elle ne cachait pas sa stupeur.

— Comment savez-vous ça ?

— Je n'ai pas eu beaucoup de mal à trouver. Dites-moi une chose.

Shanta secoua la tête.

— Je ne peux pas.

— C'est l'occasion de me prouver votre bonne foi, non ? Le NYPD sait-il ce que Natalie faisait là-bas le soir du meurtre ?

330

Son regard se posa sur la balançoire. Descendue du cheval à bascule, Mackenzie se dirigeait vers le toboggan.

— Non.

— Aucune idée ?

— La police a visionné tous les enregistrements de la vidéosurveillance de l'immeuble Lock-Horne. Ils utilisent un matériel de pointe. La première séquence, c'est votre amie qui court dans le couloir du vingt-deuxième étage. On la voit aussi dans l'ascenseur, mais la meilleure image, celle qu'ils vous ont montrée, c'est quand elle quitte le hall d'entrée au rez-de-chaussée.

— Aucune image du tueur ?

— Je ne peux pas vous en dire plus.

— Allez, je vous fais grâce du cliché : « Vous ne pouvez pas ou vous ne voulez pas ? »

Shanta fronça les sourcils. Je crus que c'était à cause de moi, mais apparemment non. Mackenzie se tenait debout au sommet de la glissière.

— Mackenzie, c'est dangereux.

— Je fais ça tout le temps, rétorqua la gamine.

— Peu importe. S'il te plaît, assieds-toi si tu veux glisser.

Mackenzie s'assit, mais ne glissa pas.

— Les braquages de banques, dis-je.

Shanta secoua la tête... toujours pas à mon intention, mais à l'adresse de la petite effrontée sur le toboggan.

— Avez-vous entendu parler de la série de casses dans la région new-yorkaise ?

Je me souvins d'avoir lu ça dans la presse.

— Ils opéraient de nuit. Les médias les ont surnommés les Invisibles, un truc comme ça.

— C'est ça.

— Et quel rapport avec Natalie ?

— Son nom a resurgi à la suite de l'un des cambriolages... celui de Canal Street, dans le sud de Manhattan, il y a une quinzaine de jours. La banque, normalement, était plus sécurisée que Fort Knox. Les voleurs ont emporté douze mille dollars en liquide et ont défoncé quatre cents coffres.

— Douze mille dollars, je ne trouve pas ça faramineux.

— Non, en effet. Contrairement à ce qu'on voit au cinéma, les banques n'entreposent pas des millions dans leurs chambres fortes. Les coffres, en revanche, ça peut valoir une fortune. C'est leur contenu qui intéresse les cambrioleurs. À la mort de ma grand-mère, ma mère a mis son solitaire de quatre carats au coffre en attendant de me l'offrir un jour. À elle seule, cette bague doit valoir dans les quarante mille dollars. Qui sait ce qu'il y a là-dedans ? Pour un autre cambriolage, la somme réclamée à l'assurance était de trois millions sept. Bien sûr, les gens mentent. Tout à coup, on apprend que le coffre contenait un précieux bijou de famille. Vous voyez ce que je veux dire.

Je voyais, mais je m'en moquais.

— Donc, le nom de Natalie est apparu à la suite de ce cambriolage de Canal Street.

— Oui.

— Comment ?

— À cause d'un tout, tout petit détail.

Joignant le geste à la parole, Shanta écarta son pouce et son index d'un centimètre.

— Quasiment insignifiant. En soi, il n'a aucun intérêt.

— Sauf pour vous.

— Maintenant, oui.

— Pourquoi ?

— Parce que pratiquement tout ce qui touche votre amoureuse paraît n'avoir aucun sens.

Là-dessus, je ne pouvais que lui donner raison.

— Alors, qu'en pensez-vous ? demanda Shanta.

— Qu'est-ce que je pense de quoi ? Je ne sais même pas où est Natalie, et encore moins en quoi elle pourrait être concernée par le cambriolage d'une banque.

— Justement. Moi non plus, je ne voyais pas le rapport jusqu'à ce que je cherche du côté de ce Todd Sanderson dont vous m'avez parlé.

— Je ne vous ai pas demandé d'enquêter sur lui.

— Mais je l'ai fait quand même. Et j'ai découvert deux choses. La première, évidemment, c'est son assassinat la semaine dernière.

— Attendez, Todd aussi est lié à ce cambriolage ?

— Oui. Vous n'avez jamais lu Oscar Wilde ?

J'esquissai une grimace.

— Si.

— Il a eu cette phrase extraordinaire : « Perdre un parent peut être considéré comme un malheur, mais perdre les deux ressemble fort à de la négligence. »

— *L'Importance d'être constant*, précisai-je en universitaire que je suis.

— Tout à fait. L'une des personnes que vous recherchez est évoquée dans une affaire de cambriolage. Il n'y a pas de quoi en faire un plat. Mais deux ? C'est tout sauf une coïncidence.

Et, me dis-je, huit jours après ce cambriolage, Todd Sanderson se fait assassiner.

— Le rapport entre Todd et la banque, demandai-je, c'est aussi un tout, tout petit détail ?

— Non. Juste petit.

— Et quel est-il ?

— Mackenzie !

Me retournant, je vis une femme un peu trop semblable à Shanta Newlin à mon goût. Même taille, même stature, même coiffure. À voir ses yeux écarquillés, on aurait dit qu'un avion venait de se crasher dans le jardin. Je suivis son regard. Mackenzie était à nouveau debout sur le toboggan.

Shanta était mortifiée.

— Désolée, Candace. Je lui ai dit de s'asseoir.

— Vous lui avez *dit* ? répéta Candace, incrédule.

— Je la surveille. J'étais juste en train de discuter avec un ami.

— Et c'est une excuse, ça ?

Mackenzie, qui souriait l'air de dire : « Mission accomplie », s'assit, se laissa glisser et courut vers Candace.

— Maman !

Maman. Pas étonnant.

— Je vous raccompagne, hasarda Shanta.

— Je connais le chemin, répondit Candace. On passera par l'extérieur.

— Attendez, Mackenzie a fait un très beau dessin. Il est dans la maison. Je suis sûre qu'elle voudra l'emporter.

Candace et Mackenzie se dirigeaient déjà vers le portail.

— Des dessins de ma fille, j'en ai des centaines, lança Candace. Gardez-le.

Shanta les regarda partir. Son allure n'était plus du tout martiale.

— Qu'est-ce que je suis en train de faire, Jake ?

— Votre possible, répondis-je. Comme tout le monde.

Elle secoua la tête.

— Ça ne marchera jamais.

— Vous l'aimez ?

— Oui.

— Ça marchera. Mais ce ne sera pas de tout repos.

— D'où vous vient cette sagesse ?

— J'ai étudié à Lanford College, répondis-je, et je regarde beaucoup de talk-shows en journée.

Shanta jeta un coup d'œil sur la balançoire.

— Todd Sanderson avait un coffre à la banque de Canal Street, dit-elle. Son coffre a été forcé. C'est tout. À première vue, ça n'a pas grande importance.

— Sauf qu'une semaine plus tard, il a été assassiné.

— Exact.

— Le FBI pense qu'il pourrait être mêlé à ces cambriolages ?

— Je ne suis pas au fait de tous les détails de l'enquête.

— Mais… ?

— Je ne voyais pas bien le rapport entre ce casse à Manhattan et son assassinat à Palmetto Bluff.

— Et maintenant ?

— Eh bien, le nom de votre Natalie est sorti aussi.

— Ce tout petit lien, il est petit comment ?

— Après un cambriolage comme celui-ci, le FBI procède à un inventaire. Tout est répertorié. Beaucoup de gens conservent des papiers importants dans leur coffre-fort. Actions, obligations, procurations, titres de propriété, que sais-je. Bon nombre de ces documents ont été retrouvés éparpillés sur le sol. Que cherchaient les voleurs ? Du coup, le FBI a tout passé au peigne fin et établi un catalogue complet.

Je m'efforçais de suivre son raisonnement.

— Voyons voir... le nom de Natalie figurait sur l'un des documents déposés dans un coffre ?

— Oui.

— Mais elle n'avait pas de coffre à elle ?

— Non. C'était dans le coffre de Todd Sanderson.

— Et c'était quoi, ce papier ?

Shanta leva les yeux vers moi.

— Le testament de Natalie.

32

LE FBI, AVAIT DIT SHANTA, voulait savoir si j'avais des infos là-dessus. Aucune, lui avais-je répondu. C'était la stricte vérité. Je lui demandai ce qu'il y avait dans ce testament. Le minimum : tous ses biens devaient être partagés également entre sa mère et sa sœur. Elle y exprimait par ailleurs le vœu d'être incinérée ; curieusement, elle voulait que ses cendres soient dispersées dans le bois au-dessus de Lanford College.

Je songeai à ce testament, à l'endroit où on l'avait trouvé. La solution, je ne l'avais toujours pas, mais j'avais l'impression de tourner autour.

Au moment où je me levais pour partir, Shanta me demanda :

— Il n'y a rien qui vous vient à l'esprit, vous êtes sûr ?

— Sûr et certain.

Ce n'était pas tout à fait exact, mais je n'avais pas envie de lui faire part de mes déductions. Je ne faisais confiance à Shanta que comme on peut faire confiance à un fonctionnaire de police assermenté. Lui parler de Nouveau Départ, par exemple, serait catastrophique. Qui plus est, Natalie ne faisait pas confiance à la police.

Pourquoi ?

Je ne m'étais pas vraiment posé la question jusqu'ici. Qu'est-ce qui l'avait retenue de s'adresser aux autorités ? Elle aurait sûrement bénéficié du programme de protection des témoins. Si elle ne l'avait pas fait, je n'avais aucune raison de le faire non plus.

J'appelai encore une fois chez Malcolm Hume en Floride. Toujours pas de réponse. Je fonçai alors à Clark House où Mme Dinsmore était tout juste en train de s'installer à son bureau. Elle me considéra par-dessus ses demi-lunes.

— Vous n'êtes pas censé vous trouver ici.

Je ne perdis pas de temps à protester ni à lui répondre par une vanne. Je lui expliquai que je n'arrivais pas à joindre Malcolm Hume.

— Il n'est pas à Vero Beach, fit-elle.

— Savez-vous où il est ?

— Oui.

— Vous pouvez me le dire ?

Elle feuilleta quelques papiers, les rattacha avec un trombone.

— Il est dans sa maison du lac Canet.

J'y avais été invité une fois, voilà des années, pour une partie de pêche, mais je n'y étais pas allé. Je déteste la pêche. Plutôt que de faire le vide dans ma tête, j'aime encore mieux lire ou m'occuper l'esprit d'une façon ou d'une autre. Cette maison, je me souvins qu'elle était dans la famille de Mme Hume depuis des générations. Son mari disait en plaisantant qu'il s'y sentait comme un intrus, et que, du coup, c'était parfait comme lieu de vacances.

Ou comme cachette.

— Je ne savais pas qu'il l'avait gardée, dis-je.

338

— Il y va plusieurs fois par an. Pour profiter de la solitude.

— Je ne le savais pas, répétai-je.

— Il n'en parle à personne.

— Sauf à vous.

— Ma foi, répondit Mme Dinsmore comme si cela coulait de source. Il ne tient pas à avoir de la compagnie. Il a besoin d'être seul pour pouvoir écrire et pêcher en toute tranquillité.

— Eh oui, opinai-je. Fuir la vie mondaine et trépidante de la résidence gardiennée de Vero Beach.

— Très drôle.

— Merci.

— Vous êtes en congé, observa Mme Dinsmore. Je suis donc obligée... euh, de vous congédier.

— Madame Dinsmore ?

Elle leva les yeux sur moi.

— Vous savez, tous ces renseignements que je vous ai demandés dernièrement ?

— Sur les étudiants assassinés et les professeurs disparus dans la nature ?

— C'est ça.

— Oui, eh bien ?

— J'ai besoin de l'adresse de cette maison du lac. Il faut que je parle au Pr Hume en privé.

33

UN PROFESSEUR D'UNIVERSITÉ, surtout sur un petit campus comme le nôtre, vit pratiquement en autarcie dans le monde parallèle des études dites supérieures. Les raisons de quitter sa bulle confortable sont peu nombreuses. J'allais à pied à mes cours. La petite ville de Lanford, avec son cinéma, ses boutiques et ses restaurants, n'était qu'à quelques minutes de marche. J'avais une salle de fitness dernier cri à ma disposition. Du coup, depuis que j'étais tombé sur la nécrologie de Todd, j'avais plus voyagé en l'espace de huit jours que durant ces six dernières années. Les agressions dont j'avais été victime, et les heures d'immobilité forcée dans les avions ou les voitures, avaient miné ma résistance physique. J'avais beau surfer sur une vague d'adrénaline, j'avais appris à mes dépens que ses réserves n'étaient pas illimitées.

Je venais de quitter la route 202 pour m'enfoncer dans la région rurale le long de la frontière entre le Massachusetts et le New Hampshire quand je sentis que mon dos se bloquait. Je m'arrêtai dans un snack routier. Un panneau à l'entrée vantait leur sandwich au haddock grillé. Je lui préférai un hot-dog avec des frites et un Coca. Tout en me régalant, je pensai – allez savoir pourquoi – à l'histoire de l'ultime repas. Je mangeai goulûment, commandai un autre hot-dog, l'enfournai et, étrangement requinqué, remontai dans la voiture.

Je longeai la forêt d'Otter River. La maison de Malcolm Hume n'était plus qu'à dix minutes d'ici. Je n'avais pas son numéro de portable, à supposer qu'il en ait un, mais je n'aurais pas téléphoné de toute façon. Je voulais débarquer à l'improviste, sans qu'il ait le temps de se préparer, et voir ce que mon vieux maître avait à me dire.

Je n'avais pas besoin de tout savoir. J'en avais appris suffisamment. Ce qui m'importait, c'est que Natalie soit en sécurité, qu'elle soit informée qu'elle avait une bande de tarés à ses trousses, et je pensais aussi tâter le terrain pour voir s'il m'était possible de la rejoindre. D'accord, il y avait leurs règles et leurs serments, mais le cœur n'a que faire des règles et des serments.

Il y avait forcément un moyen.

Je faillis rater le petit panneau indicateur d'Attal Drive. Tournant à gauche sur un chemin de terre, j'entrepris de gravir la pente. Une fois en haut, j'aperçus le lac Canet en contrebas, immobile comme un miroir. L'expression « eau cristalline » – qu'on emploie à tort et à travers – prenait là tout son sens. Je m'arrêtai et descendis de la voiture. Il suffisait d'inspirer pour sentir l'incroyable fraîcheur de l'air. Le silence, la quiétude étaient quasi surnaturels. Je me dis que si je lançais un cri, l'écho ricocherait à l'infini dans la forêt et s'en irait rejoindre tous les bruits du passé qui continuaient à hanter cette immensité sauvage.

Je cherchai des yeux une maison au bord du lac. Il n'y en avait pas. J'aperçus deux pontons avec une barque amarrée à chacun d'eux, mais rien d'autre. Lorsque je repris la route, la voiture rebondit sur les nids-de-poule, et je me félicitai d'avoir souscrit une assurance chez le loueur... pensée incongrue, mais notre cerveau est ainsi fait. Je me souvins aussi que le Pr Hume possédait un pick-up 4×4. Drôle de choix pour un vénérable professeur d'université, mais maintenant je savais pourquoi.

J'en vis deux, des pick-up 4×4, garés l'un à côté de l'autre. Je me garai derrière. Il y avait plusieurs traces de pneus sur le chemin. Ou bien Malcolm avait fait des allers-retours, ou bien il avait de la visite.

Je ne savais trop qu'en penser.

En levant la tête, je vis sur la colline le petit cottage aux fenêtres obscures et sentis mes yeux s'embuer.

Il n'était pas baigné de la lueur rosée du jour naissant. Le soleil qui se couchait derrière projetait de longues ombres, et la maison qui semblait abandonnée en devenait presque sinistre.

C'était le cottage du tableau de Natalie.

J'escaladai la colline avec l'impression de rêver, un côté *Alice au pays des merveilles*, comme si j'avais quitté le monde réel et pénétré dans le tableau. Arrivé à la porte et ne trouvant pas de sonnette, je frappai, et le son se réverbéra dans le silence telle une déflagration.

J'attendis, mais il n'y eut aucun bruit en retour.

Je frappai à nouveau. Toujours pas de réponse. Je pouvais certes descendre au lac, mais, d'après ce que j'avais observé, il n'y avait personne en bas. Sans parler de toutes ces traces de pneus.

Je posai la main sur la poignée de la porte. Elle céda. Je remarquai qu'il n'y avait pas de serrure, aucun trou pour introduire une clé. Je poussai la porte. Il faisait sombre à l'intérieur. J'appuyai sur l'interrupteur.

Personne.

— Professeur Hume ?

Une fois que j'avais eu mon diplôme, il avait insisté pour que je l'appelle Malcolm. Je n'avais jamais pu m'y résoudre.

Je jetai un œil dans la cuisine. Elle était vide. Il ne restait plus que la chambre. Je m'approchai sur la pointe des pieds...

Oh non !

Malcolm Hume gisait sur le lit, de l'écume séchée tout autour de la bouche, le visage figé en un masque d'agonie.

Mes genoux fléchirent, et je me retins au mur pour ne pas tomber. Les souvenirs déferlaient : mon premier cours avec lui (Hobbes, Locke et Rousseau), mon premier rendez-vous dans ce bureau que j'occupe aujourd'hui (nous avions discuté de la représentation du droit et de la violence en littérature), les heures passées à bûcher sur ma thèse (sur l'État de droit), la force avec laquelle il m'avait serré dans ses bras, le jour de la remise des diplômes... il en avait les larmes aux yeux.

— Vous n'abandonnez jamais, fit une voix derrière moi.

Je pivotai sur moi-même. C'était Jed, et il me tenait en joue.

— Ce n'est pas moi qui ai fait ça, soufflai-je.

— Je sais. Il s'est fait ça lui-même.

Jed me regarda fixement.

— Le cyanure.

Je me souvins alors de la boîte à pilules de Benedict. Tous les membres de Nouveau Départ, m'avait-il expliqué, en avaient une sur eux.

— On vous a pourtant dit de laisser tomber.

Je secouai la tête, luttant pour ne pas m'effondrer en pleurs. Pas tout de suite, du moins.

— Ce n'est pas moi qui ai tout déclenché. Je ne savais absolument rien de tout ceci avant d'avoir lu la nécrologie de Todd.

Jed semblait soudain épuisé.

— Peu importe. Nous vous avons demandé un million de fois de ne plus vous en mêler. Vous n'avez rien voulu entendre. Que vous soyez coupable ou innocent ne change pas grand-chose. Vous connaissez notre existence. Nous avons juré.

— De me tuer.

— Dans le cas présent, oui.

Jed jeta un regard sur le lit.

— Si Malcolm était dévoué à notre cause au point d'y laisser sa vie, ne devrais-je pas faire preuve du même dévouement et vous éliminer ?

Mais il ne tira pas. Jed n'était plus très motivé pour me descendre. Ça se voyait. Maintenant qu'il savait que je n'avais pas tué Todd, l'idée de me supprimer seulement pour me faire taire lui était manifestement pénible.

— Malcolm vous aimait, dit-il. Il vous aimait comme un fils. Il n'aurait pas voulu...

Il s'interrompit, et sa main qui tenait le pistolet retomba le long de son corps.

Hésitant, je fis un pas vers lui.

— Jed ?

Il se tourna vers moi.

— Je crois savoir comment les hommes de Maxwell Minor ont réussi à mettre la main sur Todd.

— Comment ?

— D'abord, j'ai quelque chose à vous demander. Qui est à l'origine de Nouveau Départ : Todd Sanderson, Malcolm Hume ou bien vous ?

— Qu'est-ce que ça vient faire là-dedans ?

— Soyez gentil, répondez-moi.

— C'est Todd qui l'a créé. Son père avait fait l'objet de graves accusations.

— Il a été accusé de pédophilie, opinai-je. Et ça l'a mené au suicide.

— Vous n'imaginez pas l'état de Todd à l'époque. J'étais son meilleur ami ; on partageait la même chambre sur le campus. Je l'ai vu se désintégrer sous mes yeux. Il n'arrêtait pas de crier à l'injustice. Si seulement son père était parti refaire sa vie ailleurs… Mais bien entendu, ce genre de casseroles, ça vous suit partout.

— Sauf si on repart de zéro, dis-je.

— Tout à fait. Nous nous sommes rendu compte qu'il y avait plein de gens qui avaient besoin d'aide… et le seul moyen de les aider était de leur offrir un nouveau départ. Le Pr Hume en était conscient également. Quelqu'un dans son entourage correspondait justement à ce profil.

Ce « quelqu'un », me dis-je, ne serait-ce pas par hasard le Pr Aaron Kleiner ?

— Nous nous sommes associés, poursuivit Jed, dans le cadre légal d'une organisation caritative. Mon père était dans la police fédérale, chargé entre autres de la protection de témoins. Je connaissais toutes les ficelles du métier. La ferme, je l'avais héritée de mon grand-père. Nous l'avons transformée en résidence. Nous apprenions aux gens à vivre avec une nouvelle identité. Quand on aime le jeu, par exemple, on ne va pas à Vegas ni aux courses. On faisait tout un travail psychologique afin qu'ils comprennent que, disparaître, c'était une forme de suicide et de renaissance : l'un mourait pour donner vie à l'autre. Les changements d'identité étaient spectaculaires. On lançait leurs poursuivants sur de fausses pistes. On utilisait des déguisements, des tatouages. Dans certains cas, Todd procédait à une opération de chirurgie plastique pour modifier l'apparence du sujet.

— Et ensuite ? demandai-je. Où envoyiez-vous les gens que vous aviez secourus ?

Jed sourit.

— C'est ça, le plus beau. Nulle part.

— Je ne comprends pas.

— Vous êtes à la recherche de Natalie, mais vous n'écoutez pas. Personne ne sait où elle est. C'est comme ça que ça marche. Même si nous le voulions, nous ne pourrions pas vous renseigner. Nous leur fournissons tous les outils et, à un moment donné, les déposons dans une gare, sans rien savoir de leur destination finale. C'est une façon comme une autre de garantir leur sécurité.

J'avais du mal à accepter ces explications, l'idée que je n'avais aucun moyen de retrouver Natalie, que nous ne serions jamais réunis. Rien que de penser que ma quête était vaine depuis le départ, j'en étais malade.

— Et Natalie, dis-je, est venue vous voir.

À nouveau, Jed regarda le lit.

— Elle est allée voir Malcolm.

— D'où le connaissait-elle ?

— Je ne sais pas.

Moi, je savais. Sa mère lui avait parlé d'Archer Minor et des raisons qui avaient poussé son père à disparaître. Je soupçonnais Malcolm Hume d'être pour quelque chose dans cette disparition. Naturellement, Natalie s'était adressée à lui, et, naturellement, il l'avait prise sous son aile.

— Elle est venue vous voir, dis-je, parce qu'elle avait été témoin d'un meurtre.

— Pas n'importe quel meurtre. Le meurtre d'Archer Minor.

Je hochai la tête.

— Elle était là. Elle a tout vu. Elle s'est tournée vers Malcolm, et lui l'a amenée chez vous.

— D'abord, il l'a amenée ici.

Mais bien sûr, me dis-je. Le tableau.

Jed me regardait en souriant.

— Quoi ?

— Vous ne voyez pas, n'est-ce pas ?

— Qu'est-ce que je ne vois pas ?

— Vous étiez si proche de Malcolm... Je vous l'ai dit, il vous aimait comme un fils.

— Je ne vous suis pas très bien.

— Il y a six ans, quand vous aviez besoin d'aide pour rédiger votre thèse, c'est Malcolm Hume qui vous a suggéré cette résidence dans le Vermont, non ?

Je sentis le froid s'insinuer en moi.

— Oui, et alors ?

— Nouveau Départ, ce n'est pas que nous trois. Nous avons un personnel dévoué. Vous connaissez déjà Cookie et quelques autres. Pour des raisons évidentes, il ne faut pas que nous soyons trop nombreux. Car, chez nous, tout repose sur la confiance. À un moment, Malcolm s'est dit que vous seriez un atout pour l'association.

— Moi ?

— C'est pour ça qu'il vous a envoyé dans le Vermont. Il pensait vous faire connaître notre action afin que vous vous joigniez à nous.

Déconcerté, je questionnai :

— Et pourquoi ne l'a-t-il pas fait ?

— Il s'est rendu compte que vous ne feriez pas l'affaire.

— Je ne comprends pas.

— Nous naviguons en eaux troubles, Jake. Nous ne respectons pas toujours la loi. La loi, c'est nous qui la faisons. Pour décider, par exemple, qui est digne de notre concours et qui ne l'est pas. Entre innocent et coupable, la frontière n'est pas forcément très claire.

Je voyais mieux, à présent. Le noir, le blanc... et les nuances de gris.

— Le Pr Eban Trainor, dis-je.

— Il avait enfreint le règlement. Vous vouliez qu'il soit sanctionné. Sans tenir compte des circonstances atténuantes.

Ainsi, si Malcolm Hume avait défendu Eban Trainor, c'était aussi pour me tester... et je l'avais déçu. En même temps, il avait raison. À mes yeux, la loi, c'est la loi. Si on s'engage sur cette pente savonneuse, on risque de perdre tout ce qui fait de nous des êtres civilisés.

Du moins, c'est ce que je croyais encore huit jours plus tôt.

— Jake ?

— Oui ?

— Vous savez réellement comment les Minor ont retrouvé Todd ?

— Je pense que oui. Vous gardez bien des documents internes à votre association, non ?

— Seulement sur un serveur web. Et il en fallait deux sur nous trois – Todd, Malcolm ou moi – pour y accéder.

Jed se mit à ciller.

— Je viens juste de comprendre. Il ne reste plus que moi. Les documents sont perdus à jamais.

— Mais il en existe aussi sous forme papier, n'est-ce pas ?

— Par exemple ?

— Leurs testaments.

— Ah, ça... Ils sont entreposés dans un endroit où personne ne peut les trouver.

— Genre coffre-fort dans Canal Street ?

Jed me dévisagea, bouche bée.

— Comment le savez-vous ?

— La banque a été cambriolée, et les coffres ont été forcés. Je ne sais pas exactement ce qui s'est passé, mais Natalie figure toujours sur la liste des priorités de la famille Minor. Celui qui la retrouve pourrait sans doute toucher une forte récompense. À mon avis, quelqu'un – les cambrioleurs, un flic ripou – a reconnu son nom et l'a communiqué aux Minor. Or le coffre était au nom de Todd Sanderson, un gars qui vivait à Palmetto Bluff, en Caroline du Sud.

— Mon Dieu, fit Jed. Du coup, ils sont allés chez lui. Et ils l'ont torturé pour le faire parler. La douleur, on peut l'endurer seulement jusqu'à un certain point. Sauf que Todd ignorait où était Natalie. Comme il ignorait ce qu'étaient devenus tous les autres. Il n'a pu leur dire que ce qu'il savait.

— Il leur a donné votre nom. Et l'adresse de la résidence dans le Vermont.

Jed hocha la tête.

— C'est pour ça que nous avons dû fermer le centre et faire comme s'il n'avait jamais existé. C'est pour ça que nous sommes partis. Vous comprenez ?

— Je comprends.

Il baissa les yeux sur le cadavre de Malcolm.

— Il faut qu'on l'enterre, Jake. Vous et moi. Ici, au bord de ce lac qu'il aimait tant.

Soudain, il me vint une pensée qui me glaça jusqu'à la moelle des os. Jed s'en aperçut.

— Qu'y a-t-il ?

— Todd n'a pas eu le temps d'avaler la capsule de cyanure.

— Ils l'ont certainement pris par surprise.

— C'est ça, et s'il leur a donné votre nom sous la torture, il a vraisemblablement donné celui de Malcolm aussi. Ils ont peut-être envoyé quelqu'un à Vero Beach, mais Malcolm était déjà parti pour venir ici. Sauf que ces gens-là ne renoncent pas facilement. Pour une fois qu'ils avaient une piste... Ils ont dû retourner ciel et terre, et même si cette maison est toujours au nom de sa femme, ils ont peut-être fini par la trouver.

Je repensai à toutes ces traces de pneus sur le chemin.

— Il est mort, dis-je en contemplant le lit. Il a choisi de mettre fin à ses jours et, compte tenu de l'absence de putréfaction, il a fait ça il y a très peu de temps. Pourquoi ?

— Oh, nom d'un chien !

Jed venait de comprendre aussi.

— Parce que les hommes de Minor l'ont retrouvé.

Il n'avait pas terminé sa phrase que j'entendis des voitures dehors. Tout était clair à présent. Les sbires de Minor étaient déjà venus ici. Les voyant arriver, Malcolm Hume avait pris les choses en main.

Et eux, qu'auraient-ils fait ?

Ils auraient tendu un piège. Laissé l'un des leurs pour surveiller la maison, au cas où d'autres se manifesteraient.

Jed et moi nous précipitâmes vers la fenêtre. Deux voitures noires venaient de s'arrêter en contrebas. Les portières s'ouvrirent. Cinq hommes armés en jaillirent.

L'un d'eux était Danny Zuker.

34

TÊTE BAISSÉE, les hommes se déployèrent autour de la maison.

Jed sortit une petite boîte de sa poche, l'ouvrit et me lança la capsule qu'elle contenait.

— Je n'en veux pas, protestai-je.

— J'ai mon pistolet. Je vais essayer de les retenir. Vous, débrouillez-vous pour filer. Mais si jamais vous échouez...

Dehors, Danny Zuker cria :

— Il n'y a qu'un seul moyen de vous en tirer ! Sortez, les mains en l'air.

Nous nous jetâmes à plat ventre.

— Vous le croyez, vous ? demanda Jed.

— Non.

— Moi non plus. Jamais ils ne nous laisseront repartir. Quoi qu'on fasse à partir de maintenant, ça ne pourra que jouer en leur faveur.

Il entreprit de se relever.

— Sauvez-vous par-derrière, Jake. Je m'occupe d'eux.

— Quoi ?

— Allez-y !

Sans crier gare, Jed brisa une vitre et tira. En quelques secondes, des rafales d'armes automatiques ébranlèrent la maison et firent voler les autres vitres en éclats. Une pluie de verre s'abattit sur moi.

— Allez ! hurla Jed.

Je ne me le fis pas répéter une troisième fois. Je rampai vers la porte de derrière, conscient que c'était ma seule chance. Dos au mur, Jed tirait au jugé. Je traversai la cuisine, toujours au ras du lino, et atteignis la porte.

— Et d'un ! exulta Jed à côté.

Super. Plus que quatre. Les tirs redoublèrent d'intensité. Criblés de balles, les murs en bois commençaient à céder. Je vis, de ma place, que Jed était touché une première fois, puis une deuxième. Je voulus rebrousser chemin.

— Non ! me cria-t-il.

— Jed...

— Je vous l'interdis ! Partez maintenant !

J'aurais aimé pouvoir le secourir, mais je me rendais bien compte que ce serait pure folie. Je ne pouvais rien faire pour lui. Ce serait juste du suicide. Jed parvint à se remettre debout et marcha vers la porte d'entrée.

— C'est bon ! lança-t-il à la cantonade. Je me rends.

Le pistolet à la main, il se retourna, m'adressa un clin d'œil, me fit signe de continuer.

Je risquai un regard par la fenêtre de la cuisine. La maison était à l'orée d'un bois. Faute de meilleur plan, je pouvais toujours m'y réfugier en espérant qu'ils ne m'y trouveraient pas. Je sortis mon iPhone. Il y avait du réseau. L'œil rivé à la fenêtre, je composai le 911.

Il y avait un homme qui couvrait la porte de derrière.

— Numéro d'urgence, j'écoute.

J'expliquai rapidement à l'opératrice qu'il y avait une fusillade en cours et au moins deux blessés. Je lui donnai l'adresse et posai le téléphone sans couper la communication. Derrière moi, j'entendis Danny Zuker crier :

— OK, jette ton flingue d'abord.

Je crus voir un sourire sur le visage de Jed. Il était couvert de sang. J'ignorais si ses blessures étaient graves, mais lui le savait. Il savait que, quoi qu'il fasse, il n'en avait plus pour longtemps, et cette prise de conscience semblait lui procurer une étrange sensation de paix.

Il ouvrit la porte et tira. Un cri de douleur me parvint. Il avait dû en toucher un deuxième. Le cri fut suivi d'une rafale de mitraillette. De mon poste d'observation, je vis Jed basculer en arrière, les bras levés comme en une danse macabre. Il tomba dans l'entrée, et son corps sans vie tressauta sous les balles.

C'était fini. Pour lui et vraisemblablement pour moi.

Même si Jed avait réussi à en tuer deux, il en restait encore trois, et ils étaient armés. Mes chances de survie étaient quasi nulles. Sauf à gagner du temps en attendant l'arrivée de la police. Je songeai aux distances, à ce chemin de terre, au fait qu'en venant je n'avais pas aperçu l'ombre d'un bâtiment public.

Non, la cavalerie n'arriverait pas à temps.

D'un autre côté, les Minor pourraient me vouloir vivant.

J'étais leur dernière chance d'obtenir des informations sur Natalie. Peut-être qu'il me serait possible de jouer un moment là-dessus.

Ils se rapprochaient. Je regardai autour de moi à la recherche d'un endroit où me cacher.

Surtout, gagner du temps.

Je ne pouvais me cacher nulle part dans cette cuisine. Je regardai par la fenêtre. L'homme était toujours là, qui m'attendait. Je me ruai dans la chambre où Malcolm gisait toujours sur le lit.

Quelqu'un pénétra dans le cottage.

J'ouvris la fenêtre de la chambre. Elle donnait sur le côté droit de la maison. L'homme qui surveillait la porte à l'arrière – c'était là mon seul espoir – ne pouvait pas la voir.

De la pièce principale me parvint la voix de Danny Zuker :

— Jake ? Nous savons que tu es là. Ce sera pire si tu nous fais attendre.

La fenêtre grinça. Zuker et son comparse se précipitèrent en direction du bruit. Je les aperçus alors que j'avais enjambé le chambranle pour sprinter vers les arbres.

Des tirs de mitraillette crépitèrent derrière moi.

Qui avait dit qu'ils me voulaient vivant ? Je ne sais si c'était mon imagination, mais j'aurais juré que les balles m'effleuraient les flancs. Je courus sans me retourner. Je...

Quelqu'un bondit sur moi.

Ce devait être le gars posté à l'arrière de la maison. Nous roulâmes sur le sol. Je lui balançai mon poing à la figure. Il chancela. Je frappai à nouveau, et il s'affaissa sur le sol.

Trop tard.

Danny Zuker et son acolyte se tenaient au-dessus de nous. Leurs armes braquées sur moi.

— Tu vivras, déclara Zuker simplement. Dis-moi seulement où elle est.

— Je ne sais pas.

— Dans ce cas, tu ne me sers plus à rien.

C'était la fin. Le type que j'avais assommé se releva et ramassa son pistolet mitrailleur. J'étais à terre, encerclé par trois hommes armés. Je ne pouvais rien faire. Il n'y avait pas de sirènes au loin annonçant l'arrivée des secours.

Je regardai Danny Zuker qui se tenait un peu en retrait et récitai mon ultime Ave Maria :

— C'est vous qui avez tué Archer Minor, n'est-ce pas ?

Ma question parut le prendre de court.

— Quoi ?

— Il fallait le neutraliser, or Maxwell Minor n'aurait jamais assassiné son propre fils.

— Tu débloques complètement.

Les deux autres hommes échangèrent un regard.

— Pourquoi, sinon, vous donner tant de mal pour la retrouver ? persistai-je. Ça fait six ans. Vous savez bien qu'elle ne vous dénoncera pas.

Danny Zuker secoua la tête. Il avait l'air presque triste.

— Tu ne te doutes de rien, hein ?

Comme à contrecœur, il leva son arme. J'avais joué ma dernière carte. Mais je n'avais pas envie de mourir comme ça, couché à leurs pieds. Je me redressai, réfléchissant à mon action finale, lorsque quelqu'un d'autre décida pour moi.

Il y eut une détonation, et la tête de l'homme à ma gauche éclata comme une tomate mûre sous une lourde botte.

Tout le monde se tourna dans la direction du coup de feu. Je fus le premier à me ressaisir. Guidé par mon cerveau reptilien, je plongeai sur l'homme le plus proche de moi, celui que j'avais mis K-O, pour lui arracher son arme.

Sauf qu'il réagit plus vite que je ne l'aurais cru. Il devait être en mode reptilien, lui aussi. Reculant, il me mit en joue.

L'instant d'après, sa tête se transformait à son tour en bouillie écarlate.

Son sang m'éclaboussa le visage. Sans perdre une seconde, Danny Zuker bondit derrière moi et, le bras en travers de ma gorge, colla son arme contre ma tempe.

— Ne bouge pas, chuchota-t-il.

Je me figeai. Tout était redevenu silencieux. M'utilisant comme bouclier, il se mit à reculer en direction de la maison.

— Montre-toi ! cria-t-il. Montre-toi ou je lui explose la cervelle !

Nous entendîmes un léger bruissement. D'un geste brusque, Zuker pencha ma tête à droite pour être sûr que je le protégeais de mon corps. Il me fit pivoter en direction du bruit.

Et mon cœur s'arrêta de battre.

Devant nous, un pistolet à la main, se tenait Natalie.

35

DANNY ZUKER RÉAGIT LE PREMIER.

— Tiens, tiens, regardez qui est là.

Sa vue m'avait paralysé. Le simple fait de croiser le regard bleu de la femme que j'aimais me donnait le vertige. Malgré cette arme enfoncée dans ma tempe, j'étais, étrangement, empli de gratitude. Voilà six ans que je ne m'étais pas senti aussi vivant. Si je devais mourir maintenant – et Dieu sait que je n'avais pas envie de mourir –, j'aurais connu un sentiment de plénitude que j'ignorais encore quelques instants plus tôt.

Le pistolet toujours braqué sur nous, Natalie ordonna :

— Lâchez-le.

Pas une seconde elle ne m'avait quitté des yeux.

— Sûrement pas, trésor, répondit Zuker.

— Lâchez-le et je viens avec vous.

— Non ! criai-je.

Zuker fit glisser le canon de son arme le long de mon cou.

— La ferme.

Puis, s'adressant à Natalie :

— Et pourquoi devrais-je te croire ?

— Si je ne tenais pas à lui plus qu'à moi-même, je ne me serais pas montrée.

Natalie me fixait toujours. Je voulus protester, mais quelque chose dans son regard m'en dissuada. C'était presque comme si elle m'ordonnait de la laisser faire.

Peut-être, me dis-je, qu'elle n'était pas seule. Peut-être qu'il y en avait d'autres. Peut-être qu'elle avait un plan.

— Très bien, déclara Zuker, toujours caché derrière moi. Pose ton arme et je le laisse partir.

— Sûrement pas.

— Ah ?

— On va le raccompagner jusqu'à sa voiture. Vous l'installerez au volant. Dès qu'il aura démarré, je jetterai ce pistolet.

Zuker parut réfléchir.

— Je le mets dans la voiture, tu lâches ton arme, et il s'en va.

Natalie hocha la tête, son regard toujours plongé dans le mien.

— Ça marche.

Nous fîmes le tour du cottage. Elle restait à une trentaine de mètres derrière nous. Je me demandais si Cookie, Benedict ou d'autres membres de Nouveau Départ attendaient près de la voiture, prêts à en découdre.

Une fois à la voiture, Zuker se plaça de manière que je continue à lui servir de paravent.

— Ouvre la portière, me lança-t-il.

J'hésitai.

— Ouvre !

Je me retournai vers Natalie. Elle m'encouragea d'un sourire qui me fendit le cœur. Je me glissai sur le siège, et là je compris avec une horreur grandissante ce qu'elle avait en tête.

Il n'y avait pas de plan susceptible de nous sauver tous les deux.

Il n'y avait pas d'autres membres de Nouveau Départ embusqués à proximité. Cet espoir, Natalie me l'avait insufflé afin que je n'oppose pas de résistance au sacrifice qu'elle était sur le point de faire.

Cherchez l'erreur.

Le moteur se mit à ronronner. Natalie abaissa son pistolet. J'avais une seconde, pas plus, pour réagir. C'était suicidaire, je le savais. L'un de nous deux allait mourir. C'est ce qu'elle pensait aussi. Jed, Cookie, Benedict… tous, ils m'avaient prévenu. Mais muré dans mon obstination à revoir Natalie, je n'avais pas écouté, et maintenant elle était en danger de mort.

Enfin, pas si je pouvais empêcher cela.

Elle regarda Danny Zuker qui, à son tour, écarta son arme de mon cou. En la changeant de main, au cas où je commettrais la bêtise de vouloir la lui arracher.

— À toi, dit-il.

Natalie posa son pistolet par terre.

C'était le moment ou jamais. J'avais calculé mon coup, l'effet de surprise, tout. Zuker aurait largement le temps de tirer sur moi, mais pendant qu'il se défendrait, Natalie pourrait en profiter pour fuir ou, plus vraisemblablement, pour ramasser sa propre arme et riposter.

Ma main gauche se détendit brusquement. À mon avis, il ne s'y attendait pas. Il devait penser que j'essaierais de m'emparer de son arme. L'empoignant par les cheveux, je l'attirai à moi. Il pivota son arme dans ma direction.

Croyant que j'allais la saisir de la main droite.

Au lieu de ça, inclinant son visage vers le mien, je fourrai la capsule de cyanure de Jed dans sa bouche. Il roula des yeux effarés et tenta de la recracher, mais je n'avais pas retiré ma main. Il me mordit alors de toutes ses forces. Je poussai un cri de douleur, mais ne cédai pas. Au même moment, il tira.

Je me baissai.

La balle m'atteignit à l'épaule. La douleur enfla.

Pris de convulsions, Danny Zuker visa à nouveau, mais il n'eut pas le temps de presser la détente. La première balle de Natalie le frappa à la nuque. Elle tira deux autres coups, mais ce n'était déjà plus nécessaire.

Je m'affalai sur le siège, la main sur mon épaule endolorie pour essayer d'arrêter l'hémorragie. Persuadé que Natalie allait accourir.

Mais elle ne bougea pas.

Jamais je n'avais vu un regard à l'expression aussi poignante. Une larme roula sur sa joue. Elle se borna à hocher lentement la tête.

— Natalie ?

— Je dois partir.

J'écarquillai les yeux.

— Non !

Enfin, on entendit les sirènes. J'étais en train de perdre mon sang, je me sentais partir, mais tout cela n'avait aucune espèce d'importance.

— Je viens avec toi. S'il te plaît.

Elle grimaça. Ses larmes coulaient librement à présent.

— S'il t'arrive quelque chose, je n'y survivrai pas. Tu comprends ça ? C'est pour ça que je me suis éclipsée la première fois. Je peux vivre en te sachant malheureux. Mais pas en te sachant mort.

— Sans toi, je ne vis pas.

Les sirènes se rapprochaient.

— J'y vais, dit-elle à travers ses larmes.

— Non...

— Je t'aimerai toujours, Jake. Toujours.

— Alors reste avec moi.

Ma voix se fit suppliante.

— Je ne peux pas. Tu le sais bien. Ne me suis pas. Ne me cherche pas. Tâche de tenir ta promesse cette fois.

Je secouai la tête.

— Pas question.

Elle tourna les talons.

— Natalie ! appelai-je.

Mais la femme de ma vie s'éloigna, me laissant seul. Une fois de plus.

36

Un an plus tard

UN ÉTUDIANT AU FOND DE LA SALLE LÈVE LA MAIN.

— Professeur Weiss ?

— Oui, Kennedy ?

C'est comme ça que je m'appelle maintenant. Paul Weiss. J'enseigne dans une grande université du Nouveau-Mexique. Dont je tairai le nom pour des raisons de sécurité. Compte tenu de tous ces cadavres au bord du lac, les autorités ont décidé de faire jouer le programme de protection des témoins. C'est ainsi que je me suis retrouvé dans l'Ouest. L'altitude ne me réussit pas toujours, mais dans l'ensemble, je me plais bien ici.

Lanford me manque, évidemment. Tout comme ma vie d'antan. On garde le contact, Benedict et moi, même si on ne devrait pas. On utilise le stockage en ligne, qui nous évite d'actionner la touche Envoi. Nous avons créé un compte AOL (vieille école) ; nous nous écrivons des messages et les laissons dans la boîte « Brouillons » que nous consultons régulièrement.

La grande nouvelle dans la vie de Benedict, c'est que le cartel de la drogue qui voulait sa peau n'existe plus. Il a été anéanti à la suite d'une sorte de guerre de territoire. En clair, il est libre de retourner auprès de

Marie-Anne, mais la dernière fois qu'il avait vu son statut sur Facebook, celui-ci était passé de « en couple » à « mariée ». Leurs pages Facebook étalaient au grand jour les photos de son mariage avec Kevin.

Je le pousse malgré tout à dire la vérité à Marie-Anne. Il refuse. Il ne veut pas lui gâcher la vie.

Mais la vie est un gâchis, lui ai-je répondu.

Profond, n'est-ce pas ?

Les autres pièces du puzzle ont fini par se mettre en place. Cela a pris du temps. L'un des hommes de main touchés par Jed a survécu. Sa déposition a confirmé ce que je soupçonnais déjà. Les cambrioleurs qu'on surnommait les Invisibles étaient entrés par effraction dans la banque de Canal Street. Dans le coffre de Todd Sanderson, il y avait les passeports et les testaments. Les voleurs avaient pris les passeports, pensant les écouler au marché noir. L'un d'eux reconnut le nom de Natalie. Même six ans après, les Minor la recherchaient activement. Il les alerta et, comme le coffre était au nom de Todd Sanderson, Danny Zuker et Otto Devereaux allèrent lui rendre une petite visite.

La suite, vous la connaissez. Dans les grandes lignes, du moins. Mais il restait encore plein de zones d'ombre. Notamment, la question qui s'était posée juste avant la mort de Zuker. Pourquoi les Minor s'acharnaient-ils à vouloir retrouver Natalie ? Il était pourtant clair qu'elle ne parlerait pas. Pourquoi un tel branle-bas de combat, au risque de l'inciter à rechercher la protection de la police ? J'avais cru à un moment que l'assassin était Danny Zuker et qu'il voulait réduire au silence la seule personne capable de le dénoncer à Maxwell Minor. Mais c'était peu plausible, et je me souvenais de sa stupéfaction quand je lui avais jeté mon accusation au visage.

Tu ne te doutes de rien, hein ?

Danny avait raison. La lumière se fit peu à peu, surtout quand j'en revins à la question centrale, l'événement qui était à l'origine de tout.

Où était le père de Natalie ?

La réponse, je l'ai trouvée il y a un an. Deux jours avant qu'on ne m'expédie au Nouveau-Mexique, j'étais retourné voir la mère de Natalie dans sa résidence médicalisée. Sous un déguisement à deux balles. (Aujourd'hui, mon déguisement est beaucoup plus simple : je me suis rasé la tête. Disparue, la tignasse indisciplinée de ma jeunesse. Mon crâne brille. Avec un anneau d'or à l'oreille, on pourrait me confondre avec M. Propre.)

— Je veux la vérité cette fois, déclarai-je à Sylvia Avery.

— Je vous ai tout dit.

Qu'on change d'identité parce qu'on a été accusé de pédophilie ou poursuivi par des trafiquants de drogue, je pouvais le comprendre. Mais disparaître à la suite d'une histoire de plagiat et ne plus donner signe de vie pendant tant d'années... même après la mort d'Archer Minor ?

— Il n'est jamais parti, n'est-ce pas ?

Sylvia demeurait muette.

— Il a été assassiné, dis-je.

Visiblement, elle n'avait plus la force de protester. Elle semblait pétrifiée, immobile comme une statue.

— Quand je vous ai parlé de la mort d'Archer Minor, vous avez dit : « Bon débarras. » C'est lui qui a tué votre mari ?

Elle baissa la tête.

— Vous et votre famille n'avez plus rien à craindre, affirmai-je.

Ce qui était vrai, mais en partie seulement.

— Est-ce Archer Minor ou un tueur envoyé par son père qui a tué votre mari ?

Elle rendit enfin les armes.

— C'est Archer lui-même.

C'était bien ce que je pensais.

— Il a débarqué chez nous avec une arme et exigé qu'Aaron lui rende les papiers prouvant qu'il avait triché. Il tenait réellement à échapper à la tutelle de son père, mais si jamais on apprenait cette histoire de fraude…

— Il risquait de finir comme son père.

— C'est ça. J'ai supplié Aaron, mais il n'a rien voulu entendre. Il croyait qu'Archer bluffait. Alors, Archer a appuyé son arme contre sa tête et…

Sylvia ferma les yeux.

— Il souriait. C'est le souvenir que j'en garde. Archer Minor souriait. Il m'a dit de lui remettre les papiers, sans quoi ce serait mon tour. Je suis allée les chercher. Puis deux autres hommes sont arrivés. Des hommes qui travaillaient pour son père. Ils ont emporté le corps d'Aaron. L'un des deux m'a fait asseoir. Il m'a dit que si jamais je parlais, ils feraient des choses horribles à mes filles. Ils ne se contenteraient pas de les tuer. Ils leur feraient des choses horribles. Il a insisté là-dessus. Il m'a ordonné de dire qu'Aaron m'avait quittée. Si j'ai menti toutes ces années, c'est pour protéger mes filles. Vous le comprenez, n'est-ce pas ?

— Oh que oui, répondis-je tristement.

— J'ai fait porter le chapeau à mon pauvre Aaron pour que les filles cessent de me poser des questions.

— Mais Natalie n'a jamais renoncé.

— Non. Elle est retournée à Lanford pour parler au Pr Hume.

— Sauf que Hume n'était au courant de rien.

— Ça ne l'a pas découragée. Elle a continué à chercher.

— Au risque de s'attirer des ennuis.

Sylvia hocha la tête.

— Du coup, vous lui avez tout dit. Toute la vérité. Qu'Archer Minor avait assassiné son père de sang-froid… le sourire aux lèvres.

Sylvia Avery ne répondit pas. Elle n'avait pas besoin de répondre. Là-dessus, je pris congé d'elle.

Je savais à présent pourquoi Natalie s'était trouvée dans ce gratte-ciel tard dans la soirée. Elle avait choisi ce moment-là parce que Archer Minor était seul dans son bureau. Et je savais aussi pourquoi Maxwell Minor n'avait jamais cessé de la chercher. Ce n'était pas parce qu'il avait peur qu'elle ne parle.

Il voulait venger la mort de son fils.

J'ignore ce qui s'est passé exactement. Si Natalie a tué Archer Minor avec le sourire, si le coup est parti accidentellement ou si c'était de la légitime défense. Je n'ai pas posé la question à Sylvia.

Mon ancien moi aurait voulu savoir. Mon nouveau moi s'en fiche.

Le cours se termine. Je traverse le parc. Le ciel de Santa Fe est d'un bleu comme on n'en voit nulle part ailleurs. Je mets la main en visière pour protéger mes yeux du soleil.

Il y a un an jour pour jour, une balle logée dans l'épaule, je regardais Natalie s'éloigner. Quand elle me demanda de ne pas la suivre, je criai :

— Pas question !

Je m'extirpai de la voiture. La douleur à l'épaule n'était rien comparée au supplice d'être à nouveau

367

séparé d'elle. Je courus pour la rattraper et, malgré la blessure, la serrai dans mes bras. Nos yeux se fermèrent. Jamais encore, je crois, je n'avais éprouvé pareille sensation de bien-être. Elle se mit à pleurer. Je l'attirai tout contre moi. Elle posa la tête sur ma poitrine. Un instant, elle tenta de se dégager. Mais un instant seulement. Elle savait que, cette fois, je ne la laisserais plus partir.

Quoi qu'elle ait pu faire.

Elle n'est toujours pas partie.

Devant moi, une jolie femme du nom de Diana Weiss porte une alliance assortie à la mienne. Par ce beau temps, elle a décidé de donner son cours de dessin dehors. Elle passe d'un étudiant à l'autre, corrige leur travail, prodigue des conseils.

Elle sait que je sais, même si nous n'en avons jamais parlé. Je me demande si ce n'est pas pour ça qu'elle m'a quitté la première fois. Elle devait penser que j'aurais du mal à assumer son geste. C'était peut-être vrai à l'époque.

Ça ne l'est plus aujourd'hui.

Diana Weiss me regarde approcher. Je la trouve plus rayonnante que jamais. Peut-être parce que je la vois avec les yeux de l'amour. Ou peut-être parce que ma ravissante épouse est enceinte de sept mois.

Son cours s'achève. Les étudiants tardent à se disperser. Lorsque nous sommes enfin seuls, elle me prend la main.

— Je t'aime.

— Je t'aime aussi, lui dis-je.

Elle me sourit. Et, s'il y a du gris dans le monde, il se dissout instantanément dans une flamboyante explosion de couleurs.

Collection Belfond Noir

Composé par Nord Compo Multimédia
7, rue de Fives, 59650 Villeneuve-d'Ascq

Cet ouvrage a été imprimé au Canada

Dépôt légal : mars 2014